우리는 나란히 앉아서 각자의 책을 읽는다

우리는 나란히 앉아서 각자의 책을 읽는다

장으뜸
강윤정

난다

장으뜸

강윤정

January

January

다다를 수 없는 나라

크리스토프 바타이유 – 김화영 옮김 – 문학동네 – 2006년 10월

새해 첫날 아침에 서가를 둘러본다.
올해는 또 어떤 책들이 이 서가를 채울까.
아직 쓰이지 않은 많은 책에 대해 상상해보다가
한 권의 책 앞에서 눈이 멎는다.

작고 가벼운 소설책.
미색의 표지에는 투박한 서체로 제목이 쓰여 있다.
이 책은 프랑스의 작은 서점 진열장에서 우연히 한국 번역가의 눈에 띄어 국내에 소개된 책이다. 그로부터 10년 동안 많은 이들이 이 책을 사랑하게 되었다. 물론 나도 그중의 한 명이다. 어떤 책은 읽는 이의 마음에 조용히 들어앉아 자신의 색으로 마음 어딘가를 물들인다. 나는 그 책을 집어들고 오래 생각에 잠긴다. 이럴 때 서점은 꽤 낭만적인 중개인 같다.

나는 그 책을 옆으로 돌려 표지가 보이게 진열해놓는다.

1

일요일

이것이 인간인가

프리모 레비 – 이현경 옮김 – 돌베개 – 2007년 1월

새해 첫날엔 가장 좋아하는 작가의 책을 읽는다.
잊지 않고 싶어서.
그의 삶과 죽음을.

레디메이드 인생

채만식 – 문학과지성사 – 2004년 12월

"저는 채만식을 제일 좋아합니다!"

어떤 작가를 좋아하느냐는 질문에 직원이 내게 한 말이다. 나는 놀란 얼굴로 "채만식?" 하고 되물을 수밖에 없었다. 두 번 대답을 듣고도 나는 다시 물었다. "교과서에 나온 그 채만식?"

바리스타 면접을 볼 때, 어떤 작가를 좋아하는지를 꼭 묻는다. 보통 기욤 뮈소, 공지영, 베르나르 베르베르, 무라카미 하루키의 이름이 나온다. 책을 좀 읽는다 하는 지원자들이라면 김영하, 로맹 가리, 밀란 쿤데라, 김연수 등을 꼽는다. 딱 한 번 '이상'도 나온 적이 있었다. 그런데 채만식은, 당연히 처음이고 결단코 앞으로도 없을 이름이다. 채만식은 물론 유명하지만, 그것은, 그런 의미의 유명함과는 다른, 굳이 설명하자면, 교과서적인 유명함이 아닌가?

알라딘에서 주문한 채만식 선집이 오늘 도착했다. 십대 때 교과서에서 읽었던 것과는 느낌이 무척 달랐다. 어딘지 모던하면서도 촌스럽고, 애처로우면서 웃기다. 변명과 푸념이 섞인 자기 환멸은 다자이 오사무를 보는 듯하다. 정말, 정말 페이보릿이 채만식일 수도 있구나. 나는 깊이 수긍하면서 1930년대, 이상의 그늘에 가려진 모던보이의 신세한탄을 음미한다.

은는이가

정끝별 – 문학동네 – 2014년 10월

돌이켜보면 내게 시는 늘 바깥이었다. 어디로든 갈 수 있는 바깥. 시집을 읽을 때면 한 편 한 편 이해하지 않아도, 시집 전체를 관통하는 어떤 정념을 느끼곤 한다. 그것으로 족한 일. 시집을 읽는다는 건, 특히나 요즘같이 '쓸모'를 묻는 시대에 일상적이지 않고 무용한 일이지만, 그것은 자유롭게 떠돌다 결국 나에게로 향하는 집중력과 구심력으로 남는 일이기도 하다. 요컨대 '나의 쓸모' '내 생의 쓸모'를 묻는다는 점에서 시집이야말로 어쩌면 '자기계발서'에 가깝다는 생각.

『은는이가』가 내게 남긴 자기계발 지침은 '시간운용법'이다. 누군가의 자식으로 태어나 누군가의 어미와 아비가 되었다가, 다시 자식의 손에 나이든 내 몸을 맡기며 시간의 흐름에 순응하는 것, '사랑의 기록'을 완성하는 것, 그것이 자연스러운 한 생이라는 것.

꽃이 피고 지고, 계절이 가고 또 온다. 흐르는 시간은 모든 걸 바꾸어놓는다. 도리가 없고, 벗어날 수도 없다. 사랑하다의 반대말은 사랑했다이고, 행복하다의 반대말은 행복했다이고, 건강하다의 반대말은 건강했다이듯이. 그저 무엇이든 흘러오고 통과해 흘러갈 뿐. 과거는 분명 나의 시간이었으나 다시 마주할 수 없고, 미래는 분명 나의 시간이 아니나 피할 수 없다. 무력한 내가 할 수 있는 건 지금 이 순간에 집중하는 것뿐. 이 시집이 나에게 가르쳐준 시간운용법, 지극히 당연하지만 그러므로 늘상 잊고 사는 것.

선악의 저편, 도덕의 계보

프리드리히 니체 – 김정현 옮김 – 책세상 – 2002년 2월

오랜만에 니체 전집 중 『선악의 저편, 도덕의 계보』를 꺼내들었다.

나는 이 책을 3년 동안 읽고 있다.

그러나 또 첫 페이지부터다.

글이 쓰인 시대의 정세를 모를뿐더러 밀도도 높아서 20페이지를 넘기지 못하고 잠이 들기 때문이다.

나는 반쯤은 니체를 이해하려는 마음으로, 또 반쯤은 깊은 잠 속으로 빠져들기 위해 책을 읽기 시작한다. 처음 몇 페이지의 니체는 이제 너무 익숙해서 거의 친근하게까지 느껴진다.

데카르트는 "좋은 책을 읽는다는 것은 과거의 가장 훌륭한 사람들과 담소하는 것과 같다"고 했다.

그러나 나는 대화보다 책 읽는 것을 훨씬 더 좋아하는데,

내가 이해할 때까지 그가 말을 멈추고 언제까지고 기다려주기 때문이다.

A가 X에게

존 버거 – 김현우 옮김 – 열화당 – 2009년 8월

새벽, 벼락같이 날아든 부고.
편히 쉬어요. 고마웠어요.

존 버거에 대해 무슨 말이든 쓰고 싶은데 오늘은 도저히 아무것도 쓸 수가 없다. 가장 최근에 존 버거의 책을 추천했던 건 '대학 신입생들에게 권하고 싶은 소설은?'이라는 물음에서였다. 그때 쓴 추천 이유를 옮기는 것으로 대신한다.

『A가 X에게』는 이중종신형을 선고받고 복역중인 연인 사비에르에게 보낸 아이다의 편지로 이루어진 소설입니다. 사비에르는 세계화와 신자유주의에 반대하는 활동을 하던 사람이었죠. 너와 내가 닮아 있는 것, 그런 우리가 세계와 연결되는 방식, 끝까지 놓지 않으려 하는 마음, 지키고 싶어하는 것…… 인생은 알 수 없는 일투성이겠죠. 그 안에서 내 손은 무엇을 하고자 할까요.

"내가 보낸 손 그림들을 창문 바로 아래 붙여놓았다고 했죠. 그렇게 하면 바람이 불 때마다 그림들이 제멋대로 흔들린다고요.
그 손들은 당신을 만지고 싶은 거예요. 당신이 먼 곳을 보고 싶을 때 당신의 고개를 돌려주고, 당신을 웃게 해주고 싶은 거라고요. 갓 태어난 아기들이 울음 대신 웃음을 터뜨리면 어떻게 될까요. 이상한 질문이죠. 우린 삶이 그런 게 아니라는 걸 알고 있으니까. 하지만 내 인생에서 나의 손은 당신을 웃게 해주고 싶었어요." (167쪽)

편의점 인간

무라타 사야카 – 김석희 옮김 – 살림 – 2016년 11월

홍대 동네 서점 '사적인서점'에서 아내와 함께 고른 책은 『편의점 인간』이다.

이런 종류의 일본 소설을 자주 접했다. 인물은 전형적이고, 공간은 제한적이고, 이야기는 직선적이다. 교훈적인 결말을 향해 착실히 걸어간다. 책을 읽는 동안 나는 모험적인 산책을 떠난다기보다는, 대형 마트에서 물건을 사는 것과 비슷한 경험을 한다. 그러나 책은 그런 일본 소설의 전형을 편의점 인간이라는 인물로 희화화하고 있어 묘한 재미가 있다. 하지만 아내는 아닌 듯했다. 뭔가 속은 사람처럼 뾰로통하다.

우리는 함께 서점에 가서, 함께 책을 고르고, 며칠 간격으로 나란히 책을 읽고, 두 사람이 모두 읽고 나면 이야기를 나눈다.

물론 자주 그러는 것은 아니다.

취향이 다르고, 읽는 속도가 다르며, 내가 자주 게으름을 피우기 때문이다.

그래도 이런 말을 나눌 때는 정말 행복하다.

"이 책은 어때?"

"아, 그거 나도 보고 싶었어."

편의점 인간

무라타 사야카 – 김석희 옮김 – 살림 – 2016년 11월

홍대 산울림소극장 앞 작은 서점인 '사적인서점'에서 우리가 산 책은 『편의점 인간』이다. 실제 18년째 편의점에서 아르바이트중인 작가의 독특한 이력에 아쿠타가와상 수상작이라는 후광이 더해져 일본에서도, 한국에서도 반응이 좋았던 작품. 그러나 나는 도무지 이 작품을 좋아할 수가 없었다. 소설 속 인물들이 그 세계 안에 살아 움직이는 캐릭터라기보다는, 작가가 전하고자 하는 메시지를 위해 복무한다는 느낌을 지울 수가 없었기 때문인데, 입체감 없이 도구로서 기능하고 있는 인물들은 내게 베일 건너 희미하게 존재할 뿐, 실체가 느껴지지 않는 허상에 가까웠다. 만져지지 않는 인물들에겐 이입할 수도 공감할 수도 없으므로 감동도 불가능했다. 단 한순간도 빠져들지 못한 채 책장을 넘기는 나 스스로가 의식되었던 작품. 대다수가 열광한 작품이므로 여느 때보다 관대하게 이 작품의 미덕을 찾고자 하던 나 자신을 결국 납득시키지 못했던, 헛헛한 기억으로 남을.

바이바이 베스파

박형동 – 애니북스 – 2008년 3월

어떤 책은 팔리고 나면 이런 생각부터 든다.
"도대체 이 책을 어떻게 찾았지?"
거의 5미터에 가까운 서가의 꼭대기 즈음에 있었던 책인데……

아마 그는 서가 전체를 꼼꼼히 훑어봤을 수도 있고, 테이블에서 다른 일을 하다 고개를 들었을 때 그야말로 우연히 이 책이 눈에 들어왔을 수도 있다. 어쨌든 그는 이 책을 발견한 것에 그치지 않고 기어이 (뭇 손님들의 시선을 감당하며) 사다리를 타고 서가를 올라가 자신이 발견한 한 권의 책을 꺼내보았을 것이다.

노쇠한 해변가의 작은 놀이동산 매표소를 지키는 늙은 미키마우스, 사랑하는 톰과의 하룻밤 불장난을 첫 경험으로 간직하고 사는 제리, 너무 오랫동안 요술봉을 쓰지 않아서 마법이 녹슬어버린 요술 공주 할머니 밍키.

나는 그가 스무 살 전후라고 생각해본다.
어른 따위가, 되어버렸다고 생각하는 나이.
삶에서 점점 사라져버릴 것들이
오히려 너무 아름다워서 눈물이 나는 그런 나이라고.

저지대

줌파 라히리 – 서창렬 옮김 – 마음산책 – 2014년 3월

몇 해 전 일기의 한 대목.

수박 보관법을 남편에게 전수했다. 큰 수박을 한 통 사서 그 방식으로 절반은 내가, 절반은 남편이 잘랐다. 부엌을 정리하고 끈적해진 손을 씻으며 남편은 평생 수박을 자를 때 이 방법을 쓰거나 떠올리겠구나, 하는 생각을 했다.
우리는 다양한 방식으로 서로에게 영향을 주고 있다. 수박 보관법도 그중 하나다. 이런 식으로 서로에게 스밀 수도 있다.

줌파 라히리의 『저지대』에는 이런 대목이 있다.

결혼이 해결책은 아니었지만 그녀를 돌리건지에서 벗어나게 해주었다. 그는 그녀를 미국으로 데려왔고, 그런 다음에는 잠시 우리에 넣고 관찰했다가 풀어주는 동물처럼 그녀를 풀어주었다. 그는 그녀를 보호했고, 사랑하려고 노력했다. 그녀는 지금도 잼이 든 병을 새로 개봉할 때마다 그가 가르쳐준 방법을 써먹었다. 스푼으로 뚜껑 가장자리를 서너 번 두드려서 밀봉 상태를 약화시키는 방법이었다.

줌파에게 이 방법을 처음 가르쳐준 사람은 누구였을까.
무엇 하나 과장하지 않는 줌파의 문장들은, 그녀의 작품을 읽고 난 뒤 생기는, 차마 어찌하지 못하겠는 마음들을 발설하지 못하게 한다.
작품에서 가장 빛나는 장면이라 생각하는 그 한순간을 엔딩에서 다시 만났을 땐 결국 큰 탄식이 터져나왔다.

건너오다

김현우 – 문학동네 – 2016년 11월

아내는 편집자다.

나는 예전에 책을 팔러 다니는 일을 했다.

그때는 편집자의 느린 생산성이 늘 불만이었다. 아니 대체 뭣하느라 책이 이렇게도 늦어지는지 3월에 나온다던 책이 7, 8월은커녕 해를 넘기기도 일쑤였으므로, 연초에 만드는 출판계획서는 믿을 수가 없었다.

지금도 여전히 나는 편집 업무를 모른다. 그러나 책이 늦어질수록 가장 고통받는 이는 마케터도 아니고, 서점도 아니고, 독자도 아닌, 편집자와 작가라는 사실은 확실히 안다.

아내가 만든 책이 나왔다.

아주 오래전부터 이야기했던 책이다.

첫 책을 내는 작가이므로 책을 기다렸던 독자는 없을 것이다.

책을 손에 쥐어본다.

수년 동안 자신을 휘감은 오래된 열기가 이 속에 모두 담겨 있는 걸까.

누군가의 첫 책은 너무 작고 연약해 보인다.

건너오다

김현우 – 문학동네 – 2016년 11월

4년도 더 된 일이다. 이 책을 기획한 것은. 다큐 피디이자 번역가로 살아가는 김피디님의 삶은 전부터 특별해 보였다. 이 사람만큼 세상의 틈을 오래 들여다보는 이도 드물지 않을까 싶은 마음. 그래서 세계 곳곳 출장을 다니며 보고 느낀 그 틈들을 글로 적어주십사 부탁했다. 행간에는 그간 번역해온 작품의 영향도 묻어나리라.

피디님은 존 버거 책을 열 권 가까이 번역했다. 모두 본인이 원하고 바랐던 작업이었으므로 번역가로서 꽤 이상적인 경우에 해당했다. 적어도 내가 생각한 그 '틈'이라는 것, 그것을 의식하고 관찰하고 확인한다는 점에서 나는 존 버거와 김현우, 두 사람의 문장에 유사한 점이 있다고 느꼈다.

저녁에 피디님, 김연수 작가님과 함께하는 북토크가 있었다. 사회를 맡았기 때문에 두 분과 나란히 앉아, 두 분의 옆얼굴을 보며 시간을 채워나갔다. 피디님은 조금 상기된 듯한 얼굴이었다. 행사 후반부에 "적어도 저는 이 책을 쓰면서 어떤 시기를 건너왔다고 느꼈습니다"라고 말씀하는데, 내 마음속 어딘가가 찡– 하고 울렸다.

부러 드러내거나 과하게 욕심내거나 꾸미거나 지어내지 않는 사람. 그 담담하고 솔직한 말 한마디에 독자분들도 분명 그 진심을 전달받았겠다는 확신이 들었다. 그 한순간만으로 이 책에 대해 처음 이야기 나눈 몇 해 전 그때부터 지금까지의 모든 시간이 잘 정리되고 완성되었다는 기분을 맛볼 수 있었다. 아, 이 책은 이걸로 됐구나, 이렇게 안녕이구나, 진정한 Hello이자 Goodbye로서의 안녕을 되뇌며 책장에 책을 꽂았다.

소설

제임스 미치너 – 윤희기 옮김 – 열린책들 – 2009년 12월

우리가 소설 속의 한 장면을 상상할 때
1인칭이나 3인칭이 아닌, 다자인칭으로 상상할 수 있다면 어떨까?

작가 루카스 요더와 편집자 이본 마멜, 비평가 칼 스트라이버트, 그리고 마지막으로 독자 제인 갈런드. 각각 흘러온 네 사람의 삶이 마침내 같은 시간 위에서 만나는 제4장은, 네 개의 1인칭이 저마다의 목소리를 내는 다자인칭으로 서술된다.

음악에 비유하자면 소설은 언제나 독주곡이다.
그러나 이 장면에 한해서는 바이올린의 독주에 비올라가, 첼로가, 또다른 바이올린이 얽히며 만들어지는 현악 4중주와 같다.

협연은 완벽하기 힘들다.
그러나 고독하지도 않다.

저스트 키즈 – M 트레인

패티 스미스 – 박소울 옮김 – 아트북스 – 2012년 9월

패티 스미스 – 김선형 옮김 – 마음산책 – 2016년 7월

번갈아 읽고 있다. 『저스트 키즈』 속 이십대 패티 스미스는 로버트 메이플소프와 늘 함께다. 동전 하나를 쓸 때도 고민을 거듭해야 할 만큼 가난하고, 그렇게 모은 돈으로 전시회 티켓 한 장을 사 한 사람이 보고 나와 상대방에게 이야기해준다.

"아무도 우리처럼 될 순 없어, 패티."

『M 트레인』의 패티 스미스는 일흔이다. 지난 삶, 흘러간 시간 속에서 그녀가 발견한 모든 아름다운 것들에 대한 차분하고도 열정적인 소회들이 이어진다.

"여운으로 남은 단어들은 내가 타야 할 기차에 오르자 흩어져 사라졌다."

두 책 사이의 시간 속엔 로버트 메이플소프의 죽음과, 남편 프레드 소닉 스미스의 죽음과, 남동생의 죽음이 있다. 『저스트 키즈』에서 패티 스미스는 이제 막 유명세를 타기 시작한 뮤지션이 되고, 『M 트레인』의 패티 스미스는 여성 로커의 아이콘이자 대모가 된 지 오래다.

인간과 말

막스 피카르트 – 배수아 옮김 – 봄날의책 – 2013년 6월

생각해보면 단 한 번도 말은 내 안에 머문 적이 없다. 말은 나의 입술 바깥에서 처음 생겨나 주변의 공기를 흔들고 이내 사라진다. 말이 사라지는 동안 우리는 그것을—순간의 진실을—붙잡으려고 애쓴다. 앞선 말에 이어질 말들을 불러내느라 진실로부터는 점점 멀어지면서도. 말은 사라지면서 말의 잔상은 그 순간의 나를 박제한 것처럼 남는다. 그것이 나 자신인 것처럼.

말의 성립 조건은 나와 타인이다. 타인이 없다면 말은 그저 비명에 지나지 않는다. 우리가 흔히 혼잣말이라 부르는 말조차, 불명의 타인들을 염두에 둔 연습이다. 말은 나와 타인 사이에서 아주 잠깐 존재하며 관계를 거든다. 나의 밖에서 나를 대변하거나 방어하거나 지원한다. 적어도 처음에는 그렇게 보인다. 그러나 이 유일하고도 절대적인 지원군에게는 지문도 없고 집도 없다. 결국 우리는 말이, 제 고향인 나 자신을 포함해 누구에게도 복종하지 않는다는 사실을 잘 안다.

우리는 자주 인간이 말을 사용하는 것처럼 느낀다. 그러나 말은 인간의 바깥에서 제 스스로의 삶을 지향한다. 말의 이러한 특성을 감안해볼 때, 말은 인간의 입에서 터져나오는 다른 존재의 다른 방식인지도 모른다. 이렇게 각각의 존재를 인정하면서 서로에게 존재를 기대고 사는 둘 사이의 방식을 존중하는 한 인간이, 『인간의 말』이 아닌 『인간과 말』이라는 책을 썼다.

달에 울다

마루야마 겐지 – 한성례 옮김 – 자음과모음 – 2015년 5월

재미있는 소설을 추천해달라는 참으로 일반적이면서도 어려운 질문을 받아들면, 가장 먼저 떠오르는 소설. 네 개의 계절과, 한 남자의 일생과, 한 여인의 죽음과, 그 이후에도 열매를 맺는 사과나무의 이야기다. 마루야마 겐지의 소설을 읽을 때면 거대한 물줄기를 누군가가 큰 걸음으로 가로지르는 이미지가 떠오른다. 엄청난 물소리와 첨벙첨벙하는 소리.

그러니까 당신도 살아

오히라 미쓰요 – 김인경 옮김 – 북하우스 – 2010년 9월

한 손님이 친구를 위해 책을 선물하려고 하는데, 책을 추천해줄 수 있을지 물었다. 친구분은 어떤 분이냐고 되물었더니, 이제 이십 대임에도 어려운 일들이 겹쳐 사는 것 자체에 의욕을 잃어버린 힘든 시기를 보내고 있다고 한다. 얼마 전엔 자살 기도도 했다는 것이다.

그런 사연을 듣고 있자니, 과연 한 권의 책이 그에게 얼마나 도움이 될지 자신이 없어졌다. 하지만 결국 그가 선물하고자 하는 건 자신의 마음일 것이다. 책은, 주는 마음과 받는 마음이 잘 닿을 수 있게 완충제 역할을 하는 것으로 충분하다. 나는 조금 힘을 내어 어떤 책을 기억해내고 그 책이 꽂힌 서가로 갔다. 쉽게 쓰인 에세이이므로 특별한 얘기를 더 보태지 않고 바로 책을 드렸다.

소설은 살던 삶을 멈추고 그 삶을 멀리서 바라보게 만든다. 반면 에세이는 멀리서 바라만 보던 삶의 영혼에 근육을 만들어 지금 이 순간을 계속 살아가게 한다.

황금 물고기

르 클레지오 – 최수철 옮김 – 문학동네 – 2009년 12월

사람은 많이 읽고 많이 배우는 만큼 성장하는 것이 아니라, 보고 듣고 느끼는 만큼 성장한다는 것을 보여주는 소설.

라일라는 예상하지 못한 방향으로, 뜻하지 않은 방향으로 흐르는 물살에도 자유롭게 몸을 맡길 줄 알았다. 사랑스러운 라일라, 변하고 또 변해 결국 자기 자신에게로 돌아온 그녀. 그녀는 생에 대한 무한한 애정이야말로 어떤 삶도 빛나게 만든다는 것을 막막했던 자기 인생으로 입증해주었다.

밤이 선생이다

황현산 – 난다 – 2013년 6월

칠흑을 배경으로 한 남성의 뒷모습이 보인다.

등은 배경과 같이 어둠에 묻혀 있어 실제로 보이는 건 남성의 뒤통수와 손뿐이다. 하얗게 비어 있는 머리통은 남성의 나이를 가늠케 한다. 펜을 쥔 손은 종이 위에 무언가를 써내려가고 있다. 완전한 암흑 속에서 그는 무엇을 써내려가는 것일까. 이 모든 장면은 안개 뒤에 가린 듯 뿌옇기만 하다. 선명한 것은 한 문장의 제목뿐이다. 『밤이 선생이다』.

밤은 선생이 아니라, 밤이 선생이라는 전언은 밤을 위독한 세상에서의 유일한 구원으로 있게 할 것이다. 이제 남성을 다시 찬찬히 들여다보면 둥그런 얼굴과 순한 이마를 가진 그는 여성인 듯도 하다. 이제 종이를 찬찬히 들여다보면 여태 한 문장도 씌어지지 않은 그 백지는 그가 무엇을 쓰려고 하는 게 아니라 그저 습관적으로 펜을 들었을 뿐, 사실은 머릿속의 무수한 것들을 비워내고 있는 것처럼도 보인다.

한 권의 책이 하나의 작품처럼 아름답다.

지폐 한 장으로 이 아름다운 물건을 내 방안의 밤에게 가져갈 수 있다.

우리 시대의 지성인이 33년간 밤마다 자신을 불태운 기록은 덤이다.

릿터 3호

릿터 편집부 – 민음사 – 2016년 12월

『릿터』 편집부, 즉 민음사 문학2팀과 문학동네 국내문학3팀의 회동이 있었다. 3 대 3. 우리 팀 봉곤씨는 영화 〈써니〉의 (대결 구도로 보이는) 한 장면을 보여주며 들떠 있었다. 나도 묘하게 설렜다. 우리 팀 몇은 『릿터』의 필자이고, 『릿터』 편집부의 서효인 시인과는 에세이 작업으로 인연을 맺은 터였다. 물고 물리는(?) 관계랄까……

지난달에 나온 『릿터』 3호를 다시 들춰보았다. 『릿터』가 나오면 일단 서경식 작가님의 연재 에세이를 읽고, 인터뷰 기사와 단편소설의 순으로 읽는다. 잊을 만하면 한 번씩 나와 모종의 갈증을 풀어주는 잡지. 이런저런 책을 10년간 만들어왔지만 잡지를 만들어본 적은 없다. 그래서인지 잡지 편집은 내게 경외의 분야. 게다가 편집자들이 오롯이 꾸려가는 문학잡지라니, 응원할 수밖에 없다. 예쁘기도 하고……

퇴근 후 여섯이 홍대 '토끼정'에 모여 앉았다. 예쁘게 생긴 먹을거리를 앞에 둔 여섯에게는, 할 수 있는 이야기와 할 수 없는 이야기가 있었다. 그치만 일단 많이 웃고 많이 마셨다. 짬짬이 일 이야기, 책 이야기도 나누었고. 하는 일이 많이 비슷하고 만나는 사람이 제법 겹치는 사이인지라 외려 소극적이게 되었던 순간들이 있었다. '약간의 거리를 둔' 밤. 다음번엔 좀더 터놓아보아요……

끌림

이병률 – 달 – 2010년 7월

예전에 조정래 선생님의 신작 소설 『오, 하느님』이 출간됐을 때 몇몇 서점에서 이 책을 종교 코너에 진열해서 애를 먹었던 기억이 있다. 정말 그 문제였는지는 몰라도 이 책은 몇 년 뒤에 『사람의 탈』로 제목을 바꾸었다. 그때 회사 선배가 이 정도는 양반이라며, 더 옛날에 윤대녕 작가의 첫 소설집인 『은어낚시통신』은 낚시 코너에 가 있기도 했다는 농담인지 진담인지 모를 얘기도 들려주었다.

그 정도는 아니지만 분야가 헷갈리는 책들이 있다. 그중 대표적인 게 이병률 시인의 『끌림』이다. 처음엔 여행 코너에 놓았다가 나중엔 작가 에세이 코너에 놓았다가 최근 다시 여행 코너로 옮겼다. 그도 그럴 것이, 이 책은 작가가 여행중에 느낀 감정을 여행지의 사진과 함께 짧고 감성적인 글로 옮겨놓은 것인데, 사진이며 글이 언제 어디에서 쓴 것인지 알 수 없는 경우가 많다. 심지어는 목차도 페이지도 없다. 언제 어디를 펼쳐도 괜찮다는 얘기이리라.

사실 이 책의 분야를 자주 옮기는 이유는 정말 헷갈려서라기보다는 일종의 판매 술수에 가깝다. 에세이를 자주 보는 손님과 여행 서적을 자주 보는 손님에게 번갈아가면서 이 책을 소개하고 싶은 것이다. 그렇게 진열을 바꾸면 실제로 며칠 동안은 판매가 눈에 띄게 오른다. 10년도 전에 출간된 책이지만 여전히 누구에게든 매력적인 책은, 서재의 얼굴마담이 되어 이렇게 자주 이사를 다닌다.

피프티 피플

정세랑 – 창비 – 2016년 11월

작품 속 인물의 형상이 점점 내 안에 자리잡아가는 일, 소설을 읽을 때 종종 일어나는 일이다. 실재하지 않지만 생생한 이미지로 이미 내가 '아는 사람'이 돼버리는 인물들. 시간이 한참 지난 어느 날 그들이 불쑥 내 안에서 떠올라 그때 미처 말하지 못한 이야기를 더 들려주는 것, 소설 읽기의 매력 중 하나다.

그런 의미에서(?) 정세랑의 『피프티 피플』은 제목만으로도 이미 내 마음을 두근거리게 했다. 주인공이 50명인 소설이라니……!

짬짬이 읽다보니 어느새 스무번째 인물, '김의진' 꼭지를 읽을 차례다. 열아홉 명의 인물이 어느새 별자리 속 낱낱의 별처럼 내 머릿속에 자리를 잡았다. 인물들끼리 직간접적으로 얽힐 때마다 머릿속 별자리들 이곳저곳이 빛난다.

피프티 피플은 스치듯 만나고, 깨닫지 못한 사이에 헤어지며, 누군가에게 영향을 주고 또 받는다. 싱크홀 사건이나 이별 살인 등 사회 곳곳, 틈틈에서 벌어지고 있는 일들을 피프티 피플 중 누군가가 겪는다. 이미 '아는 사람'이 된 그들의 슬픔과 분노, 일상의 소소한 기쁨들, 갑작스레 마주한 공포를 남 일처럼 무감각하게 지나치기 어렵다. 뉴스에서 짤막한 기사로 접하고 지나쳤을 일들이 이제는 내가 아는 이야기가 된다는 건 완전히 다른 문제가 되었단 뜻이다. 나머지 서른한 명은 또 어떤 일을 겪고, 그럼에도 살아갈지, 다시 그들을 만나러 간다, 크게 심호흡을 하고.

추락

존 쿳시 – 왕은철 옮김 – 동아일보사 – 2004년 3월

문학이 우리를 고양시킨다면, 그것은 감탄과 환희의 열정으로 끓어오르기보다는, 반대로 삶의 생동하는 열기를 차갑게 식힘으로서 가능해질 것이다.

적어도 나는 그렇다. 본능적인 끓어오름이 비등점에 다다르기 직전에, 대야에 담긴 찬물로 얼굴을 적시듯이 소설을 읽는다.

글을 쓰는 것도 마찬가지일 것이다.

작가는 자기 내면의 열기를 글로 바꾼다. 겨우 만들어낸 한줌의 침묵과 고요, 계속된 현실에서의 패배가 그것을 가능하게 한다.

사양

다자이 오사무 – 신현선 옮김 – 창비 – 2015년 7월

일본어에는 '원풍경原風景'이라는 단어가 있다. '각자의 원체험이 마음속에 남기는 그리운 이미지'랄까. 잠시 일본에서 살던 시절, 나는 그때 그 시간이 나에게 특별한 원풍경으로 남을 것임을 알 수 있었다. 다자이 오사무의 이 작품을 읽던 10여 년 전 어느 밤의 일이었다. '석양'이라는 뜻과 '몰락'이라는 뜻을 함께 갖고 있는 단어 '사양斜陽'. 이 작품을 일본어로 읽어가며, 앞으로 살면서 어떤 순간엔 한국어로는 표현할 수 없는, 그러나 일본어로는 적확하게 표현할 수 있는 상태나 감정들을 종종 만나겠구나, 하고 생각했다. 그건 비단 언어의 문제가 아니라 각기 다른 종류의 '원풍경'이 내 안에 뿌리내리고 있다는 의미였다.

결국 삶이란 자신이 껴안고 있는 만큼의 세상을 경험하는 것일 터, 스물넷의 나는 팔을 더 멀리 더 넓게 뻗고 싶었다. 누구나 자기만의 카드 78장을 가지고 있다지. 그 카드 중 어떤 카드를 얼마나 많이 뽑아볼지, 그 카드들의 스토리를 어떻게 완성해갈지를 정하는 건 역시 나의 몫이다. '한국이 아닌' '완전히 낯선 언어 속에서' 내가 뽑았던 새로운 카드들은 나도 몰랐던 나, 내가 끝끝내 참을 수 없는 것은 무엇이고 내가 끝까지 포기할 수 없는 것은 무엇인지를 담고 있는 카드였다. 그로 인해 나의 인생이 결정적으로 바뀌거나 전혀 예상하지 못했던 방향으로 흐른 것은 아니다. 그렇지만 내 안의 가장 깊은 곳에서 묵묵히 내 삶을 지켜봐주는 풍경 하나가 있다는 것은, 이렇듯 우연히 다시 펼친 책 한 권으로부터 소환되어 내밀하고도 근사한 감동으로 다가온다.

금각사

미시마 유키오 – 허호 옮김 – 웅진지식하우스 – 2002년 12월

허호 선생이 번역한 미시마 유키오의 『금각사』는 내가 정말 좋아하는 책 중의 하나다. 하지만 고백하자면 벌써 열 번도 넘게 시도했지만 아직 끝까지 읽지는 못했다.

책을 꺼내 처음 몇 장을 읽어내려가다보면 매번 같은 곳에서 감탄하게 된다. 벌써 몇 번이나 읽은 문장인데도 그렇다. 문장의 아름다움 때문이 아니라 마치 내 얘기인 것만 같은 일체감 때문이다. 책에 몰입하려 하면 할수록 나는 소설로부터 빠져나와 점점 나 자신에게로 몰두하게 된다.

그러다 어느 순간 책을 덮고 생각에 잠긴다. 나 자신의 마음속을 거니는 듯한 생각들이다. 이 책을 읽을 때면 늘 그렇다. 같은 장면에서 멈춰 서서 어딘가를 바라보고 있다.

결말을 알고 싶지 않은 책이란, 과거 속으로 던지지 않고 더 오래 곁에 두고 싶은 그런 책일 것이다.

아주 오래된 서점

가쿠타 미쓰요/오카자키 다케시 – 이지수 옮김 – 문학동네 – 2017년 2월

한창 편집중인 책 이야기. 오랜만에 기획한 일본 에세이인데다 절친한 친구가 번역을 맡은 책이라 개인적으로도 의미가 남다르다.

원서 제목을 그대로 쓰면 '헌책도장古本道場'이다. 처음부터 이 제목은 못 쓰겠군, 했다. '도장'이란 말을 들으면 한국 사람들은 '태권도장' 할 때 그 '도장'을 바로 떠올리지는 않으니까. 고민 끝에 한국어판 제목은 '아주 오래된 서점'으로 정했다.

책 제목은 책의 내용과 상관이 있으면서도 없다. 더 중요한 것은 책의 제목과 표지, 카피 등 책의 만듦새에서 직관적으로 느껴지는 무엇이다. 사람들은 책의 내용을 모르고 산다는 당연한 사실. 원고를 몇 번이나 반복해 읽고, 그 내용을 내 것으로 완전히 흡수하는 편집자가 가장 간과하기 쉬운 사실이기도 하다. 거울에 코끝이 닿을 정도로 가까이 가면 외려 내 얼굴이 전혀 보이지 않는 것처럼, 원고와 밀착되면 밀착될수록 보이지 않는 것이 많다. 한 발 떨어져서 생각하고, 이 책을 전혀 모르는 사람의 의견에 귀기울이는 것이 정말 중요하다는 생각을 종종 한다.

얘기가 자꾸 비장해지려 하는데…… 일본 에이전시에서 왜 제목을 이렇게 바꾸었는지 설명해달라는 메일을 받아서이다. 원서 제목과 많이 다르다고. 본인들이 관리하는 책에 애정이 있으니 이런 딴지도 거는 것이라 믿지만, 그만 제 뜻도 존중해주시면 감사하겠습니다. 이 제목을 편집부 동료들도, 마케터들도, 타깃 독자인 지인들도 다 좋아했단 말입니다. 구구절절 이유를 적은 메일을 보내긴 했는데 과연…… 어떤 답신이 올지 기대 반 걱정 반인 채로 퇴근하는 금요일이다.

눈이 보이지 않는 사람은 세상을 어떻게 보는가

이토 아사 – 박상곤 옮김 – 에쎄 – 2016년 5월

카페꼼마 별관 2층 서가의 가장 안쪽에는 등받이가 없는 1인용 의자가 하나 있다. 동그랗고 작은 나무의자다. 원래는 발판용으로, 키가 닿지 않는 높이에 꽂혀 있는 책들을 꺼내기 위해 갖다놓은 것이다. 그런데 언제부턴가 테이블석보다 인기가 많은 1인석이 되었다.

오늘도 누가 그 의자에 앉아 있다.

가방은 바닥에, 커피는 가까운 서가에 올려두고, 의자를 벽 쪽으로 가져가 벽에 등을 기대고 책을 읽고 있다. 무슨 책을 읽고 있나 궁금해 멀리서 표지를 슬쩍 확인한다. 『눈이 보이지 않는 사람은 세상을 어떻게 보는가』. 팔걸이가 없는 의자에서도 편하게 읽을 수 있는 작고 가벼운 교양서다. 그의 머리 바로 위에 달린 스피커가 신경이 쓰여 주방으로 들어가 별관의 볼륨을 조금 낮췄다.

시간의 비교사회학

真木悠介 – 巖波書店 – 2003년 8월

지난 연말부터 지금까지 내 화두는 '시간'이었다. 개인적으로 여러 변화가 있었기 때문인 걸 알지만, 여튼 시간이 너무 없다. 회사에 가고, 집에 와 운동을 하러 가고, 가족들과 시간을 보내고, 때때로 친구들을 만나거나 여행을 떠나고, 큰 틀에는 달라진 게 없었다. 하지만 분명히 시간이 너무 없어졌다. "시간이 없어"라는 말을 하루에도 열댓 번은 하고 있는 게 요즘의 나다. 대체 내 시간은 다 어디로 간 걸까? 조급함과 다급함, 쫓기듯 살아가고 있다는 것은 누구에게도 달가운 게 아닐 터, 나는 점점 더 나를 채근하고 휘두르는 이 시간이란 녀석의 정체가 궁금해졌다. 이러다간 시간에 먹혀버리고 말 거야 하는 두려움에 부들부들 떨면서 이 책을 주문했다. 구체적인 언어와 근거로 이 녀석의 정체를 낱낱이 까발려주리라 기대하는 책. 다만 일본어 원서이고, 한국어로 된 책만 해도 읽어야 할 게 차고 넘치는 마당에 과연 언제 다 읽을 수 있을지……

일단 서장을 읽었다. 27페이지 읽는 데 한 시간 반. 참으로 비효율적이다. 한편으로는 이 점이 왠지 좋다. 시간에 맞서 싸우기 위해 고른 책을 읽는 게 내 일과 중 그 어느 때보다 비효율적으로 시간을 보내는 때라는 점. 묘하게 자조적이고 자학적이면서도 적극적인 시간 운용 같아 기쁘다. 천천히 읽는 것을 두려워 말고 다만 차분히 끝까지 읽는 데만 집중해보리.

영혼 없는 작가

다와다 요코 – 최윤영 옮김 – 을유문화사 – 2011년 3월

이방인이 있고,
모국을 두고 온 말이 있다.

이방인이 천천히 풍경 속에 녹아들듯,
하지만 아주 오랜 시간이 흘러도 여전히 풍경 밖을 서성이듯,
모국을 두고 온 말도 경계 바깥에서 서성인다.
어쩌면 더 오래일지도,
그 말의 주인이 사라질 때까지 영영 헤맬지도 모른다.
다와다 요코의 '유럽이 시작되는 곳'에는 그러한 서성임과 혼란이 담겨 있다.

유럽에 사는 일본인은 많지만
유럽에 도착한 일본어는 다와다 요코가 처음일지도 모른다.

경계에서 춤추다

서경식/다와다 요코 – 서은혜 옮김 – 창비 – 2010년 2월

"여기 3번과 4번 사이, 4번과 5번 사이, 그리고 허리뼈에서 골반뼈로 이어지는 1번, 총 세 군데가 나갔어요."

하루의 대부분을 앉아서 원고를 보는 데 쓴다. 남는 시간엔 책을 읽고 글을 쓴다. 그 모든 자세를 부정당한 것이 퍽 슬펐다. 해야 할 일과 할 수 있는 일이 그뿐인 사람에게 아무것도 하지 말고 휴식을 취하라는 건 말처럼 쉬운 일이 아니다.

결국 또 읽다 만 책을 펴든다. 마침 읽던 책은 서경식과 다와다 요코의 서간집 『경계에서 춤추다』. 책을 읽고 있다는 생각에서 벗어나 조금 비슷하고 많이 다른 두 사람의 이야기를 따라간다.

서경식은 재일조선인 에세이스트로 일본어를 '모어母語'로 가진, 스스로를 '모어라는 감옥의 수인囚人'이라 부르는 사람. 일본어와 한국어 사용자. 다와다 요코는 일본에서 태어났지만, 독일로 건너가 수십 년간 그곳에서 살면서 스스로 '제2의 모어'를 갖게 된 작가다. 일본어와 독일어 사용자. '나고 자란 곳, 속한 곳'에서 이방인으로 사는 이들, 혹은 그렇게 살고자 열망하는 이들에게 서경식과 다와다 요코는 특별하다.

가슴이 뛰고 문장을 읽어내려가는 속도가 빨라진다. 이들의 대화에 참여하고 싶다. 어디로든 갈 수 있고 어디에든 머물 수 있음에 고개를 끄덕이고 싶다. 그러나 현실의 나는 침대에 누워 책을 읽는 것이 어색한 디스크 환자다. 특별한 자유를 운운하지만 나의 제1차원의 세계, 내 육신에 구속당한 채이다. 장거리 여행은 고사하고 긴 산책조차 금지당한, 최소한의 생활 반경에 유폐당한 나이다. 누운 채 운다.

영원한 이방인

이창래 – 정영목 옮김 – 알에이치코리아 – 2015년 5월

다와다 요코에 이어, 이창래라는 작가가 있다.

그 역시 서울에서 태어나 세 살 때 가족과 함께 미국으로 이민(당)한 이민자다. 예일대 영문학과를 졸업하고 월스트리트에서 1년간 주식분석가로 일하다 작가의 길로 들어섰다. 이민자이긴 하지만 미국 내에서도 주류의 삶을 살았던 그에게도 가장 중요한 화두는 낯선 언어였던 듯하다.

서른에 작정한 듯 써내려간 첫 소설 『영원한 이방인』은 그가 직접 서문에서 밝힌 대로 "당시 나를 태우고 있었던 불, 적어도 그런 식으로는 나를 다시 태울 것 같지는 않은 불로 활활 타오르는" 대목들이 가득하다. 그 젊음 특유의 맹렬하게 폭발하는 언어로 그가 표현하고자 한 것은 정체성의 수수께끼와 언어의 힘이고, 이 둘은 어쩌면 그에게 같은 말일 것이다.

> 자기 얘기에 귀를 기울이는 사람 특유의 표정이 보이는 것이거든요. 자기가 하는 말에 주의를 기울이고 있다는 거예요. 나더러 맞추어보라고 한다면 그쪽은 원어민이 아니라는 쪽에 걸겠어요.

어린 시절을 온전히 타국에서 보냈어도, 심지어 '완벽하게' 말하는 것에 익숙해져도, 어떤 사람들은 말을 할 때마다 자기 자신을 본다. 스스로의 정체성에 대한 끝없는 의문 때문에 입을 열 때마다 자기 자신으로부터 한 발 떨어져나간다.

이 작은 책은 언제나 나보다 크다

줌파 라히리 – 이승수 옮김 – 마음산책 – 2015년 9월

자의 혹은 타의로 제2의 언어를 습득한 두 사람의 책을 읽으니 줌파 라히리의 이 책이 떠올랐다. 줌파의 첫 산문집. 놀랍게도 영어가 아닌 이탈리아어로 쓰인 작품이다. 결단력과 용기, 그 이상의 것이 필요했을 일.

1990년대 중반 피렌체에서 이탈리아어와 운명적으로 조우한 그녀가 20여 년 이탈리아어를 공부하고 체득하며 느낀 디테일한 감정들이 녹아 있다. 영어로 썼으면 훨씬 유려했겠으나, 그 유려함으로 가리고 싶지 않았을 '이탈리아어로만 가능한 그 감정'이 어떤 것일지 조금은 알 것 같다. 나도 짧게나마 일본에서 생활하며 비슷한 경험을 했으니까. 지금도 어떤 순간엔 한국어로는 표현할 수 없는, 그러나 일본어로만 가능한 상태나 감정들을 종종 만나곤 하니까. 그러므로 줌파의 이 경험은 어쩌면 아주 특별한 것은 아닐 터이다.

그러나 익숙지 않은 언어로 한 권 분량의 글을 써낸다는 건 다른 문제다. 작가에게는 더더욱. 그것은 다른 언어를 통해 '새로운 나'를 마주해보고 싶다는 깊은 열망에서만 가능한 일. 영어로 말하고 생각하고 쓰는 나와 다른 나를 끌어내보겠다는 강렬한 의지에서만 가능한 일. 그러므로 줌파의 산문집을 기다린 독자들에게 이 책은 다소 낯설고 기대치에 못 미칠 수 있겠으나, 그녀 자신에게, 그리고 그녀의 내면을 존중하는 독자들에게는 큰 의미로 남을 책임이 분명하다. 참고로 『이 작은 책은 언제나 나보다 크다』에서 '이 작은 책'은 '사전'이다. 알고 나면 더욱 멋진 제목.

스토너

존 윌리엄스 – 김승욱 옮김 – 알에이치코리아 – 2015년 1월

누군가가 나의 일생을 이와 같이 기록해주었으면 좋겠다.

19**년 *월 *일 출생,
20**년 *월 *일 사망.

그사이에 한 가지의 직업과 친구 셋, 그리고 두 번의 사랑이 있었다고,
삶의 중요한 순간마다 스스로의 힘으로 결정했고
그 결정을 후회하지 않기 위해 노력했다고,
약한 것들을 사랑하고
자신의 나약함도 사랑했다고,
고독을 예감하면서도
운명을 거리로 내몰지 않고 품에 감싸안았다고,
그리고 한 권의 책을 남겼다고,

그리고 또 너는 무엇을 더 기대했지?
마지막 물음에는 대답하지 못했다고.

스토너

존 윌리엄스 – 김승욱 옮김 – 알에이치코리아 – 2015년 1월

남편에게 오늘의 책은 무엇이냐 물으니 『스토너』란다. 아, 스토너, 스토너 좋지. 스토너…… 읽다보면 시간이 이상하게 흐르는 경험을 할 거야, 라고 넌지시 일러준다. 다 읽고 나면 그 이상한 시간 감각 속에서 '이것이 인생인 걸까?' 하고 생각하리란 건 나 혼자 예감한다.

70일간의 마음공부

송석구/김장경 – 싱긋 – 2016년 12월

책 도둑을 찾았다.

얼마 전 단골손님의 제보로 처음 알게 되었고, 이미 두 차례나 손님(을 가장한 도둑)이 테이블로 들고 간 책들이 분실되는 것을 확인했다.

그런데 문제는, 대체 어떻게 말을 거느냐 하는 것.

정중하고 단호하게 말하기.

“손님, 실례합니다만 가방 안쪽을 보여주실 수 있겠습니까?”

은근하고 예의바르게 말하기.

“저 손님…… 혹시 보시던 책을 깜빡하고 가방에 담으시진 않으셨지요?^^”

아, 어떻게도 말을 꺼낼 자신이 없다.

아주 편안한 죽음 – 한 여자

시몬 드 보부아르 – 성유보 옮김 – 청년정신 – 2015년 10월

아니 에르노 – 정혜용 옮김 – 열린책들 – 2012년 5월

연초엔 역시 죽음이 제격. 습관처럼 죽음을 찾아 읽는다. 『아주 편안한 죽음』은 표지 느낌과 달리 출간된 지 얼마 안 된 책이고, 『한 여자』는 내가 이미 몇 번이나 반복해 읽은 책.

보부아르의 어머니는 욕실에서 넘어져 대퇴부 골절로 입원했다가 암이 발견되어 결국 암투병으로 세상을 떠났고, 아니 에르노의 어머니는 알츠하이머로 세상을 떴다. 엄마와 딸로서, 여자 대 여자로서, 가장 가까운 사람의 투병과 죽음을 앞두고 쓴 자전적 소설들.

보부아르의 책은 번역과 편집이 말도 못하게 불만족스러워 권하고 싶지 않다. 내용은 좋다. 어찌 안 좋겠나. 그래서 더 아쉬운 책이다. 여튼, 괴롭고 외롭고 쓸쓸한, 그러나 꼭 필요한 감정을 불러일으키는 작품들이라는 점은 분명하다. 내가 또 한 살 먹는단 건 나에게도 그만큼 이런 날이 가까워진다는 의미이기도 하겠지.

장자

장주 – 김갑수 옮김 – 글항아리 – 2015년 10월

처음에는 헷갈렸는데, 이제는 확실히 구분할 수 있게 된 것들이 있다. 그중의 하나가 책에 흘린 물자국의 구분법이다. 갈색은 커피, 무색은 침이다.

팔지 못하는 걸로 치면 같지만, 발견했을 때의 느낌은 아무래도 커피 쪽이 훨씬 산뜻하다. 침자국은 심지어 발견하기도 쉽지 않다.

잘 팔리던 책의 판매가 뚝 끊기면 일단 가서 진열된 책의 상태를 확인해봐야 한다. 방법은 간단하다.

1. 책을 들어 책배에 울어서 들뜬 곳이 있는지 본다.
2. 책을 펼쳐 앞의 몇 페이지를 확인한다.

책을 읽다 잠드는 사람들은 대부분 30페이지를 넘기지 못하기 때문이다.

내 아들의 연인

정미경 – 문학동네 – 2008년 6월

이 소설집에서뿐만이 아니라, 정미경 작가님의 인물은 누구도 행복하지 않다.
그것은 불행이 아니다.
행복하지 않은 것이다.
그렇게들 산다.

그렇게들 산다는 것이 얼마나 큰 위안이 되었는지.
어제 새벽, 정미경 작가님이 세상을 떠나셨다.
이제 누구의 문장에 기대어 답 없이 갑갑한 세상사와 인간사를 서늘하고 담담히 바라볼 수 있을까.

세계의 끝 여자친구

김연수 – 문학동네 – 2009년 9월

나는 한 사람의 일생을 다룬 소설을 좋아한다.

소설 속에서 오랜 시간의 흐름을 느낄 수 있는 소설. 그런 소설을 읽으면 왠지 다른 사람의 인생을 통째로 살아본 느낌이 든다. 물론 소설은 인생보다 짧으니, 그 긴 시간을 압축해 보여주는 거의 유일한 방법은 장면을 선택하는 것이다. 반대로 생각해보면 소설가는 고작 수십, 수백 개의 장면으로 한 사람의 평생을 만든다. 나아가 그의 주변, 그가 사는 마을, 가족, 이웃, 애인, 개별적인 사건들에 연루된 타인의 모습들까지. 그렇게 그려가다보면 소리와 시간과 감정들이 덧입혀지리라. 그러고 보면 소설가가 자신을 전능하다고 생각하는 것도, 또는 백지 위에서 다시 시작할 때마다 번번이 절망스럽다고 토로하는 것도 이해가 된다.

그런데 어떤 소설은 길게 놓인 이야기를 가로질러 그 끝에 가서야 비로소 한 사람을 만나게 되기도 한다. 한 번도 등장하지 않았던 그는, 그러나 수십, 수백 개의 장면들—타인에게 이식된 기억들—을 따라 천천히 모습을 보인다. 그때의 그는 그저 뒷모습뿐일 수도, 또는 그림자일 수도, 어쩌면 하나의 정경인지도 모른다. 그러나 그가 어떤 모습이든 우리는 그 순간 눈부신 빛 속에 들어와 있는 경험을 한다. 진실도 거짓도 아무 상관이 없는 만월 같은 빛이다.

랭스턴 휴스

랭스턴 휴스 – 오세원 옮김 – 현대문학 – 2015년 11월

비주류 인종으로 사는 불편함들 가운데 가장 큰 하나가 온정을 베풀려는 지루한 인간들이 도움을 자처하고 항상 들러붙는다는 것이다. 사실, 그들은 딱히 도울 것도 없다. 그저 우리와 함께 자리를 하는 것 외에는?그것 엄청나게 따분한 일이기도 하다.

—「누가 누구인 척을 하는가?」에서

'목소리'의 소중함. 읽지 않았다면, 쓰이지 않았다면 몰랐을 뜨겁고 '검은' 영혼들의 이야기.

광인일기

루쉰 – 이욱연 옮김 – 문학동네 – 2014년 6월

오늘도 전국 각지에서 촛불집회가 있었다.

실제로 가본 이들은 모두 느끼겠지만, 이것은 집회보다는 축제 같다. 일렁거리는 촛불을 손에 들고 음악을 따라 부르는 수십만 명의 얼굴에서 억울함과 황망함을 찾아보기는 힘들다. 오히려 시작하는 사람에게서나 보이는 기대와 열망과 두근거림이 느껴진다.

나는 촛불집회를 지지하는 의미로 북카페의 입구에 이 책을 진열했다.

책의 뒤표지에 쓰여 있는 글 때문이다.

희망이란 원래,
있다고도 할 수 없고
없다고도 할 수 없다.
그것은 지상의 길과 같다.

원래 지상에는 길이 없었다.
가는 사람이 많아지면 길이 되는 것이다.

어른스런 입맞춤

정한아 – 문학동네 – 2011년 8월

—윤정아, 그녀의 심장은 너무 오래 뛰어서 항상 연애가 생매장으로 끝난다는 시 있잖아. 그게 누구 시였지? 읽고 싶은데……

—『어른스런 입맞춤』에 나오는 시. 「회의적인 육식동물의 연애」.

—아 고마워. 그리고 윤정아, 나 연애해.

'계절의 책'이 있다. 그즈음 자연스레 손에 들고 아무 페이지나 읽게 되는 책. 그 책을 읽어, 그것이 너를 보양시킬 거야, 몸이 말하는. 이 시집은 여름이 제철이다. 햇살이 뜨거워지면, 나는 습관적으로 이 시집을 꺼내 읽었다.

나쁜 종말론은 자신이 살아 있는 동안 세계의 멸망이 일어나기를 바란다던데, 정한아 시인의 시들은 양질의 나쁨이 기반이 되어 그녀만의 종말론을 완성한다. 기대할 것 없음, 사랑 없음, 신 없음, 미래 없음에 대해, 그녀는 씹을수록 육즙이 배어나는 육식성의 시들로 거칠 것 없이 설파한다.

홧홧한 얼굴과 충혈된 눈으로 이 세계의 해답 없는 틈들을 마주하는 여름이란, 나란 존재에 그득한 노폐물을 내 손으로 직접 거두고 또 거두는 시간이다. 선한 것과 아름다운 것에 대해 결코 쉽게 자리를 내어주지 않는 한 권의 시집과 또 한번 뜨거운 계절의 한가운데로 들어가보기로 하는 것.

그러나 오늘은 눈 시린 풍경을 앞에 두고 사랑하는 이를 떠올리며 이 시집을 뒤적일 벗에게 양보하기로 한다. 오늘만큼은 겨울의 책, 이 정도 추위 따위 아무 문제되지 않을, 내 마음속 뜨거운 계절과는 완전히 다른 뜨거움의 계절로 걸어갈 벗에게, 기꺼이.

내가 제일 아끼는 사진

셔터 시스터스 – 윤영삼/김성순 옮김 – 이봄 – 2012년 7월

개인적으로 아주 재미있게 읽은 실용서라 많이 주문했는데, 판매가 부진해 책 창고에 넣어두었던 이 책을 근 2년 만에 다시 꺼냈다.

무슨 책을 빼고 대신 넣을지 고민하며 책들을 잠깐 카운터 근처에 올려두었다.

그리고 깜박하고 책들을 그 자리에 그대로 놔둔 채 퇴근해버렸다.

그런데 어제 잘못 놓은 바로 그 책이 하루 새 전부 다 팔려버렸다!

카운터 옆에 놓여 있어 '우리 가게의 추천 도서'라고 생각했던 것일까……

내 여자의 열매

한강 – 창비 – 2000년 3월

이 소설집을 몇 번 읽었는지는 이미 셀 수도 없지만,
여전히 설레고 떨린다.
한강 작가님의 인물들에게서 느껴지는 동물성은,
그들이 끝없이 식물성을 지향하기에 더 기이하고 비리다.
아름답다. 아름다움이 소리 없이 뿜어져나온다.

주말엔 숲으로

마스다 미리 – 박정임 옮김 – 이봄 – 2012년 12월

마스다 미리가 내한한 적이 있다.

운좋게 이곳에서 인터뷰가 진행되었다. 그녀는 '수짱'이라는 삼십대 직장인 싱글 여성을 통해 평범한 일상의 고민들을 담담히 풀어내는 만화를 그렸는데, 국내에서 번역된 책들이 모두 베스트셀러에 오를 정도로 대단한 인기몰이중이었다. 그녀의 인기에 나는 조금 긴장했는데, 2시간이 넘는 긴 인터뷰의 직후였음에도 나를 보자마자 환하게 웃어주며 말을 건네는 밝은 모습에 긴장은 금방 풀렸다. 그녀는 만화 속의 수짱처럼 소박하고 은근히 귀여운 데가 있었다. 마흔이 넘은 나이임에도 어딘가 소녀 같은 인상이었다. 나는 귀한 기회를 놓칠 수 없어 사인을 요청했다. 아내의 이름으로 사인을 받고 싶어서 아내 이름을 한글로 적어주고, 아내와 고양이와 함께 살고 있다고 했다. 그리고 수짱을 재미있게 읽었다고 말했다. 그녀는 내 얘기를 귀기울여 듣고는 사인이 아닌 그림을 그려주었다. 고양이를 안은 나를 가운데에 두고 내 양옆에 수짱과 아내가 웃고 있는 그림이었다. 그건 마치…… 삼각관계 같았다. 그리고 그림의 윗부분에 한글로 '강윤정씨~♥'라고 적어주었다. 정말 다정하고 복잡하고 알 수 없는 그림이었다. 그림은 액자에 넣어 잘 보관하고 있다. 지금도 그 그림을 보면 웃음이 난다.

처음 책이 나왔을 때만큼은 아니지만, 마스다 미리의 만화는 우리 북카페에서 여전히 많은 이에게 사랑받고 있다. 그리고 앞으로도 오랫동안 사랑받을 것이다. 온전히 이해되지 않는 말들 앞에서도 가만히 손을 뻗어 위로를 건네는 다정한 손길은 언제나 반가운 법이니까.

고양이에 대하여

찰스 부코스키 – 박현주 옮김 – 시공사 – 2016년 7월

반려묘 강, 비와 함께 산 지 6년. 우리집 서가에는 자연스레 '고양이 책' 칸이 만들어졌다. 거기서 내가 가장 좋아하는 책은 찰스 부코스키의 에세이 『고양이에 대하여』.

"자, 여기 아름다운 고양이가 있소. 혀는 쭉 내밀고 눈은 사팔이죠. 꼬리는 바짝 잘렸고. (……) 의사가 이러더군. '이 고양이는 차에 두 번 치였네요. 총도 맞았고. 꼬리는 잘렸어요.'"

고양이에 관한 에세이에 이런 대목이 등장했을 때 이어질 수 있는 수많은 문장이 있을 터, 그러나 다음과 같은 문장은 오직 찰스 부코스키만이 가능할 것이다. "나는 말했소. '이 고양이는 나요.'"

문단의 아웃사이더이자 안티히어로로 악명과 명망이 동시에 높은 작가 찰스 부코스키. 터프한 그의 삶과, 역시 터프한 그 고양이들의 삶은 서로를 비추는 친근한 거울이다. 녹록지 않으나 어떤 식으로든 삶은 계속되고 있다는. 외로움과 배고픔, 아픔과 슬픔에 시달리느니, 위엄 있는 걸음걸이와 초연한 눈빛만으로 각자 한 걸음 한 걸음 나아가는 게 좋지 않겠느냐는 고양이들의 태도. '고양이에 대하여'라는 제목은 '삶에 대하여' 혹은 '부코스키에 대하여'로 바꾸어 읽어도 무방하리라.

책을 덮고 나면, 그러나 모든 게 달라진다. 나에게 강과 비는 끊임없고 변함없는 애정을 쏟게 하는 대상, 이미 내 삶의 많은 부분을 장악한 권력자들이다. '각자'는 책에서나 가능한 것, 현실은 온통 '나의'로 가득. 이 고양이는 나의 우주요……

불안의 서

페르난두 페소아 – 배수아 옮김 – 봄날의 책 – 2014년 3월

그리스어 카오스의 원 의미는 '갈라지는 얼굴'이다.

그것은 즉 벌어지는 인간의 입을 의미한다고 파스칼 키냐르는 말한다.

언어는 그것이 발현되는 매 순간 나를 갈라놓는다.
둘로, 셋으로, 넷으로
그리고 기적적으로
나와 가장 가까운 나의 반대쪽으로.

안녕, 내일 또 만나

윌리엄 맥스웰 – 최용준 옮김 – 한겨레출판 – 2015년 11월

과거의 실수나 죄에 대한 속죄를 다룬 책들은 어쩔 수 없이 매력적이라는 생각이 든다. 돌이킬 수 없다는 점에서. 사실 우리 인생이 많은 부분 그 '돌이킬 수 없음'으로 이루어져 있는데, 하루하루 살아가기 바쁜 생활인 입장에서 지나간 것을 돌이키고 곱씹는 건 어려운 일. 이런 작품을 만날 때면 생각해보게 된다. 내 지나간 인생의 굴곡들엔 무엇이 새겨져 있나.

사실 이 책을 읽게 된 건 저자의 독특한 이력이 한몫했다. 윌리엄 맥스웰은 『뉴요커』의 전설적인 편집자로 40여 년간 문학편집자로 일하며 블라디미르 나보코프, 존 치버, 존 업다이크, 앨리스 먼로, J. D. 샐린저 등등의 파트너이자 멘토로 살다 간 인물이기 때문이다. 스타 편집자이면서 소설가로는 조용히 작품 활동을 해왔다고(그러나 이 작품이 출간된 1980년에 이 책은 전미도서상을 받았고 퓰리처상 최종심에 오름. 조용히 해왔다며……).

네메시스

필립 로스 – 정영목 옮김 – 문학동네 – 2015년 5월

내가 읽은 필립 로스의 소설 전부에서 운이 나쁜 자는 의미 없는 대학살을 당하고, 그나마 운이 좋은 자라도 (신체적, 또는 정신적) 불구자로 생을 마감한다.

그렇다.
나도 안다.
누구의 인생이든 우연이 전부다.

그런데 필립 로스는 왜 우연을 항상 예기치 않은 것의 압제라고 생각하는가.
그것은 너무나 가혹하지 않나?
우연은 가끔 로또일 수는 없나?

그의 소설에서는 행복을 거머쥐면 반드시 그 이상 추락한다.
주인공이 복권에라도 당첨되면 읽는 사람은 극도로 불안해지는 것이다!

네메시스

필립 로스 – 정영목 옮김 – 문학동네 – 2015년 5월

어떤 작가들은 자기가 만들어낸 하나의 세계를 완결성 있게 그려내는 데 집중하지만, 로스는 그렇지 않다. 한 문장 한 문장이 이전 문장을 확인하고 되새기고 의심하는 것으로 이어져나가는 작품들. 기승전결 다음 그 '결'을 의심하며 완전히 뒤집어버리는 그만의 가차없음은, 절필을 선언한, 그러므로 마지막 소설이 된 이 작품에서까지 유감없이 드러났다.

노란 불빛의 서점

루이스 버즈비 – 정신아 옮김 – 문학동네 – 2009년 6월

서점은 편의점과, 의류매장과, 가구점, 화장품 가게, 문구점, 호텔과 백화점, 그 사이의 수많은 음식점과 어깨를 맞대고 있지만, 그들과 어울리지는 못한다.

서점의 불빛은 유독 더 노랗다.

자본주의의 회의론자처럼.

한 도시에서 아주 오래 이방인으로 사는 것처럼.

마치 낭만 이외에는 다른 선택지가 없는 것처럼.

정부나 고위관료 중 일부는 여전히 책을 검열하고 통제한다.

오늘날 우리나라의 많은 서점은

자본으로부터 도망치듯

또는 체제로부터 도망치듯 지하에 있다.

그러나 그런 자들이라도 서점의 문을 열고 들어서보면 단번에 알 수 있을 것이다. 이토록 부드러운 지하조직은 어디에도 없다는 것을.

도쿄 게스트하우스

가쿠타 미쓰요 – 맹보용 옮김 – 랜덤하우스코리아 – 2008년 1월

여행이란 어딘가로 떠났다가 돌아오는 것, 즉 단순히 어느 장소엔가로 이동했다가 원래의 장소로 돌아오는 것을 의미하는 게 아니라는 데 공감한다면 추천하고 싶은 책.

여행을 떠난다는 것과 단순히 지금, 바로 이곳을 견딜 수 없어 도망치는 것은 같은 것이 될 수 없다. 어떤 이유에서건 여행을 떠난다면 그곳에서 불모가 된 마음에 자아를 밀착시켜 전진이든 후퇴든 스스로의 의지가 반영된 새로운 태도를 만들고자 노력해야 한다고 생각한다. 아무것도 하지 않음, 도 물론 그에 속할 수 있을 것이다. 의도된 무위. 그것이 여행자의 권리이자 의무이다. 상처에 매여 새로운 삶을 시작할 수 없는 사람, 상처로 인해 마음의 문을 닫고 있는 사람은 아무리 여행을 떠난다 해도 진정으로 떠나거나 진정으로 돌아올 수 없다.

오늘 우연히 발견한 추억의 사진. 2009년 8월, 오타루 운하. 경계에 서 있었던 이때의 나는, 마음속으로 무수히 많은 결정을 내렸더랬다. 지금은 거의 전부가 뒤바뀌고 쓸모없어지고 실현 불가능해지고 나와 무관한 일들이 되어버렸지만, 그 많은 마음고생에 감사함을 느끼고 후회하지 않는 것은 적어도 내가 똑같은 실수를 다시 저지를 확률을 줄여주었고 내가 정말로 포기할 수 없는 가치가 무엇인지를 재확인시켜주었기 때문이다.

여행을 다녀온 뒤의 나는 이전의 나와는 분명히 다른 사람이 되어 있다. 그것은 정말이지 기묘한 기분에 사로잡히게 하는 사실이다.

밥 딜런: 시가 된 노래들 1961–2012

밥 딜런 – 서대경/황유원 옮김 – 문학동네 – 2016년 12월

가수 밥 딜런의 노벨문학상 수상은 작년 문학계의 가장 큰 사건 중 하나였다. 내가 느끼기에 발표가 있던 날 저녁에는 많은 이들이 수상 소식에 의문부호를 달았다. 지금은 반대로 다수가 인정하는 분위기를 느낀다. 그러나 우리가 인증하거나, 또는 인정할 필요가 있을까?

밥 딜런은 자신의 노랫말을 시나 소설로 발표하거나 출간한 적이 없다.

한림원 역시 기자회견에서 그의 노랫말에 노벨문학상을 수여했다고 언급했다.

그러므로 노벨문학상이 노랫말에 상을 수여해 그 외연을 확장한 것일 뿐, 이것을 두고 노래냐 시냐로 장르를 규정하려는 시도는 왠지 불필요해 보인다.

그리고 규정될 수 없는 쪽이 항상 더 문학적이다.

세월

마이클 커닝햄 – 정명진 옮김 – 비채 – 2012년 8월

원작이 있는 영화를 본 뒤 그 원작을 찾아보는 일은 거의 없다. 소설을 읽으며 자연스레 만들어낼 이미지의 자리를 이미 리얼한 실사 영화가 채우고 있는 경우, 독서 경험의 재미도 의미도 크게 줄어든다고 생각하기 때문이다. 특히 이 작품, '디 아워스'라고 제목을 붙였다면 더욱 좋았겠다 싶은 소설 『세월』은, 이 영화가 내게 미친 큰 영향력을 훼손할지도 모른다는 적잖은 걱정까지 더해져 오랜 시간 책장에 꽂혀만 있었다.

마침내 이 책을 꺼내든 것은 이 작품 속 세 여인 가운데 『댈러웨이 부인』을 읽는 1949년 로스앤젤레스의 로라 브라운 캐릭터를 조금 더 알고 싶어져서다.

과연. 책을 읽고 나니 로라 브라운에 대해 가졌던 의문이 많이 풀렸다. 영화에서와는 달리 소설 속 로라 브라운은 별다른 주목을 받지 못하는 외모에 책벌레로 애초에 분명히 설명된다. 소설 『댈러웨이 부인』에 이입하며 '자기 자신이자 자기 자신이 아닌' 삶을 사는 것에 대한 어려움도 영화에 비해 확실히 드러난다. 문장으로 쓰였기 때문이며, 작가의 전지적 시점이 독자로 하여금 인물의 내면을 속속들이 다 알 수 있게 하기 때문이다. 덕분에 오랜 의문은 풀렸으나 원작을 찾아 읽은 것은 조금 후회스럽다. 나 자신을 포함해 누군가를 속속들이 안다는 것은 애초에 불가능한 일이며, 서로를 완전히 이해하지 못한다는 자각에서 생기는 적절한 거리, 생각의 여지가 많은 공간이 주는 긴장감을 이 작품에선 더이상 느낄 수 없으리라는 안타까움 때문에.

새들은 페루에 가서 죽다

로맹 가리 – 김남주 옮김 – 문학동네 – 2007년 10월

새벽 여섯시, 죽은 새들로 뒤덮인 이 후미진 해변에서 금과 다이아몬드와 에메랄드로 치장한 채 이 여자는 무엇을 하고 있는 것일까.

로맹 가리가 자기 자신에게 묻는 것 같다.

죽음으로 뒤덮인 막다른 곳에서, 우스꽝스러울 정도로 찬란히 빛나는 언어로 치장한 채 당신은 대체 무엇을 하고 있습니까.

가장 아름다운 꿈으로 전쟁과 감옥을 만드는, 머지않아 영혼까지 송두리째 활용할 것이 분명한 이 원대한 야망의 인간들 사이에서, 당신은 대체 무엇을 바라고 있습니까?

자기 자신과의 관계를 끊으려는 그 불가능한 일을 하려는 것처럼 글을 썼던 사람.

총을 들었지만, 총구는 차라리 자기 자신을 향하는 편이 낫다고 생각한 사람.

자살한 그의 무덤에 가본 적이 있다.

비석은 수많은 꽃으로 뒤덮여 있었다.

만년

다자이 오사무 – 유숙자 옮김 – 소화 – 1997년 10월

곁에 있었으면 등을 몇 번이고 쓸어주었을 텐데.

만년晩年. 첫 소설집의 제목을 이렇게 짓고야 마는 처연한 이 남자가 스무 살의 나는 뭐가 그리 좋았던 걸까.

세속의 어긋남과 어긋냄의 인문학

김영민 – 글항아리 – 2011년 2월

도서정가제가 우리 북카페의 목을 조르고 있다.

애초에 우리의 목적은 손님들이 책을 좀더 편하고 익숙한 취미로 받아들이기를 기대한 것이었고, 그렇기에 서가의 모든 책은 편하게 자리로 가져가 꺼내어볼 수 있게 했다. 그러나 손님들은 서가의 책을 읽다 마음에 들면 새책을 사려고 했다. 아무리 깨끗이 유지해도 누군가가 읽었을 수도 있는 책이기에 새책이라는 인상은 주지 못했다. 그래서 모든 서가에는 리퍼브도서(서점에서 되돌아온 책을 다시 깨끗하게 다듬어 판매하는 것)를 진열했고, 판매할 때도 새책보다 저렴하게 판매했다. 생각보다 훨씬 많은 사람이 이 방식을 좋아해주었다.

서점에서 반품한 책은 늘 너무 많았고, 서점에서 반품 도서를 다시 받아주지는 않았다. 대부분이 폐기될 책들이었다.

하지만 도서정가제가 시행된 이후로 우리가 책을 할인 판매하는 것은 위법이 되었다. 리퍼브도서도 마찬가지다. 손님이 많이 읽어 해진 책도 마찬가지다. 출간된 지 10년이 지난 책도 마찬가지다. 예외는 없다. 그렇다고 북카페에서 책을 읽지 못하게 하고 싶지도 않다. 읽던 흔적이 있는 책을 할인 판매할 수도 없고, 그런 책들을 매번 추려내어 버리고 새책으로 바꿔 진열해야 한다…… 이렇게 혹독한 조건 속에서 북카페는 과연 살아남을 수 있을까.

오늘 단골손님이 책을 한 권 사갔다. 영하의 날씨에 따뜻한 커피라도 한 잔 대접하고 싶었지만 그조차 위법이었다.

숨결이 바람 될 때

폴 칼라니티 – 이종인 옮김 – 흐름출판 – 2016년 8월

최근 몇 년, 그리고 앞으로도 꽤 오랫동안 내 인생의 책을 꼽는다면 아툴 가완디의 『어떻게 죽을 것인가』를 댈 텐데, 그것은 '필력 좋은 의사가 쓴 죽음에 관한 책'이라는, 개인적으로 선호하는 카테고리에 속한 책이기 때문만은 아니다. 폐암, 전이, 연명치료 등의 단어와 연결되어 있기도 하다는 점 때문인데, 그 연관어들을 모조리 모아놓은 책이 미국에서 출간된 것을 알고는, 역시 그 연관어와 가장 연관된 지인과 그 책에 대해 한참 이야기를 나누었던 기억이 있다. 이제는 모두 과거가 된, 멀어진 사람이지만. 그러므로 거리를 두고 읽어내려갈 수 없었던 책. 참고 참다가 아내인 루시 칼라니티가 쓴 에필로그를 읽고 조금 울었다.

엊그제는 태어난 지 15개월이 된 아기와 하루 온종일을 보냈고, 어제는 내년 봄 태어날 아기에 대해 온 가족이 이야기를 나누었다. 꽃봉오리 터지듯 내 주위에선 새 삶이 시작될 테고, 머잖아 또다른 꽃들이 시들고 지는 과정이 목격될 것이다. 그 순간순간들에 이 책을 떠올리고, 그 사람도 떠올리겠지.

아스테리오스 폴립

데이비드 마추켈리 – 박중서 옮김 – 미메시스 – 2010년 12월

아는 동생이 난데없이 책 선물을 주었다. 여기까지 들고 오느라 어깨가 아팠을 정도로 크고 두꺼운 만화책이었다. 읽다가 내 생각이 나서 한 권 더 샀다는 그 마음이 너무 고마웠다.

미메시스에서 펴내는 그래픽노블은 나도 몇 권 갖고 있는 시리즈다. 바스티앙 비베스의 『내 눈 안의 너』, 송아람의 『자꾸 생각나』. 그런데 생각해보니 이 책들 역시 선물받았다. 흠, 그래픽노블과 내가 은근히 어울리는 세트인지. 아니면 이 시리즈가 선물용으로 좋은 건지.

미메시스 그래픽노블은 문학, 역사, 철학, 그리고 예술가를 다루는 작품이 많다. 애서가들이라면 사랑하지 않을 수 없는 테마다.

이 책은 50세 생일을 맞은 중년의 건축가가, 어느 폭풍우 치는 밤에 자신의 모든 것을 놓아두고 운명적인 여행을 떠나게 되는 이야기다. 실제의 건축물은 없이 도면만으로 사회적 지위를 얻은 일명 '종이 위의 건축가'로 부와 성공을 쌓은 삶, 이원론적인 확신 속에서 견고했던 일상의 정신이 어떻게 무너져내리고 어떻게 복원될 수 있는지, 과연 그것이 가능하기는 한 건지, 이 크고 두꺼운 만화책은 화려함과 넘치는 생동감으로, 때로는 침묵 속에서 천천히 이어지는 장면들로 우리를 인생의 두번째 빛으로 안내한다.

고트 마운틴

데이비드 밴 – 조영학 옮김 – 아르테 – 2015년 6월

세상이 정말로 새로운 경우는 없다. 거의. 또한, 우리가 세상의 중심인 경우 역시 없다. 하지만 그 순간, 모든 것은 재편성된다. 살인을 하면 존재하는 모든 것이 우리에게 복종한다.

데이비드 밴은 진짜 좀 이상한 사람 같다. 이이가 이렇게까지 시적이었나? 하며 읽은 책. 호불호가 분명히 갈리겠지만 『자살의 전설』과 『고트 마운틴』, 이 두 작품으로 아직 나는 '좋아요'를 주저 없이 누를 수 있음. 몇 발의 총성과 함께 급작스레 어른이 된 건 그 소년이 아니라 그 안의 무엇이다. 인간성이랄까, 대개 비인간적이라 불리는 종류의 인간성.

그림과 그림자

김혜리 – 앨리스 – 2011년 10월

김혜리 기자를 많이 좋아하는 아내의 강력 추천으로 이 책을 읽은 게 2년 전쯤. 나도 작가의 생각과 문장에 흠뻑 빠져서 우리 북카페의 예술 서재에 이 책을 표지 진열해두었다. 예전엔 거의 안 팔리던 책이 표지 진열된 후론 2주에 1권 정도, 느슨하지만 꾸준히 팔리고 있다. 물론 단정하고 아름다운 표지도 한몫했을 것이다.

표지 이미지로 쓰인 〈운명 The Fate〉이라는 제목의 사진은, 선글라스 때문에 시선이 가려진 한 사람의 등뒤로 고양이가 지나가는 흑백의 고요한 장면을 찍었다. 사람은 측면으로 등을 돌리고 앉아 있고, 고양이는 반대쪽 측면으로 빠져나간다. 정작 사람은 정면을 외면하고 있는데, 고양이는 역동적으로 뛰어나가는 자세와 반대로 눈만은 정면을 응시하고 있다. 고양이는 흑백이기에 더욱 검고, 어쩌면 그림자처럼 보인다. 하나로부터 분리되는 둘처럼, 화가와 그림처럼, 작가와 소설처럼, 또는 작품과 독자처럼.

김혜리 기자가 말해주는 그림에서는 그림이 갖고 있는 것 이상의 이야기가 펼쳐진다. 그것은 그림으로부터 한 걸음 떨어져 독자에게 한 걸음 걸어오는 그녀의 다정한 태도 때문일 것이다. 적어도 내게는 그렇다. 그의 빛나는 통찰을 읽고 있으면 마치 인간으로부터 눈동자를 빼앗아간 사진 속의 고양이가 그녀인 것만 같다.

정오의 희망곡

이장욱 – 문학과지성사 – 2006년 4월

때때로 어떤 감정들은 나보다 먼저 와 있었다.
이 시집을 읽으며 깨닫는다.
활자화되어 나를 기다리고 있었다는 것.

February

February

수월관음의 탄생

강우방 – 글항아리 – 2013년 4월

『수월관음의 탄생』은 구성이 독특한 책이다.

일본 다이토쿠사에서 소장하고 있는 〈고려 수월관음도〉 단 한 작품만을 해석하는 데에 370페이지에 달하는 책 전체를 할애하고 있다. 〈고려 수월관음도〉는 미술학도가 아닌 일반인들에게는 무명에 가까운 작품일 것이다. 그럼에도 그것을 마치 경전을 대하듯, 또는 한 사람의 일생을 대하듯 해석하려는 그 시도가 책을 기품 있게 만든다.

"하나의 작품은 하나의 경전이다."

책표지에 쓰인 이 말이 두껍고 큰 책에 무게감을 더한다. 일반 책보다 두 배 가까이 큰 판형에 빼곡하게 담긴 글은, 글 이전에 열기로 다가오는 것 같다.

출간된 지 벌써 4년이 지났지만 다른 서점에서 이 책을 본 적은 없다. 인터넷서점에는 리뷰도 하나 없고, 판매지수도 극히 낮다. 그러나 나와 같은 마음을 느끼는 손님이 우리 북카페에는 꽤 있는 모양이다. 이 책은 4년째 우리 가게의 스테디셀러다.

아우스터리츠

W. G. 제발트 – 안미현 옮김 – 을유문화사 – 2009년 3월

케테 콜비츠 뮤지엄. 바로 옆엔 베를린 문학의 집. 그 건물 반지하의 서점 '콜하스 앤 컴퍼니'에서 제발트의 책들을 고른 건 몇 해 전 봄의 일이었다. "이 사람의 이름을 한번 발음해줄 수 있나요?" 그렇게 그의 이름을 녹음해 독일에서 머무른 열흘간 종종 반복해 들었다. '지(zi)발트'에 가까웠던 그 이름.

독일행을 결정한 건 오로지 제발트 때문이었다. 베를린에서는 『현기증·감정들』을, 드레스덴에서는 『공중전과 문학』, 그리고 『아우스터리츠』를 다시 읽는 것. 계획이라곤 달랑 이 한 문장 세워 떠났던, 좀 이상한 여행. 잊을 수 없는.

반나절이면 둘러볼 수 있는 드레스덴에 나흘이나 할애한 것도 이 계획에 충실하기 위함이었다. 제발트가 아니었다면 궁금해하지도 않았을 곳. 이 시대에 아직도 책을 읽느냐는 물음, 책이 무슨 쓸모가 있느냐는 물음에 내가 내 경험으로 대답할 수 있다면 좋겠다는 바람도 있었다. 그렇게 만난 드레스덴은 파괴되고 잃은 것을 잃은 그대로 둔 채 기억하고자 하는 도시였고, 그곳에서 읽어나간 『아우스터리츠』에는 자신의 이름과 모국어, 어린 시절의 기억을 고통스럽게 복원해나가는 한 사람이 있었다. 어느 개인의 역사와 인류의 역사가 기록되는 닮은 듯 다른 방식. 역시 잊을 수 없는.

기획은 2형식이다

남충식 – 휴먼큐브 – 2014년 5월

우리 북카페에서는 문학, 예술, 인문 분야의 책들이 주로 팔린다. 이 분야의 책들이 카페라는 정서와 더 어울리기 때문일 것이다. 나도 처음 문을 열 때부터 실용서나 아동도서 등의 책들은 많이 가져다놓지 않았다. 하지만 정말 오랫동안, 꾸준하게 사랑받는 실용서도 있다. 예를 들면 바로 이 책, 『기획은 2형식이다』가 그렇다. 이 책은 기획에도 방법론이 있다는 것을, 그리고 그 방법은 간단할수록 효과적이라는 것을 잘 알려준다.

좋은 기획은 언제나 심플하다는 것을 우리는 안다. 복잡하게 꼬여 있던 생각들이 명쾌하게 정리되었을 때의 쾌감을 누구나 느껴봤을 것이다. 그때의 쾌감은 해답을 찾았기에 느껴지는 기분이다. 그 순간 무엇을 변화시켜 해답을 찾은 것일까? 우리는 그 답을 안다. 해답을 위해 새로운 기술을 배우거나 능력을 계발한 덕분이 아니다. 그저 다르게 바라보았을 뿐이다. 해답은 기술의 문제가 아니라 당면한 것을 바라보는 태도의 문제다. 그런 점에서 이 책은 해답에 가깝다.

훗날 훗사람

이사라 – 문학동네 – 2013년 4월

오늘은 퇴근하고 집에 들어와 밥솥의 밥을 퍼 담고 찬물을 부었다. 엄마가 그렇게 잡숫는 걸 볼 때마다 제대로 좀 드시지 않고, 생각했는데. 엄마 마음 이제야 알겠네, 하면서 미지근한 물과 밥을 훌훌 넘겼다. 밥 차려먹는 게 귀찮아, 삼시 세끼 때때마다 먹는 것도 일이다 일, 어휴, 후딱 먹어치워야지, 혼자 중얼중얼거리면서.

곁엔 이 시집. 그리고 아무데나 펼쳐 만난 시 한 편.

몸도 한때는 탱탱한 나무였다/ 그 속에서/ 잎사귀 한 문장 한 문장을 이어/ 책 한 권을 피우기도 했다/ 한 오백 년/ 책갈피 갈피 햇살과 빗물이 스며들 듯/ 주름 같은 나이테/ 낡아가는 몸에 새기고/ 차츰/ 오래된 것도 버릴 수 없는 사람들처럼/ 숲을 뒤지며 헤매는 날들이 간다
—「낡은 심장」에서

눈앞에 없는 사람

심보선 – 문학과지성사 – 2011년 8월

"대표님, 대표님! 어제 친구들하고 한강변에서 시 읽었습니다! 정말 분위기 대박이었습니다. 감사합니다!!"

기형도의 『입 속의 검은 잎』을 표지가 닳을 때까지 갖고 다녔다는 직원에게 시집 한 권을 추천해줬었다. 분명히 좋아할 거라고 생각하긴 했다. 그런데 이렇게 좋아할 줄은 몰랐다.

그 직원은 채만식부터 할리 데이비슨까지, 취향의 스펙트럼이 정말 상상을 초월할 정도로 넓은데, 거기다 또 사람 사귀는 것을 좋아해 잡지를 만드는 출판 프로젝트부터 오토바이 동호회까지 크고 작은 모임들을 적극적으로 만들고 참여하는, 내 기준으론 아주 보기 드문 유형이다. 그것까지는 그런대로 이해할 만했다.

하지만 오토바이 동호회 회원들에게 시를 읽어주다니!

그것도 한강변에서!

이것은 보기 드문 정도가 아니라 위대한 콩트다!

내가 못 믿겠다고 하자 그는 휴대전화로 찍은 동영상을 보여주었다.

한강변은 어둡고 바람 소리가 컸다.

영상에는 가죽점퍼를 걸친 라이더들이 머리를 맞대고 무언가 작게 웅얼거리는 소리를 듣고 있었다.

"대표님이 추천해주신 시 있지 않습니까. 그 「나라는 말」을 읽었는데요. 제가 확실히 봤는데, 두 명은 눈이 빨갰습니다!"

나는 여기가 좋다

한창훈 – 문학동네 – 2009년 1월

연애 시절, 눈이 폭폭 쌓인 날, 푹 쉬라며 내어준 소파에 둥글게 들어앉아 「밤눈」을 읽었다. 한껏 서정적인 시기였다. “산다는 것은 겨울에 따뜻한 것입디다.”

겨울이 되면, 유순한 동물이 되고 싶어지는 겨울이 되면, 또 읽고 싶어질 게 분명하다고 생각한, 짠–한 소설집.

내게 자리를 내어준 사람과는 이제 한집에 살고 있고, 오늘은 그의 생일이다. 우리가 쌓아온 시간에 큰 굴곡이 없었던 것은 우리가 대개는 비슷하고 그러나 결정적으로 다른 사람이기 때문이라고 생각하지만, 그에 앞서 당신이 내게 내어준 자리의 그 따뜻한 온기 덕분이라고, 혼자 생각해본다.

생일 축하해.

렛미인

욘 아이비데 린드크비스트 – 최세희 옮김 – 문학동네 – 2009년 7월

사랑은 계약이다.
그것도 효력이 아주 짧은 단기 계약이다.
그 계약을 갱신하기 위해 필요한 것은 매력과 온기,
그리고 고독에 대한 공포다.

흰 설원 위에 떨어진 핏방울 한 점
아름답고, 두렵고, 온기를 품고 있다.

겨울이 오면 어김없이 생각나는 이 소설의 정경은 실로 기이하지만
그 기이함 역시 사랑의 손짓인지도 모른다.

릿터 4호

릿터 편집부 – 민음사 – 2017년 2월

『릿터』 4호가 이른 아침 도착했다. 몇 달 전 해외소설 두 권의 리뷰를 청탁받아 실비 제르맹의 『분노의 날들』과 윌리엄 트레버의 『여름의 끝』을 써 보냈는데 그게 실리고, 증정본이 도착한 것이다. 내 글이 활자화되는 것은 역시 좀 어색해서 눈으로 슥 훑어만 본 뒤, 늘 그랬듯 서경식 작가님의 칼럼부터 읽어내려간다. 이번 호 제목은 무려 「볼로냐」! 그리고 소제목에 볼드로 적힌 이름, 모란디.

몇 해 전 이탈리아의 학구적인 도시 볼로냐에서 일주일 정도 머문 적이 있다. 볼로냐에 가기로 결정했을 때 가장 먼저 생각난 건, 격하게 좋아하는 화가 모란디였다. 평생을 볼로냐에서 살았던 그. 그의 도시이자 그의 미술관이 있다는 것만으로도 볼로냐에 대한 인상은 단번에 좋아졌더랬다.

볼로냐에 도착하고 사흘 뒤, 볼로냐 근대미술관MAMbo 오픈 시간에 맞추어 다녀왔다. 그의 정물화를 훨씬 좋아했는데 막상 미술관을 돌아보니 풍경화에 더 눈이 갔다. 그건 아마 내가 2, 3일이나마 볼로냐 이곳저곳을 걸었기 때문일 터. 볼로냐 특유의 붉은색 건물과 삼각 지붕, 그리고 그 위엔 작은 굴뚝. 모란디의 풍경화에 고스란히 담긴 볼로냐가 내 눈에 낯설지 않게 읽힌다는 게 재밌고 친근해서 기뻤다. 미술관 창문들 사이사이로 꼭 그러한 풍경이 보이는 것도 근사했고.

여전히 생생한 그날의 좋은 기분을 돌이켜보며 "언제나 너무나 자연스레 모란디는 나의 곁에 있었다"는 서경식 작가님 문장에 밑줄을 긋는다. 내 마음이 꼭 그와 같다.

쇼코의 미소

최은영 – 문학동네 – 2016년 7월

「쇼코의 미소」를 읽고 중학교 단짝이 생각났다.

여름방학의 어떤 날에 그가 우리집에 놀러와 3일 밤을 자고 갔다. 나는 그 친구를 배웅해주러 나갔다가 얼결에 그 친구네 집 앞까지 갔는데, 거기서 저녁을 먹고, 그 집에서 3일 밤을 함께 지냈다. 친구의 집 앞에는 넓은 바다가 있었고, 우리는 한낮에 바다에 나가 놀다가 해 질 무렵에는 갯벌에서 석화를 캤다. 즐겁다기보다는 편안했다. 나는 그런 날들이 영원할 거라고 믿었던 것 같다.

내가 그 모든 것을 완전히 잊어버릴 거라고는, 인생이 절반쯤 흐른 오랜 후에 어떤 소설 한 편을 읽고, 겨우 그 친구의 어리고 순한 얼굴을 떠올리게 될 거라고는, 그때는 결코 알 수 없었다.

나는 『쇼코의 미소』를 두 권 사는 사람들의 마음을 짐작할 수 있다. 그는 이미 이곳에서 첫번째 단편 「쇼코의 미소」를 읽은 뒤이고, 이 책을 편지처럼 전해줄 어떤 이가 떠올랐을 것이다.

열두 겹의 자정

김경후 – 문학동네 – 2012년 5월

자정. 어둡지만 어둡기만 하진 않을 시간.
밝아지겠지만 여전히 어두운 시간.
아프고 무겁고 비탄 어린 언어들.

이 시집을 편집하면서, 과거란 흘러간 시간이 아니라 언제까지고 고여 있는 시간이란 생각을 했었다.

세상물정의 물리학

김범준 – 동아시아 – 2015년 9월

지난 주말에 아내와 한남동에 위치한 블루스퀘어 북파크에 다녀왔다.

이곳은 서점이 아닌 북카페로 알려져 있는데, 서가의 공간이 압도적으로 넓은 데 반해 정작 음료를 마시는 공간은 한쪽 구석으로 제한되어 있었다. 북카페라기보단 리뉴얼한 교보문고 광화문점과 비슷해 보였다. 물론 최근의 경향으로는 서점들도 적극적으로 커피를 팔거나 책을 읽을 공간을 만들고 있고, 북카페 역시 책을 진열하는 데 그치지 않고 적극 판매하기 위한 서재를 구성하고 있으니, 몇 년 후에는 서점과 북카페가 같은 뜻이 될지도 모르겠다.

책은 기호품이라서 눈에 띄어야 한다. 인터넷서점이 제 역할을 충분히 해주고 있지만 그것만으로는 아쉽다. 인터넷서점의 수많은 장점에도 불구하고 우리가 거리에 서점을 만들고자 하는 이유다. 그리고 이렇게 압도적으로 큰 서점의 등장은 가뭄의 단비처럼 언제나 반가운 일이다.

새로운 서점의 출발을 응원하는 의미에서 책을 한 권 샀다. 북파크에는 과학 분야의 도서가 많아 정말 오랜만에 과학책을 샀다. 넓은 매장이지만 최근의 트렌드에 맞게 특정한 분야에 대한 큐레이팅을 강조했는데, 그 테마가 과학인 곳은 처음이었다. 덕분에 아마 인터넷서점이나 종합 서점에서라면 그냥 지나쳤을 서가에 머무르게 되었고, 또 한 권의 책과 인연을 맺게 되었다.

동물을 사랑하면 철학자가 된다

이원영 – 문학과지성사 – 2017년 1월

내 세계는 점점 더 극단적으로 나뉘는 것 같다. 미치도록 귀여운 것들과 처참하게 불쌍한 것들로. 무구한 것들과 악랄한 것들로. 자연스러운 것들과 무신경하게 잔혹한 것들로. 누군가는 동물권이라는 개념 자체가 최근에 생긴 것으로, 그 단어를 쓰지 않던 이전 시대에는 훨씬 더 못 봐줬을 거라고 하지만 나는 좀 생각이 다르다. 동물권이라는 개념이 폭넓어질수록 그 권리를 무시하고 침해하고 짓밟으려는 사람들이 많아질 거란 생각. 애초 괴롭힘의 대상으로 인지하지 않았던 동물들이 괴롭힘의 대상이 될 거라고 생각한다. 물론 이전 시대에도 동물에 대한 인간의 태도는 온당하지 못했지만 그것은 대개 무지, 무관심, 이입하지 않음에서 생긴 것이었으며 지금 시대에 잊을 만하면 한 번씩 들리는 동물 학대 사건은 다분히 의도적으로, 일부러, 그 행위로 자신이 분풀이를 하고 만족을 느낀다는 점에서 다르다.

요즘 제일 많이 쓰는 말이 '의식적으로' '의식하는' 등이다. 요 몇 달 나라 안팎, 나란 일개인을 둘러싼 여러 문제를 마주하면서, 의식하는 것이 얼마나 중요한지 자주 생각한다. 그들이 자신이 한 행위를 의식하고 죄책감을 느꼈다면 적어도 이렇게까지 되지 않았을 일이다.

그냥 휩쓸려 살아버리지 말고 가능한 한 의식하며 살아야지, 하는 생각이 자주 든다. 인간적이다/비인간적이다 하는 구분 참 싫어하지만 보편적인 의미의 그 '인간적인' 인간으로 살기 위해 내가 인간으로서 할 수 있는 최소한의 일이겠구나 하는 생각에.

나는 지하철입니다

김효은 – 문학동네 – 2016년 10월

우연히 펼쳐본 그림책 한 권, 생각은 한없이 뻗어나갔던 오후였습니다.
책 속에는 매일 같은 시간, 매일 같은 길을 지하철을 타고 어디론가 이동하는, 지극히 평범한 사람들의 일상이 담겨 있습니다.
(……) 삶이란 그리 특별한 것은 아닌데, 평소 같으면 그냥 지나치고 말았을 그 풍경 같은 일상에 우리는 왜 감동하고 눈물짓게 되는 것인가.
—2016년 12월 1일 자 jtbc 뉴스룸의 앵커브리핑 중에서

북카페와 가장 잘 어울리는 책은 그림책이다.
짧고, 아름답고, 글자도 많지 않다.
무엇보다 둘이 함께 볼 수 있다.

내가 정말 좋아하는 장면은, 옆에 앉은 이의 시선에 맞춰가며 책장을 넘기려고
책의 귀퉁이에서 멈춰 기다리는 다른 이의 손이다.

한 달의 길이

구달 – 독립출판물 – 2016년 12월

친구 구달. 출판사 몇 곳을 다니다 지금은 쉬면서 독립출판물계의 샛별로 떠오르고 있다. 『일개미 자서전』 『고독한 외식가』 모두 중쇄를 거듭하며 저력을 과시하고 있는데…… 이번 책도 콘셉트부터 남다르다.

한 달을 영화 필름이라고 생각하면, 초당 프레임이 많을수록 화면 속 주인공, 그러니까 내가 훨씬 생동감 넘치게 움직일 것이라는 믿음으로 스치는 순간들을 포착해 서른 조각의 글에 비끄러맸다. 이렇게 모은 필름 조각을 죽 이어붙이면 한 달의 길이를 알아낼 수 있으리라는 기대를 품고. 일상의 자잘한 디테일을 기억하고 기록하는 작업이 월급명세서를 받지 않았어도 내가 한 달을 충분히 살았다는 사실을 입증해주기를 바라면서.

구달의 글을 읽으면 늘 '또박또박'과 '따박따박'이라는 부사가 생각난다. 이번 책 역시 줄어드는 게 아깝다 생각하면서도 한달음에 읽었다. 몇 번 크게 웃었고 몇 번은 눈물이 났다. 구달의 속 깊음과 공정함은 진정성 있는 문장들과 함께 늘 마음 깊숙한 데를 건드린다.

그 속에서 놀던 때가 그립습니다

강소천 외 – 문학동네 – 2009년 9월

우리 북카페의 2층 구석에는 작은 어린이 코너가 있다.

종종 이곳에 올라가 노는 아이들이 있다. 아이는 바닥의 카펫에 여러 권의 책을 펼쳐놓고 그 옆에 주저앉아 손에 잡히는 책들을 들춰본다. 성인의 탐독처럼 진득하게 책을 읽는 경우가 없는 것은 아니지만, 대개는 책을 읽는다기보다는 책을 가지고 논다. 아이가 지나가고 난 자리는 한바탕 싸움이라도 났던 것처럼 어수선하다. 어쨌든 아이들은 책을 제자리에 꽂아두는 법이 없다.

책을 정리하러 올라가서 우연히 발견한 동시집이 있다. 동시이지만, 동시이기 이전에 우리가 저만한 아이였을 때 참으로 많이도 불렀던 노래이기도 하다. 책장을 넘기다보면 나도 모르게 노래를 흥얼거리게 된다.

나의 살던 고향은 꽃피는 산골
복숭아꽃 살구꽃 아기 진달래.
울긋불긋 꽃 대궐 차린 동네
그 속에서 놀던 때가 그립습니다.

사실, 책을 읽는 아이보다 책을 가지고 노는 아이가 언제나 더 사랑스럽다.

내가 북카페에서 일하지만 않는다면 말이다.

제발 조용히 좀 해요

레이먼드 카버 – 손성경 옮김 – 문학동네 – 2004년 3월

삶을 A부터 Z까지 일렬로 늘어놓을 수 있다고 해보자.

카버는 그중 D, E, F만을 보여준다.

그 안에서 A, B, C는 직간접적으로 다뤄져 짐작 가능하다.

G 이후에 대해서는 말하지 않는다.

긴 필름의 일부를 앞뒤로 컷, 하여 딱 그것만 보여주기.

그는 그것이 필름 전체와 비교했을 때 하찮거나 소소한 것이 아니라고 한다.

Z까지 다 보고 감동을 받거나 완결되었다는 생각을 하는 데 길든 독자들은 어디서 놀라고 감탄해야 할지 몰라 당황할 수밖에 없다.

카버는 미국의 체호프라 불린다지만, 체호프는 C, D, E 다음 Z의 충격으로 독자를 놀라게 한다는 점에서 조금 다르다. 체호프의 소설이 더 '소설적'이라 할 수 있다.

카버는 '소설적'인 소설에 대한 기대치를 무너뜨리면서 또다른 '소설적'인 소설을 보여준다.

낭만적 거짓과 소설적 진실

르네 지라르 – 김치수/송의경 옮김 – 한길사 – 2001년 12월

내가 이 시리즈를 처음 알게 된 건 출판사에 입사한 지 얼마 되지 않았을 때였다. 서점에 영업을 나갔다가 인문 쪽 서재를 구경하는데, 굉장히 눈에 띄는 두꺼운 양장본 시리즈가 서재의 한 면을 차지하고 있었다. 책등마다 적힌 '인류의 위대한 지적유산'이라는 시리즈의 표어가 눈에 띄었다. 그야말로 위풍당당. 내가 홍보 문구를 잘 믿는 것인지, 그 시리즈의 책을 읽어본 적이 없음에도 나는 언젠가부터 위대한 사람의 서재에는 한길그레이트북스가 꽂혀 있을 거라고 믿게 되었다. 당시에 나는 햇병아리 직장인이었으므로 지갑의 사정이 늘 여의치 않았다. 그러나 영업을 나가서 마음이 동할 때마다 이 시리즈를 한 권씩 사 모으기 시작했고, 이제 한길그레이트북스는 적게나마 우리집 서가의 한 줄을 차지하고 있다.

하지만 지성미를 갖추려면 아직 멀었다. 이 시리즈는 한번 서재에 꽂히면 여간해선 밖으로 나오려하지 않는 내 서재 생태계의 나무늘보다. 이 책 역시 첫 장을 넘기는 건 오늘이 처음, 우리 서재로 이사 온 지 무려 10년 만이다.

전락

필립 로스 – 박범수 옮김 – 문학동네 – 2014년 9월

'어떻게 죽음을 맞는가'가 '어떻게 살아왔는가'의 다른 얼굴이라는 것, 즉 내가 한평생 어떤 삶을 살았는가는 죽기 직전에야 깨닫게 된다는 무시무시한 그의 통찰을 처음 읽은 건 『에브리맨』에서였다. 내 나이 스물일곱이었고 나는 그 짧은 작품을 다 읽고는 너무나 공포스러워 한동안 아무것도 못하고 벌벌 떨기까지 했다.

『전락』은 『에브리맨』을 떠올리지 않을 수 없는 작품이다. 그런 만큼 감흥이 덜할 수밖에 없기도 했다. 노년의 로스는 나이듦에 대해 종종 썼다. 매번 가차없었다. 나이든다는 것은 연륜을 얻고 여유를 누리고 관조로 얻은 평화 속에 몸을 뉘는 것이 아님을 통렬히 보여준다. 잃는 것, 뺏기는 것, 시드는 것, 빛이 꺼지는 것, 뒤로 밀리는 것. 『전락』도 비슷한 범주에 속하는 작품. 로스는 인터뷰에서 종종 우리가 가면을 쓰고 살아가는 것에 대해 이야기했는데 그걸 이 작품에서 연극배우인 주인공을 등장시킴으로써 직접적으로 다룬다는 게 특징이라면 특징이다.

요컨대 필립 로스는 무정한 노인네란 것이다. 그렇다고 그의 초중기 작품은 좀 관대하냐면 그건 또 아님. 그땐 혈기왕성하고 시니컬하게 무정함. 봐주는 거 없음. 근데 그게 또 이 사람만의 매력인지라, 두어 달에 하나씩은 읽고 싶어진다는 것. 눈도 못 감게 하고 귀도 못 막게 하고 똑바로 서서 제대로 보라는 그의 카리스마란 한번 사로잡히면 벗어나기 힘든 거라서. 평생을 가열차게 무정하다가 깔끔하게 절필한 그 결단력은 또 어떻고.

아주 오래된 서점

가쿠타 미쓰요/오카자키 다케시 – 이지수 옮김 – 문학동네 – 2017년 2월

아내가 만든 책이 나왔다. 올해의 두번째 책이다.

이 책은 일본의 소설가와 애서가가 함께 쓴 일본의 헌책방 순례기다. '헌책도장'이라는 원제처럼, 헌책방의 스승(오카자키 다케시)이 내리는 지령에 따라 제자(가쿠타 미쓰요)가 실제로 여러 지방의 헌책방을 돌면서 도장깨기(무술 수련의 일종으로 다른 도장들을 돌며 격파해나가는 것)를 한다. 순례기보다는 미션 수행에 가깝다. 그만큼 읽기 편하고 미션을 달성해나가는 재미가 있는 반면, 책에 대한 진중함은 덜하다. '책방'에 대한 책 중에선 아마 가장 특이한 콘셉트가 아닐까.

그보다 이 책에는 특별한 사연이 있다. 이 책은 아내가 이 회사에 입사해서 기획해 출간한 첫번째 외국 서적이라는 것이다. 그리고 그보다 더 중요한 것은, 아내가 일일일책에서 이 얘기를 혹시 빼먹었을까봐 덧붙이자면, 제목은 내가 제안했다. 이 책이 잘 팔리면 아내는 내 공도 꼭 인정해주길 바라는 바이다.

나의 사적인 도시

박상미 – 난다 – 2015년 4월

책장을 훑어보다가 이 책을 꺼내든다. 회사를 잠시 쉬며 외주 편집으로 보았던 원고. 원고에 나오는 아티스트의 이름을 검색해 작품들을 찾아보면서 뇌가 즐거워하는 소리를 들었던 기억이 새록새록 떠오른다.

음— 역시 좋다. 대부분 뉴욕에서 쓴 글들이라 무엇보다도 이곳이 아닌 곳에 대한 그리움을 자극한다. 내가 모르는 곳에 대한 향수.

날은 춥고, 나는 나만의 사적인 어딘가를 만들러 가고 싶다.

다치바나 다카시의 서재

다치바나 다카시 – 박성관 옮김 – 문학동네 – 2017년 1월

생각해보니 정말 비슷한 시기에 『아주 오래된 서점』과 비슷한 책이 나왔다.

두 책 모두 '책에 대한 책'이라는 점에서 같고, 두 저자 모두 장서가라는 점에서 같다. 그러나 『아주 오래된 서점』은 책벌레의 이야기다. 책벌레는 집의 서재에도 있지만 도서관에도 있고 헌책방에도 있다. 『다치바나 다카시의 서재』는 수집가의 이야기다. 수집가는 모든 것을 자신의 집에 들여놓는다. 자신의 서재가 도서관이고 헌책방이다. 이 사람의 서재는 심지어 보통의 도서관보다 거대하다. 20만 권의 책을 소장하고 있다고 하니, 나도 모르게 셈을 해보게 된다. 매일 한 권씩 읽는다고 치면, 1년에 365권, 10년에 3,650권, 100년에 36,500권…… 계산이 안 되는군. 거꾸로 200,000권을 50년 정도로 나눠보면…… 음…… 하루에 11권?

물론 어떤 서점, 어떤 서재인들 좋지 않으랴마는, 내게 서재는 지난 시절에 대한 증명이 아니고, 지난 시절을 함께 지낸 친구 같은 게 좋다.

외로운 도시

올리비아 랭 – 김병화 옮김 – 어크로스 – 2017년 1월

토요일 아침에 배달된 책. '제2의 리베카 솔닛'이라는 수식어만을 보고 구입한 책이다. 본인은 어떻게 생각할지 몰라도 저 수식어에 혹하는 독자가 나만은 아니리라.

경란 언니가 디자인한 책이라 한번 더 꼼꼼히 보게 된다. 표지에는 커버가 씌워져 있다. 세 군데가 타공된 커버. 도시의 단조로운 건물, 그 속에서 생활을 꾸리고 있을 타인의 발코니에 하나, 단호함이 드러나는 누군가의 발, 걷는 듯한 그 다리에 커다란 타공이 또 하나, 그리고 제목자 가운데 '운'을 조금 침범한 작은 타공 하나. 세 개의 타공만으로 제목의 뉘앙스가 전해진다. 그 안을 잠시 들여다보고 추측해보게 하는 것.

준비가 되었다면 커버를 벗긴다. 한 여인의 옆모습이 담긴 흑백 사진이다. 사진 제목을 확인하고야 그녀가 그레타 가르보임을 알았다. 그녀는 다소 위태롭게 도로를 건너고 있다. 훤칠한 키와 호리호리한 실루엣이 단번에 시선을 끌지만 그녀의 표정을 읽을 수 없다. 카메라를 외면한 얼굴. 고독에 사로잡힌 클로즈업 사진보다 더 고독한 몸짓이다. 타인의 눈을 의식하느라 자신의 영혼을 소모하지 않겠다는 의지가 엿보인달까. 내면에 몰두한, 근사한, 외로운 세계로 나도 성큼성큼 입장해보기로 한다.

내 아내의 에로틱한 잠재력

다비드 포앙키노스 – 김경태 옮김 – 문학동네 – 2008년 1월

프랑스 현지에서 '장 자크 상페의 그림 같은 소설을 쓰는 작가' '프랑스 문단의 우디 앨런'으로 불린다는 다비드 포앙키노스의 독특한 소설, 그러나 우리나라에선 망한 소설, 더불어 내가 좋아하는 유쾌한 소설을 오늘 누군가가 사갔다.

우리의 주인공 '엑토르'는 수집가다. 더 직설적으로 말하자면 편집증적 수집광이다. 마트의 1+1 상품만 봐도 수집벽이 도지고 마는(일단 같은 종류가 두 개 이상이 되었으므로) 무서운 병을 가지고 있는 그는, 그러나 또한 엄청난 소심함의 소유자이기도 해서, 자신의 보물 1호 '닉슨 대통령 캠페인' 배지가 '비틀스 리더 뽑기 캠페인' 배지보다 못하다는 것을 알고 자살을 기도하기도 한다(!).

어쨌든 우리의 소심남 '엑토르'는 우표, 동전, 과일꽂이(?), 머리카락(!!) 등의 광적인 수집벽에서 탈출하기 위해 결혼을 결심하게 된다. 물론 열렬하게 사랑하는 사람과. 평생 수집 말고는 할 줄 아는 게 없던 엑토르는 과연 결혼생활을 잘 꾸려갈 수 있을까?

어떤 황당한 설정이라도 설득당하고 싶어지는 따뜻한 코미디. 책을 읽는 내내 웃음이 입가에서 떠나질 않는 행복한 괴작. 오늘 이 책을 산 독자의 혜안에 박수를 보낸다.

타인의 의미

김행숙 – 민음사 – 2010년 11월

볼 수 없는 것이 될 때까지 가까이. 나는 검정입니까?/ 너는 검정에 매우 가깝습니다.// 너를 볼 수 없을 때까지 가까이. 파도를 덮는 파도처럼/ 부서지는 곳에서. 가까운 곳에서 우리는 무슨 사이입니까?
—「포옹」에서

대화의 기본 조건이 '두 사람'이란 것.

너와 나 사이의 거리란 건 너와 내가 마주보지 않으면 존재하지도 않는다는 것. 그러므로 이 경우 거리를 좁힌다, 라는 말에는 아무 힘이 없고 그것에 관한 노력은 가상한 것이라는 사실.

끝내 가닿을 수 없다 해도, 끝끝내 교차할 수밖에 없다 해도, 멈출 수 없는, 어떤 것.

소송

프란츠 카프카 – 권혁준 옮김 – 문학동네 – 2010년 3월

눈을 떠보니 벌레가 된 사나이,
보이지만 도착할 수 없는 목적지,
영원히 판결이 유예되는 소송.

카프카의 소설은 요약하기가 쉬워 손님들이나 직원들에게 자주 추천해주게 된다. 하지만 한 줄로 요약된 내용이 소설의 전부처럼 느껴져선지 선뜻 구매하는 사람은 적다. "아, 재밌겠네요!"라고 맞장구치면서 은근히 반대쪽 서가로 시선을 돌리는 손님과 나란히 서 있는 상황이란 서로에게 얼마나 민망한 순간인지……

카프카의 소설은 죄 없는 벌이라는 점에서 인생과 너무 닮았다. 어차피 저 끝에는 불가능만 있다는 사실이 오히려 위로가 되는 게 나뿐만은 아닐 거다.

생의 빛살

조은 – 문학과지성사 – 2010년 3월

흙은 숭고하고 위대하고 말이 없으나 모든 말을 품고 있고.
나고 자라고 죽고 묻히고 돌아가고.

혀끝에서 맴도는 이름

파스칼 키냐르 – 송의경 옮김 – 문학과지성사 – 2005년 5월

우리 부부는 기념일마다 책을 선물한다.

처음에는 상대방에게 추천하고 싶은 책으로 선물했으나, 어쩐 일인지 몇 년 뒤부터는 선물받을 책을 본인이 직접 골라 상대에게 알리는 쪽으로 자연스레 정착이 되었다. (서로 같은 생각이겠지만) 물론 직접 고르는 편이 더 만족도가 높다.

올 밸런타인데이에 내가 고른 책은 파스칼 키냐르의 『혀끝에서 맴도는 이름』이다. 이 책을 고른 이유는 세 가지인데, 파스칼 키냐르는 아내가 너무 좋아해 서가에 따로 한자리를 차지하고 있는 작가라는 것과, 표지가 성밸런타인을 기념할 만큼 충분한 초콜릿색이라는 것과, (결정적으로) 책이 얇다는 것이었다.

나는 파스칼 키냐르의 책을 한 권도 읽지 않았는데, 작가의 이름이 왠지 '나는 쉬운 사람이 아니'라고 말하는 것 같기도 했고, 아내가 추천해준 그의 대표작인 『은밀한 생』이 너무 두껍기 때문이기도 했다. 그리고 오늘 이 책을 받아들고 몇 장을 채 넘기기도 전에 나는 그에게 완전히 빠져들었다. 그는 어떻게 하면 글이 마술과 같은 신비를 품게 되는지 아는 작가 같다.

언어는 무한한 정성으로 보살핌을 받지 못하면 끊임없이 고사枯死하는 관목들이다. 우리 내부에서 어떤 토양도 찾아내지 못하기 때문이다. 우리는 비바람 속에서 한결같이 서로에게 매달린다. 우리는 사막에서 쉬지 않고 뿌리를 더듬는다. 우리의 기력은 계속해서 쇠퇴한다. 우리는 끊임없이 어둠과 침묵에 합류한다. 마치 물이 도랑으로 흘러들 듯이.

#오늘_선물받은_책

혀끝에서 맴도는 이름

파스칼 키냐르 – 송의경 옮김 – 문학과지성사 – 2005년 5월

남편과 나는 매년 밸런타인데이와 화이트데이, 크리스마스에 서로에게 책을 선물한다. 연애할 때부터 그랬다. 원하는 책을 얘기하기도 하고, 알아서 골라보기도 한다. 나름의 의식. 소박하지만 뜻깊은.

올해 밸런타인데이의 책은 파스칼 키냐르다. 우리집 서재에는 내가 좋아하는 작가의 책들이 모여 있는 칸이 따로 있는데, 그중에 파스칼 키냐르 칸도 있다. 뜻밖에도 남편은 한 작품도 읽지 않은 작가.

이 작품으로 키냐르를 시작해보고 싶다며 『혀끝에서 맴도는 이름』을 골랐을 때 그러므로 나는 기뻐하지 않을 수 없었다. 우리가 함께 보낸 시간이 쌓여가며 공유하는 많은 것들 가운데 책에 관한 경험의 공유만큼 일상적이면서 특별한 것이 또 없다는 것을 새삼 느낄 만큼. 마침 나도 아직 읽지 않은 작품이다. 처음으로 남편이 나보다 먼저 읽는 키냐르. 설레고 기대된다. 우리가 함께 키냐르를 읽는다는 것이.

82년생 김지영

조남주 – 민음사 – 2016년 10월

제목은 잊어버렸지만, 인물사진을 찍는 사진작가가 등장하는 이청준 선생의 단편소설이 있다.

사진작가는 수상난민들을 취재하기 위해 밀항선을 타고 바다로 나가는데, 안개가 가득한 날씨 때문에 번번이 실패하고 만다. 자신의 배에서는 그들의 모습을 자세히 볼 수 없다는 사실에 절망한 그는 어느 날 새벽, 사진기를 배에 둔 채 작은 구명선을 타고 사라져 버린다.

그는 난민들에게로 갔을 것이다.
그러나 사진기는 두고 가야 한다.
아니, 사진기는 더이상 필요치 않다.

빛의 호위

조해진 – 창비 – 2017년 2월

화창한 토요일과 어울리는 사람들 사이에서 몰래 운다.
큰 편차 없이 고르게 좋은 소설집을 만난 기쁨.
기억하기와 증언하기라는 문학의 역할과 효과를 보여주는,
따뜻하되 과하지 않은 빛과 같은.
점점 더 좋아진다.

괴괴한 날씨와 착한 사람들

임솔아 – 문학과지성사 – 2017년 3월

찬란한 것,
빛나는 것,
그런 것은 없다.

그런 것이 없다고 믿는 순간
그 순간마저도
그녀는 무언가를 기다리고 있다.

82년생 김지영

조남주 – 민음사 – 2016년 10월

어제는, 이야기를 나누다가 둘 다 눈시울이 붉어졌다. 누군가가 눈물 흘리는 걸 보는 일이 해가 갈수록 드문데 초면인 사이에 그러고 나니 순간 쑥스럽고도 묘한 유대감이 들어 바로 또 웃음이 났다. 눈물을 덮기 위한 미소 말고, 아 맞아, 나도 알아, 당신도 알지? 하는 것.

대화는 늘 어렵지만 대화만이 주는 감정들이 있음을 잊지 말아야지. 나는 나만으로 나일 수 있는 것이 아님을……

어제의 대화가 생각나 그녀의 책을 서재에서 꺼내 가만히 쓰다듬어본다. 그녀였으므로 '김지영'에게 발언권이 생겼다. 그녀의 문장들이었으므로 우리는 '김지영'의 이야기에 귀를 기울일 수 있었다.

바닷마을 다이어리

요시다 아키미 – 조은하 옮김 – 애니북스 – 2009년 5월

만화책은 북카페의 적이다.

만화책은 고객의 체류 시간을 늘린다. 만화책을 읽는 손님들은 모두가 거의 흘러내릴 듯 앉는다(만화'방'이란 말이 괜히 있는 게 아니다). 그리고 꼭 책을 쫙 펼쳐서 읽는다. 결정적으로, 중요한 페이지를 찢어간다.

대체 왜 그러는 걸까? 처음엔 견본을 놔두고 판매용을 래핑해두었지만, 만화책만은 왠지 래핑을 뜯어 읽어도 괜찮다고 생각하는 것 같다. 한 달 뒤 곳곳에 래핑이 뜯겨져나간 만화책들을 보고 화가 나서 가게의 만화책을 전부 빼버렸다. 그 와중에도 아, 이것만은 하는 생각이 드는 만화책 몇 종은 도저히 빼지 못하고 놔두었다. 이것도 일종의 결정 장애일까.

『바닷마을 다이어리』는 시골 바닷가에 사는 네 자매의 일상을 다룬 따뜻한 책이다. 사건이라고 해봤자 첫사랑, 진학에 대한 고민, 이웃 가게의 대출금 심사 등 정말 일상적인 사건이다. 그런데 그 안에 소소한 행복들이 몽글몽글하다.

예를 들면 휴일 점심에 함께 국수를 만들어 먹고 마룻바닥에 누워 둘째 언니의 최근 연애담을 듣는다. 마당에는 6월의 선선한 바람이 돈다. 얘기 도중에 '딩동-딩동', 세탁기의 알림음이 울리면 네 자매가 일어나 빨래를 걷는다. 마당의 빨랫줄에는 아침에 널어놓은 이불이 벌써 보송보송하게 말라 있다. 많은 시간이 흐른 뒤에야 그리워하게 되는 그런 행복이 이 책에는 가득하다. 그러니 이 책은 언제나 서재에 꽂혀 있을 거다. 제발 래핑은 뜯지 마시길.

가라앉은 자와 구조된 자

프리모 레비 – 이소영 옮김 – 돌베개 – 2014년 5월

이 책은 세월호 사건 직후에 출간되었다. 제목만으로도 이미 책장을 펼치기 위해 용기와 노력이 필요한 책이었고, 꽤 오래 책장 구석에 책등이 안 보이게 꽂아두었더랬다. 간신히 읽었던 책. 시간이 흐르고, 한번 더 읽을 용기를 냈다. 안팎으로 뒤숭숭한 건 여전하다.

> 룸코프스키처럼, 우리 역시 권력과 위신에 현혹되어 우리의 본질적인 나약함을 잊어버린다. 우리 모두 게토 안에 있다는 것을, 게토 주위에 담벼락이 둘려 있고 그 밖에는 죽음의 주인들이 있으며 그리 멀지 않은 곳에 기차가 기다리고 있다는 것을 잊어버린다. 그렇게 우리는 자발적이든 아니든 간에 권력과 타협하게 되는 것이다.

인생이란 대부분 중요한 결정의 순간엔 숙고할 틈도 없고, 그뒤의 결과는 짐작도 할 수 없다. 난 절대 '그렇게' 살지 않겠어, 다짐을 해도 결국 '그렇게'에 가까워졌을 때 아무리 몸부림쳐도 헤어나올 수 없기도 하다. 지키고 싶은 것과 잃고 싶지 않은 것이 내 뜻과는 다르게/내가 의도하지 않아도 손가락 사이로 빠져나갈 수도 있을 것이다.

인간이란 어떤 존재이며 너와 내가 인간이라는 같은 이름으로 묶이는 게 지당한 것인지, 우리는 어떻게 살아가야 하는지, 운명 앞에서 인간이 할 수 있는 일은 무엇인지, 집밖으로 한 발짝도 나가지 않았는데 거대한 생각거리들이 바로 눈앞에 몰려들었다.

러브 레플리카

윤이형 – 문학동네 – 2016년 1월

『러브 레플리카』에 수록된 단편 「대니」는 베이비시터용 안드로이드다. 인간 삶을 개선하기 위해 만들어진 로봇인 셈이다. 대니는 (우리가 상상할 법하게) 조금씩 인간의 마음을 알게—갖게 된다.

소설을 읽으며 나는 조금 엉뚱한 상상을 해보았다. 지금까지 우리가 생각하는 로봇이란, 우리의 삶을 개선하기 위해 외부로부터 만들어진 존재였다. 그리하여 자연스럽게 인간-로봇의 대칭이 만들어진다. 그런데 우리 삶의 개선을 위해 우리의 내부로부터 만들어지고 있는—예를 들면, 휴대전화나 패턴 인식 장치 등이 조금씩 개발되어 우리의 뇌와 연결되는 식의—보조 장치들이 우리의 생각과 몸을 일정 부분 통제하게 된다면, 우리가 우리의 몸과 마음을 제어하는 것을 소프트웨어에게 허락하기 시작한다면, 그때에도 로봇은 우리의 적일 수 있을까? 아니, 나라는 로봇을 내가 어떻게 타자화할 수 있을까?

SF소설의 로봇은 기계이기 때문에 위험한 것이 아니다. 그것은 타자-침략자의 프레임으로 위협적이다. 일찍이 우리가 미개인들을 정복한 것처럼, 그후에도 자연을 정복하려는 것처럼.

사실 윤이형의 소설 속에는 로봇이 등장하지 않는다. 거기에 무언가가 있다면, 그것은 미래를 보는 우리의 눈동자에 새겨진 살육과 폭력의 이미지뿐이다.

목마른 계절

전혜린 – 범우사 – 1994년 7월

최근에 『아주 오래된 서점』을 출간하고 우리 팀 트위터 계정에 팀원 각자 헌책방에서 산 책에 대해 올리기로 하였다. 내가 고른 책은 전혜린의 『목마른 계절』이다. 값 2000원, 카피는 '서구에의 향수와 비범성'이다. 마흔 살 넘은 '아주 오래된 서점'인 뿌리서점에서 2010년 발견한 책. 이미 너무 다른 세상인 그녀의 세상이 기대만큼 멋지지 않아 당황했던 기억이 있다. 외려 뿌리서점을 찾아가는 길이 더 강렬했다. 홍등가 골목을 가로질렀지……

뿌리서점은 시간이 느릿느릿 흐르는 곳이었다. 아니, 흐르긴 하나? 싶었던 곳이란 게 맞겠다. 흘러오는 시간은 있지만 흘러가는 시간은 없던. 프림 냄새가 친근하게 느껴졌던 곳.

이 책과 1989년도 신춘문예 신작 시집을 샀다. 그 목차에 김기택, 나희덕 시인의 이름이 있었다.

나의 친애하는 적

허지웅 – 문학동네 – 2016년 11월

에세이는 작가와 글 사이에 여백이 없어서 불편할 때가 많다.

그러나 그렇기 때문에 에세이를 통해 어떤 사람과 특별한 교감을 느끼는 때도 있다. 허지웅씨는 너무 약하거나 너무 강해 보였다. 그 둘은 다르지 않다. 고온과 냉탕을 오가면서 우리는 언젠가 우리가 단단하게 제련될 거라고 믿을지도 모른다. 그러나 그렇게 되지 않을 것이다. 우리가 바라는 언젠가는 오지 않고, 우리는 언제나 너무 약하거나 너무 뜨거운 채로 살 것이다.

봄에 나는 없었다

애거사 크리스티 – 공경희 옮김 – 포레 – 2014년 1월

어떤 책을 읽은 뒤 의도하지 않은 상황에서 그 책의 구절이 떠오르거나 장면이 그려질 때야말로 그 책이 완전히 자기 것이 되는 것 같다고 말하던 사람이 있다. 불현듯 떠오른 『봄에 나는 없었다』의 한 장면. 안락한 삶을 살아가던 한 여인이 낯선 여행지에서 지금까지의 삶이 자기기만으로 점철된 신기루에 불과했음을 깨닫고 무너져내리는 과정을 그린 작품이다. 추리소설계의 대모인 애거서 크리스티가 필명으로 발표했고 50년 가까이 그 사실을 비밀에 부친 소설. "몇 날 며칠 자신에 대해서 생각하는 것 말고는 할 일이 아무것도 없다면 자신에 대해 뭘 알게 될까." "당신은 외톨이고 앞으로도 죽 그럴 거야. 하지만 부디 당신이 그 사실을 모르길 바라." 사막에 홀로 서서 절규하던 그녀의 모습을 나는 오늘 왜 갑자기 떠올렸나. 앞으로 내가 겪을 날들의 복선이라도 되는 것처럼 급작스레 떠오른 장면들이 한참 동안 나를 뒤흔들고 간다. 실감으로 온몸이 떨린다.

고래

천명관 – 문학동네 – 2004년 12월

소설가 김영하의 단편 「옥수수와 나」에는 한 소설가가 그야말로 신들린 듯이 소설을 쓰는 장면이 나온다. 밥도 잠도 잊은 채 무아지경에 빠져버린 소설가, 다음 장면을 떠올리기도 전에 손이 먼저 쓰고 있는 소설, 흔히 말하는 쓰는 그 순간 정말 미쳐서 쓴 것 같은 소설. 그 장면을 읽을 때 떠올랐던 소설이 『고래』다.

이 책을 읽을 때 나는 소설에 '올라타는' 경험을 했다. 우리가 '호랑이 등에 올라탄다'고 할 때의 그 기분 말이다. 호랑이가 어디로 갈지는 아무도 모른다. 확실하게 느낄 수 있는 건 호랑이는 사람이 몰 수 있는 동물이 아니라는 것이다.

작가를 실제로 몇 번 만난 적이 있다. 그때 이미 나는 『고래』의 팬이었기 때문에 작가가 분명 사회성이 결여된 괴인일 거라고 생각했는데, 의외로 굉장히 예의바른 분이어서 한편으론 실망스러웠다. 정도 많고 인간미가 넘치는 좋은 분이지만, 절대 '그' 소설을 쓴 사람으로는 보이지 않았다. 그런데 생각해보면 그편이 더 재미있다. 평소엔 점잖은 소설가가 집에 가서 컴퓨터를 켜고 자판에 손을 올리기만 하면…… 물론 이건 나만의 상상이다. 어쨌건 나는 『고래』와 같은 충격적인 소설을 다시 한번 간절히 원하는 독자다. 그러나 작가에게 그 말을 하지는 못했다. 타석에 들어설 때마다 '홈런! 홈런!' 하고 외쳐댄다면 얼마나 부담스러울 것인가. 아무리 훌륭한 타자라도 홈런을 날리는 비율은 스무 번에 한 번꼴이다.

자유로울 것

임경선 – 예담 – 2017년 1월

최근에 각자가 만든 책을 선물하는 오랜 사이가 있다.

내가 만든 『아주 오래된 서점』과 언니가 만든 『자유로울 것』이 테이블에 올라와 있다.

가름끈 색깔이 본인이 정한 것과 다르게 나왔다고 속상해하는 언니.

언니 성격 잘 아는 나는 괜히 웃음이 난다.

우린 참 이런 것들에 예민하지.

읽는 사람들은 어쩌면 신경도 안 쓸 것들.

얼핏 소소해 보이는 곳곳에 편집자의 고민과 선택이 스며 있다.

한 권의 책을 이루는 많은 요소를 독자들이 한 번쯤 꼼꼼히 뜯어봐주었으면.

당신 인생의 이야기

테드 창 – 김상훈 옮김 – 엘리 – 2016년 10월

과학소설, 또는 SF라고 분류되는 소설들에 대한 선입견이 있었다. 물론 지금도 선입견이 없진 않다. 그러나 지금은 적어도 과학소설의 주인공이 물리학이 아니라는 것은 안다. 추리든, 과학이든, 역사든, 장르를 불문하고 모든 소설은 결국 인간을 향한다. 과학은 단지 감정의 고양을 위해 잠시 빌리는 소재일 뿐이다.

인간과 인간다움. 세상의 많은 이야기가 두 표지 사이에 놓인다. 그리고 과학소설에서의 인간다움은, 마치 영화 〈A.I〉의 히로인인 할리 조엘 오스먼트의 깊은 눈망울을 들여다보는 것과 같다.

카타리나 블룸의 잃어버린 명예

하인리히 뵐 – 김연수 옮김 – 민음사 – 2008년 5월

지인들과 조촐히 꾸려가는 독서 모임에서 이 책을 함께 읽었다. 170쪽짜리 책을 읽고 이야기를 나누며 나는 세 번쯤 크게 웃을 수 있었다.

첫번째는 카타리나 블룸의 캐릭터 덕분이었다. 강도에 살인 혐의까지 있는 인물의 도주를 도운 죄목으로 난데없이 잡혀들어가 심문을 받게 된 스물일곱의 여성. 그녀의 합리적이고 사리분별 분명한 모습과 조목조목 옳은 답변들에 가슴이 두근두근, 어느새 광대를 씰룩이며 웃게 된 것.

두번째는 저자인 하인리히 뵐이 밝혀둔 '당부의 말씀'에서였다. "『빌트』지와의 유사점이 있다고 해도 그것은 의도한 바도, 우연의 산물도 아닌, 그저 불가피한 일일 뿐이다." 작품 속 황색언론 『차이퉁』지와 『빌트』지를 연관시켜 생각할 수밖에 없게 만드는, 참으로 '보란듯이' 적시해둔 당부의 말씀. 실제 이 책은 출간 직후 엄청난 판매고를 기록하였으며, 10년 뒤 뵐이 쓴 후기에 따르면 이 책이 '의미하고' 있다고 볼 수 있는 『빌트』지는 매주 발표하던 베스트셀러 목록까지 없앴다고. 하하하하!

세번째는 지인들과 뜨끈한 솥밥에 보쌈을 먹으면서였다. 하 수상한 시국에 난무하는 거짓 뉴스들과 자극적이고 왜곡된 보도 형국을 도마 위에 올린 뒤 잘게 채를 썰면서. 단순히 팩트를 짚고 넘어가는 것만으로 해결되지 않는 황색언론의 위험성을 우리는 카타리나 블룸의 비극적인 운명을 통해 너무나 강렬하게 간접체험을 한 직후였으므로, 그 어느 때보다도 분명하고 단호한 어조로 채를 썰 수 있었다.

당신이라는 안정제

김동영/김병수 – 달 – 2015년 11월

스피커가 고장나 음악이 나오지 않는다며 이른 아침부터 직원이 연락을 했다. 수리업체가 문을 열려면 아직 한 시간을 더 기다려야 했다. 나는 멀리 서울 근교에 있었다. 직원에게 금방 간다고 하고 서둘러 차를 몰고 가게로 가고 있었다.

"대표님, 손님이 고쳐주셨어요! 신경 안 쓰셔도 돼요~:)"

가는 도중에 직원에게 다시 문자가 왔다. 응? 아니 무슨 홍반장이라도 다녀갔단 말인가. 가게에 도착해보니 음향기기를 고쳐준 손님은 김동영 작가였다.

아침 7시 40분, 항상 문을 여는 시간에 맞춰 오는 손님이 있다. 몇 년째 단골인 그는, 여러 권의 베스트셀러를 낸 작가이기도 하다. 나는 그의 글을 무척 좋아한다. 그는 나보다 조금 나이가 많지만 그의 글은 나보다 훨씬 풋풋하다. 덜 여문 풋풋함이 아니고, 여물지 않겠다는 의지가 보이는 풋풋함이랄까. 작고 귀여운 오토바이를 타고 세상의 이곳저곳을 혼자 돌아다니며 때로는 에세이를, 때로는 소설을 쓰는 그를 보면 내가 선택하지 않은 아주 낭만적인 삶이 바로 거기 있는 것만 같다.

그렇게 행복한 것만 같던 그가 공황장애와 우울에 시달린다는 것을 알게 된 건 이 책이 출간되고 나서였다. 그는 한 정신과 전문의와 7년을 만나며 마음 치료를 받고 있다고 한다. 치료라기보다는 안정감에 가까울 그것은, 그는 잘 모를 수도 있겠지만, 그가 우리 직원들에게 매일 건네는 미소 속에 늘 있는 것이다.

나는 잠깐 설웁다

허은실 – 문학동네 – 2017년 1월

등단 후 7년 만에 나온 첫 시집.
한 달 만에 중쇄를 찍는다.

홍매홧빛 시집 속엔 초혼招魂을 부르는 듯한 목소리가 담겨 있다. 이른 아침 통근 셔틀 버스를 기다리며 근처 세븐일레븐에서 몸을 녹이며 읽기엔 너무 짙고 농밀했던 언어들.
중쇄를 준비하며 못다 읽은 시들을 가만가만 챙겨 읽는다.

등뒤에선 눈이 펑펑 쏟아진다.
마지막이면 마지막인 대로, 아니면 아닌 대로 또 좋을 눈이다.

무한화서

이성복 – 문학과지성사 – 2015년 9월

가끔씩 『무한화서』를 꺼내 읽곤 한다.

대학 재학중엔 시를 전공했었다. 나름 열심히 썼고, 몇 차례 신춘문예에 투고도 했지만 이상하게 투고하던 그때에도 시인이 될 거라곤 생각하지 않았다. 물론 당연히 떨어졌다. 그래도 다행인 건 전공을 살려 출판사에 취직을 했다는 것, 그 연으로 밥벌이를 하고 이렇게 산문도 쓰게 되었다는 것이다. 고백하자면, 몇 년마다 몸살을 앓듯 시를 쓴다. 시가 정말 좋아서일 수도 있고, 현실 도피용일 수도 있다. 어쩌면 그냥 습관일 수도 있다. 작년 이맘때쯤에도 썼다. 그때 사서 읽은 책이 『무한화서』다.

이 책은 이성복 시인의 대학원 시 창작 강의 내용을 편집한 것이다. 시를 쓸 때 알아두어야 할 마음가짐이나 잔기술 등을 읽기 쉽게 입말로 풀어놓았다. 나는 서점에서 우연히 발견했지만 시를 쓰려고 하는 이들에겐 필독서일지도 모른다. 선생의 글을 읽고 있으면 '쓰고 싶다'는 열의와 '쓸 수 있겠다'는 자신감이 생기기 때문이다. 하지만 나는 안다. 등단하려면 최소한의 재능이 있어야 한다. 등단했다손 치더라도, 글로 밥을 벌려면 더 큰 재능과 노력이 있어야 한다. 너무도 잘 알기에 글을 쓰는 대신 정말 열심히 일해오지 않았는가. 그런데 왜 이 새벽에 나는 다 식은 아궁이를 불쏘시개로 들춰보는 것처럼 이 책을 꺼내 읽는 걸까.

강산무진

김훈 – 문학동네 – 2006년 4월

속수무책과 불가피함. 그는 여기서 시작해 여기서 끝난다.

그리고, 질감. 그는 질감에 집착한다. 세계의 질감에서 피부의 질감까지.

닿을 수 없는 것과 닿음으로써 확실하고 분명해지는 것.

존재론적으로 확실하고 인식론적으로 모호한 것.

그의 언어는 언제나 말할 수 없는 것에 대해 말하지 않는다.

그것은 견고하고 완전하여 슬프고 무력하다.

프레젠트

가쿠타 미쓰요 – 양수현 옮김 – 문학동네 – 2006년 11월

2006년 11월에 나는 막 마케팅 팀장으로 승진했는데, 그때 내가 처음 편집부와 한 약속이 이 책을 잘 팔아보겠다는 것이었다. 결과부터 말하자면 약속은 지키지 못했다. 소설 『악마는 프라다를 입는다』가 영화 개봉에 힘입어 갑자기 하루에 2,000부씩 판매되기 시작했다. 경력이 일천했지만 이런 호기가 좀체 오지 않는다는 것 정도는 사내에 흐르는 분위기만으로도 알 수 있었다.

꽤 시간이 흐르고 나서 이 책을 읽었다. 책에는 열두 편의 짧은 소설이 묶여 있었다. 한 편에 하나씩 선물이 등장했다. 태어날 때 받는 '이름'부터, 처음 매어보는 가방인 '책가방' '첫 키스' '냄비 세트' '성게전병' '비상열쇠' '베일' '기억' '그림' '요리' '곰인형', 그리고 마지막 '눈물'에 이르기까지. 한 여성이 일생 동안 받게 되는, 또는 받을지도 모르는 선물들에 대한 에피소드가 실려 있는 책이었다. 잔잔하고 따뜻했다.

『악마는 프라다를 입는다』는 수십만 부가 팔렸지만 지금은 절판되었다. 이 책은 조금씩이지만 여전히 꾸준하게 판매되고 있다. 시간에 구애받지 않고 언제, 누구에게나 선물처럼 읽힐 책이기 때문일 것이다. 개인적으로는 10년 동안 내가 팔아주기를 기다린 것 같은 책이기도 하다. 내가 신경쓰지 않아서 책의 운명이 바뀐다는 것은 책의 힘을 과소평가한 오만함일 것이다. 그럼에도 미안한 마음은 떨칠 수가 없다. 그래서 우리 북카페의 한쪽에는 언제나 이 책이 진열되어 있다.

새들은 페루에 가서 죽다

로맹 가리 – 김남주 옮김 – 문학동네 – 2001년 11월

남편이 이 책을 읽으려고 꺼냈다가 "어?" 하며 내게 내민다. "내 책이 아니었네"라며. 우리는 각자 소장한 책이 적지 않아 한집에 살게 되면서 대대적인 '서재 결혼시키기'에 돌입했었다. 나름의 기준으로 책들을 정리한 이후 가끔 이런 상황이 발생하는데, 그러니까, 당연히 내 책인 줄 알고 뽑았는데 아닌 상황 같은 거. 나보다 상대방이 먼저 샀거나 누군가에게 선물받은 책인 경우가 대부분이다. 오늘의 책은 후자에 해당한다.

"이렇게 손글씨로 누군가에게 이야기를 한다는 것 역시 무척이나 생소한 일이 되어감을 깨닫는다. 그래도 우리는 2006년에 여전히 함께이며, 우리는 계속, 서로에게 그런 의미일 거라는 묘한 확신이 들어."

열일곱에 만나 지금까지 서로에게 든든한 의지처가 되어주는 벗들이 있다. 우리 넷은 매년 제헌절에 서로에게 책을 선물해왔고, 이 책 역시 그중 한 권. 이 친구와는 고등학생 시절 하루에 한 통씩 편지를 주고받았다. 날렵하고 어른스러운, 그러나 못 본 지 5, 6년은 된 글씨. 아주 오랜만에 발견한 흔적이지만 익숙한 그 필체를 보는 순간 우리가 함께 보낸 20년 가까운 세월이 한순간 흐른다. 너에게 선물받은 이 책으로 나는 로맹 가리를 알게 되었어, 내게는 아주 큰 의미란다, 하고 혼자 조용히 생각해본다.

자기만의 방

버지니아 울프 – 이미애 옮김 – 민음사 – 2016년 11월

'쏜살문고'는 민음사에서 새로 펴내는 문고본 시리즈다.

문고본, 또는 페이퍼백이라고도 부르는 이 책은, 대부분은 A6판(105×148mm)의 크기에 가벼운 종이 한 장으로 표지를 만들어, 값이 싸고 휴대하기 편하다는 장점이 있다. 민음사는 '쏜살문고'를 펴내기 10년 전인 2006년도에도 '까멜레옹'이라는 시리즈를 론칭했는데, 그 첫번째 책인 『점퍼』는 무려 580페이지에 상당히 파격적인 금액인 6,800원을 매기고 출간되었다. 출판계에서는 대형 출판사에서 기획해 대대적인 마케팅을 펼치는 이 시리즈의 성공 여부가 많은 주목을 받기도 했다. 결과는 참담했다. 완전히 망한 것이다.

'까멜레옹'은 책의 형태에 있어서는 문고본이었지만, 내용면에서는 청소년문학을 위주로 출간했다. 그러나 원래의 문고본은 1927년 일본의 이와나미 문고가 고전을 보급하기 위한 목적으로 처음 발간한 것으로, 세월의 검증을 거친 책을 저렴한 가격으로 휴대하기 쉽게 볼 수 있게 하는 데 그 의미가 있는 것이다. 그런 의미에서 이번에 론칭한 '쏜살문고'는 문고본의 취지에 맞춤한 책들을 잘 고르고 있다. 그리고 무엇보다 책이 예쁘다. 자신의 실패를 거울삼아 새로이 만드는 이 시리즈의 앞날이 무척 기대된다.

황천의 개

후지와라 신야 – 김욱 옮김 – 청어람미디어 – 2009년 2월

우린 각기 다른 폐색 속에 살고 있지.
이토록 아름다운 문장이 구원이 될 때가 있어.

진심의 공간

김현진 – 자음과모음 – 2017년 2월

북카페를 만들 때 가장 중점을 둔 것이 파사드다.
바깥에서 이곳이 어떻게 보일 것인가.
상점에게 그것은 생존과 직결된 문제다.
그러나 그것만으로는 건축은 패션에 다름 아닐 것이다.
우리 모두가 알고 있듯이 건축은 옷이면서 몸이다.
우리 가게의 단골은 결국 이곳의 공기와 시간을 사랑하는 사람들이다.

실용적이면서도 아름다울 것. 책을 포함해 모든 상업디자인의 지상과제가 되어버린 이 명제는 건축가들에게도 예외는 아닐 것이다. 그러나 이 책의 저자는 실용적이고 심미적인 것에 더해 시간의 흐름에도 관심을 두어야 한다고 말한다.

우리가 그곳에서 사는 동안에 문, 계단, 창문, 지붕이 우리의 시간에 어떻게 스며드는지 생각해보라고.

오늘처럼 고요히

김이설 – 문학동네 – 2016년 4월

그녀는 아무렇지 않은 얼굴로 문장과 문장을 이어간다.

그것들이 모여 섬뜩함과 처참함을 낳는다.

서늘하고 무서워서 어깨에 들어간 힘을 뺄 수 없다.

김이설. '다른 이야기異說'를 쓰고 싶어 지은 필명이라고 했지.

회복 불가능한 것들에 대한 한결같은 탐구. 화해는 제스처로도 취하지 않는다.

'그럼에도 불구하고'로 도망갈 틈이 조금도 없다.

당신에게 말을 건다

김영건 글/정희우 그림 – 알마 – 2017년 2월

앉은자리에서 다 읽고 그냥 눈물이 났다.

아버지의 권유로 반백년이 넘은 서점을 이어받아 운영하게 된 청년의 이야기다.

그가 운영하는 서점은 "원해서 시작한 일도 아니고, 어찌어찌하다가 사십 년 동안 서점 일을 한" 아버지에게 물려받은 곳이고, 그가 초등학교 입학 전까지 놀던 공간이기도 하다. 그는 책을 사랑하기 이전에 이미 책에 동화된 사람일 것이다.

우리는 누구나 그러한 숙명을 안고 있다. 숙명이라고 말하면 너무 거창할지도 모르지만, 자신도 모르는 새에 이미 깊게 동화되어 몸에 새겨진 것이 나에게도 있을 것이다. 그것을 인정하고 받아들이려는 사람의 애씀이 나를 울렸다.

또한 이 책은 한 청년의 이야기 이전에 서점을 시작하는 사람의 입을 빌려 서점이 들려주는 시간의 이야기다. 그 시간 속에는 또 한 명의 청년이 있다. 그 청년은 이제 막 문을 연 서점 앞에서 기념사진을 찍고 있다. 50년도 넘은 그 흑백사진 위로는 자기 자신으로부터 이어져온 오래된 미래가 강렬한 빛처럼 내리비치고 있다.

리츠 호텔만한 다이아몬드

스콧 피츠제럴드 – 한은경/김욱동 옮김 – 민음사 – 2016년 11월

나에게 없는 것을 원하는 것.

그것을 성취한 뒤 한순간에, 혹은 자신이 모르는 사이 다 잃는 것.

그뒤엔 그것을 한 번도 가져본 적 없는 사람으로 살아갈 수 없다는 것.

인생의 많은 부분이 열망과 성취와 상실, 그리고 그 비어버린 자리를 어쩔 줄 몰라 하며 바라보는 시간들로 채워진다는 것을 참 얄밉게 잘 그려내는 작가. 적당히 이루고 적당히 잃는 것은 그에게 없다. 적어도 그에게 문학은 그런 게 아니다.

새벽 세시, 바람이 부나요?

다니엘 글라타우어 – 김라합 옮김 – 문학동네 – 2008년 4월

제목: 에미에게–

끊임없이 요구하기만 하는 당신의 어리광, 시니컬하면서도 애정 어린 말투, 막무가내식의 질투, 모험 같은 사랑을 꿈꾸는 눈빛, 가끔씩이지만 다정다감한 사랑의 인사, 쉽게 흥분하고 쉽게 안도하는 성격, 비비 꼬아대지만 재치 넘치는 유머, 그리고 지금은 북풍이 불고 있어요. 당신을 닮은 바람.

에미, 그 절벽에서 뛰어내리려 하지 마세요. 아래를 보지 마세요.

창틀을 뒤흔드는 북풍, 소리 없이 내려앉는 먼지들, 차가운 메일함, 서늘한 심장과 떨리는 손가락, 이 무질서한 일상과 고독, 반복되는 외로움, 무한한 환상, 그 어느 곳에서도 당신을 찾을 수가 없어요. 또 그 모든 곳에 당신의 흔적이 있어요.

한때의 꿈같은 사랑, 그것이 우리 삶을 얼마나 뒤흔들어놓았는지…… 에미, 사랑에는 그런 시기가 있어요. 느닷없이 수신 불가 통보를 받아야 하는 시기. 당신이 잘 이겨낼 거라고 생각해요. 당신과 당신의 이성과 당신의 삶이. 상대방이 어떤 각오로 사랑을 포기했는지 당신이 안다면(그것을 생각하는 것만으로도 끔찍하지만), 당신은 평생 흘릴 눈물을 지금 당장 쏟아낼 수밖에, 달리 할 수 있는 일이 없을 거예요.

내 인생의 빛나는 순간과 외로운 순간마다 당신 생각을 많이 하게 될 거예요.

아침에도, 낮에도, 저녁에도, 밤에도, 그리고 그사이와 그 바로 전, 바로 후에도.

신의 놀이

이랑 – 유어마인드 – 2016년 6월

『신의 놀이』는 이랑의 정규 2집 앨범이다. 포장을 벗기면 100쪽이 안 되는 책과 함께 2집 수록곡을 다운받을 수 있는 링크와 코드가 나온다. 평소 이랑의 문장들을 격하게 좋아하던 나로서는 첫 장을 넘기는 순간부터 이미 이 책을 좋아할 준비가 되어 있었다.

첫 문장은 이러했다. "올해는 계속 한 가지만 생각하고 있다. '즐겁게 살자.'" 과연. 이 책은 앞으로 우리네 인생이 얼마나 즐겁지 않은 일들로 가득하며, 가까스로 찾아낸 즐거운 순간들이란 무엇인지 가만히 곱씹어보고, 그것을 추구하려 하나 얼마나 수월치 않은 일인지, 그럼에도 불구하고 우리는 오늘과 내일, 글피에도 계속 죽지 않고 살아 있을 터이므로 어떻게든 계속 이 생각을 놓을 수 없음에 대해 담고 있으리라 짐작할 수 있었다.

『신의 놀이』를 셀 수 없을 만큼 반복해 읽고 들었다. 그럼에도 불구하고 어떤 대목에서는 반드시 눈물이 났다.

이랑은 오늘 한국대중음악상 시상식에서 최우수 포크노래상을 수상했다. 수상 소감을 말하는 자리에서 이랑은 본인의 1월과 2월의 수입을 말하며 "어렵게 아티스트 생활을 하고 있으니까 상금을 주시면 감사하겠는데 상금이 없어서 이걸 팔아야 할 것 같다"고 즉석에서 트로피를 경매에 붙였다. 참으로 '이랑답다'는 생각에 웃기고 슬펐다. 이 퍼포먼스에 대한 갑론을박은 또 얼마나 그녀에게 생채기를 남길지 걱정도 된다. 즐겁게 사는 길은 이토록 멀고도 험하다.

March

March

웬만해선 아무렇지 않다

이기호 – 마음산책 – 2016년 2월

작가의 전작들도 안 팔리는 편은 아니었지만, 이 책은 내가 느끼기엔 작가의 대표작보다 10배는 많이 팔린 것 같다. 처음엔 어딘가에 소개되었거나 출판사가 홍보를 잘해서 반짝 팔리는 줄 알았다. 그런데 그게 반년 이상 지속되니 대체 왜? 하는 기분과 함께 인기 많은 생선가게에 들어가보는 고양이처럼 결국 책을 사버렸다.

책의 표지엔 '짧은 소설'이라고 적혀 있다. 한 편에 서너 장 정도의 분량으로 소설이라기보단 콩트 같다. 분량이 짧더라도 소설과 콩트는 다르다. 나만의 기준일 수도 있지만, 소설은 길이와 무관하게 입체적이어야 한다. 인물과 장소, 사건들이 뒤섞인 세계를 독자가 들어서 만지작거리며 이쪽에서도 보고 저쪽에서도 보는 것이다.

어쨌든 책은 술술 잘 읽혀서 앉은자리에서 끝까지 다 읽었다. 내용은 대체적으로 심심했고 가끔 웃길 때도 있었지만, 읽은 뒤에도 대체 왜? 하는 물음은 여전히 머릿속에서 떠나지 않는다.

진심의 공간

김현진 – 자음과모음 – 2017년 2월

이 책의 첫 챕터는 '문은 비대칭이다'이다. "문은 건축의 탄생과 함께 존재했지만 (……) 잠그고 여는 일의 반복, 안전과 구분에 대한 열망 덕분에 모든 사람에게 공평하고 편리한 손잡이가 발명될 수밖에 없었"고, 우리는 점차 문의 방향과 손잡이 돌리는 법을 몰라 허둥대거나 문지방을 밟고 서 있는 일을 불경스럽게 여기지 않는 시대를 살고 있다는 내용. 지적이고 철학적인 분석과 건축가의 전문적인 식견 덕에 자연스레 내 공간을 돌이켜보게 된다.

우리집에는 방이 세 개, 화장실이 두 개 있다. 그렇다면 도합 다섯 개의 문이 있다는 이야기인데 실제로는 세 개뿐이다. 셋 중 하나는 옆으로 밀고 닫는 슬라이딩 도어로 만들었고, 두 개는 이사 올 때 떼어버렸다.

전보다 좁은 집으로 이사를 오면서 벌어진 일. 가구는 크고 책은 많고 화장실 둘 중 하나엔 욕조가 꼭 있었으면 좋겠어서 생긴 일이었다. 한 번도 상상해본 적 없다. 문이 없는 방이라니.

탁 트여버렸다. 서로가 완전히 단절될 수 없는 구조. 한쪽이 옷을 갈아입거나 티브이를 보거나 책을 읽을 때 다른 한쪽의 배려가 필요하다. 어쩌면 경계 짓지 않아도 각자의 공간이 존중받을 수 있음을 우리 나름의 방식으로 새로이 증명해나가는 날들이랄 수도 있다. 우리의 삶이 다소 비일반적인 이 공간에 새겨지고 있다는 것. 의미 부여가 너무 과한가……

사이더 하우스

존 어빙 – 민승남 옮김 – 문학동네 – 2008년 9월

이 책을 읽을 때 나는 1개월의 유급휴가중이었는데(당시 회사는 5년 이상의 장기근속자에게 포상의 의미로 1개월의 유급휴가를 주었다), 여행을 일만큼 피곤하게 여기는 성격 탓에 휴가 기간 내내 집과 카페만 오갔다. 그때 상당히 많은 책을 읽었다. 그때야말로 진정한 1일 1책의 시간이었다.

흔히 책을 읽는 것을 여행을 떠나는 것에 비유하곤 하는데, 이 책을 읽을 때의 내 마음이 그랬다. 1,000쪽이 넘는 방대한 분량 속에는 고아원에 버려진 아이였던 주인공 호머 웰스의 이야기부터, 웰스를 사랑했던 멜로니, 웰스가 사랑했던 캔디, 고아였던 아이를 친자식처럼 길렀던 의사 닥터 라치와 간호사들, 그리고 사과 농장의 수많은 사람의 인생이 아직도 손에 잡힐 듯 생생하다. 인물과 장소와 사건과 시간 모두를 균형감 있게 다루는 작가의 놀라운 솜씨 덕에 나는 이 책을 읽는 동안만큼은 완전히 다른 인생 속으로 빠져들 수 있었다.

마침내 책의 마지막 페이지에 다다랐을 때, 내 안에서 완전하게 생명을 얻은 한 세상—또는 사람—과 이별해야 한다는 절망감에 몇 개 남지 않은 문장들을 일부러 천천히, 아주 천천히 읽어내려가기도 했다.

오늘 책을 사간 그도 그것을 느낄 수 있을 것이다. 꼭 느끼게 되길 바란다.

정확한 사랑의 실험

신형철 – 마음산책 – 2014년 10월

삶에 희망이 있다는 말은, 앞으로는 좋은 일만 있을 것이라는 뜻이 아니라, 우리의 지난 시간이 헛된 것이 아니라는 뜻이다.

〈뉴스룸〉 앵커브리핑 덕에 오랜만에 다시 꺼내 읽는다.
경칩이다. 2017년의 봄은 저절로 온 것이 아니다.
강추위가 기승을 부려도 사람들은 광장으로 모였고,
각자가 손에 쥐고 있던 촛불과 우리의 체온이
실제로 광장의 온도를 다른 곳보다 3, 4도 올렸다.

새봄은 우리에게 어떤 소식을 전해줄지, 기대 반 걱정 반.

행복한 그림자의 춤

앨리스 먼로 – 곽명단 옮김 – 뿔 – 2010년 5월

그녀의 짧은 소설은 담담하게 삶을 가로질러간다.

그녀의 소설을 읽고 있으면
다른 사람의 삶을 경험하는 데에는 긴 이야기가 필요하지만,
우리의 삶을 이해하는 데에는 굳이 긴 이야기가 필요하지 않다는 사실을 알게 된다.

어떻게 늙을까

다이애너 애실 – 노상미 옮김 – 뮤진트리 – 2016년 1월

네가 만든 책 그 어디에도 너의 흔적은 남지 않는데 그래도 괜찮냐는 질문을 주기적으로 받는다. 그나마도 친구인 내가 편집자이기 때문에 편집자란 사람들이 무슨 일을 하는지 조금이나마 관심을 갖는 사람들의 질문. 그럴 때마다 나는 웃으며 그런 걸 따지면 편집자 못해, 라고 대답할 뿐이다. 그냥 그런 걸 다 무시할 만큼 책이 좋고 책 만드는 내가 좋고 책 읽는 사람들이 예뻐 보이고 글쓰는 사람들이 존경스러운 것이다.

이 책은 다이애너 애실이 아흔에 쓴 회고록이다. 빛나는 젊음이 쓴 책도 좋지만 점점 더 죽음에 가까이 다가가는 이들의 이야기에 귀기울이게 된다. 그런데다 저자가 영국의 전설적인(!) 편집자란 점은 이 책을 읽지 않을 수 없게 만드는 데 한몫했다.

> 우리 존재가 무의미하다고 생각하는 것은 어리석다. 그보다는 우리가 이 세상에 거의 보이지는 않아도 실제적인 뭔가를, 유익하든 해롭든 간에 남긴다는 사실을 기억해야 한다. 바로 그렇기 때문에 인생을 제대로 살기 위해 노력해야 하는 것이다.

우아하면서 솔직하게 글을 쓸 수 있다는 건 나이든 사람의 특권(물론 극소수에게만 주어지는 특권일 터이지만), 이 특권을 십분 활용한 대선배님의 글을 읽으며 언젠가 내가 나의 흔적을 남기고 싶어진다면, 선배님의 절반만 되어도 좋겠다는 작은 욕심, 혹은 바람 하나 갖게 되었다.

저, 죄송한데요

이기준 – 민음사 – 2016년 12월

이기준씨는 최근 가장 눈에 띄는 디자이너다. 서점에서 튀는 책을 발견하고, 이거 표지 특이하다! 하고 아내에게 얘기하면 "응, 그거 이기준 선생님이 디자인한 거야"라는 대답이 돌아오는 상황이 반복되기 때문이다. 최근엔 독특한 표지를 발견하면 "이것도 그분이 한 거야?"라고 바꿔 묻고 있다. 그의 디자인이 무딘 내 눈에도 일관성 있게 보인다는 뜻일 거다.

그런 출판디자이너가 자기 자신에 대해 (지나치게) 진솔하게 쓴 책이다. 제목인 '저, 죄송한데요'는 자신의 까칠함, 소심함, (약간의) 완벽주의로 인해 그간 폐를 끼친 세상 만물에게 건네는 사과이며, 동시에 그럼에도 불구하고 할말은 하겠다는 의지의 표현이기도 하다.

얼마 전 서점에서 표지를 품평하는 한 무리의 여고생을 봤다. "와, 이게 제일 예쁘네"라며 그녀들이 가리킨 책은 펭귄클래식의 마카롱 시리즈였다. 표지에서 한글을 거의 빼고 외서 디자인을 그대로 차용한 표지다. 사대주의인지 모르겠지만 내 눈에도 영어의 타이포그래피가 훨씬 예뻐 보였다.

나는 이기준씨의 타이포그래피가 좋다. 명조체가 익숙한 품위 있는 한글이 그의 손으로 건너가면 클럽에서 리듬을 타는 것처럼 보인다. 그가 식당에서 얼마나 까칠하든 그는 한글 디자인의 의외이며 (아마도) 미래다. 부디 죄송하더라도 굽히지 마시라. 한글의 실용성이 아닌, 한글의 아름다움을 널리 알려주시라.

새의 감각

팀 버케드 글/커트리나 밴 그라우 그림 – 노승영 옮김 – 에이도스 – 2015년 2월

어느 날 교보문고에 갔다가 눈에 확 띄는 표지에 이끌려 다가갔다. 게다가 '새가 된다는 것은 어떤 느낌일까?'라는 취향 200퍼센트 저격한 부제에 행복하게 낚인 책.

예쁜 표지, 신뢰하는 역자, 상상하던 일을 소재로 삼은 내용. 어느 화창했던 날 나무 벤치에 앉아 조금씩 아껴 읽었더랬다. 시각, 청각, 촉각, 미각, 후각 순으로. 최근까지도 새에게 촉각, 후각, 미각이 없을 거라 믿었다는 사실이 믿기지 않는다.

인간사 세상사에 대한 관심보다 자연의 또다른 구성원인 동식물에 대한 관심이 크다. 그들과 관련된 책을 읽다보면 자연이란 놀라울 정도로 섬세하고, 압도적으로 크고, 인간이란 그 일부일 뿐 우월할 것 하나 없다는 결론에 이르기 마련이다. 그 결론이 좋다. 잊을 만하면 한 번씩 되새겨야 한다. '긴 외침의 끝에 나타난 칼새가 된다는 것은 어떤 느낌일까?' '북극해에서 깊이 400미터의 칠흑 속으로 다이빙하는 황제펭귄이 된다는 것은 어떤 느낌일까?' 이렇게.

회사가 파주에 있다보니 서울에서보다 더 많은 새소리를 들을 수 있다. 가끔은 새소리를 들려주면 어떤 새인지 가르쳐주는 앱이 개발되면 좋겠다 생각하지만 이 책을 읽으며 그 생각을 버렸다. 그렇게 되면 나는 마치 그 새에 대해 다 알아버린 듯 착각할 것이 분명하므로. 끝없이 알고 싶은 존재로 남겨두는 것이 나으리라.

솔로몬 왕의 고뇌

에밀 아자르* – 김남주 옮김 – 마음산책 – 2012년 6월

나는 늘 가방에 책 한 권을 가지고 다닌다. 매일 점심 혼밥을 하고 나면 잠깐 차에서 쉬거나 자기도 하는데 그때 꺼내 읽기 위해서다. 그러나 요즘은 책을 읽지 않을 때가 더 많다. 책보다 휴대전화를 자주 보기 때문이다. 그러니까 가방에 책을 넣어 다니는 건, 어쩌면 곧 사라질 예전 습관일 수도 있다.

오늘은 『솔로몬 왕의 고뇌』를 골랐는데, 너무 재미있어서 오랜만에 그야말로 시간 가는 줄 모르고 읽었다. 이 책은 그의 대표작인 『자기 앞의 생』을 닮았지만 그보다 유쾌하고 따뜻하다. 85세의 성공한 갑부 '솔로몬'과 한때 유명한 샹송 가수였던 60대의 '코라' 사이에 얽힌 오래된 인연을 다루는 얘기는, 일단 주인공의 나이가 너무 많아서, 소설 속에서 솔로몬이 침묵할 때마다 혹시...... 하는 불안함에 마음을 졸였는데 다행히 끔찍한 일은 일어나지 않는다.

이 남녀의 징검다리가 되어주는 화자인 '장'은 정규교육을 받은 적이 없어 지혜롭지만 똑똑하지는 않다. 그에게는 매일 밤 그날 처음 들은 단어를 사전에서 찾아보는 습관이 있다. 그러나 어떤 말의 사전적인 의미란 현실의 부침을 겪어 훼손된 말들에 비해 얼마나 순수한지. 멋진 이야기와 문장에 더불어 그 묘한 아이러니를 즐기는 맛은 덤이다.

* 에밀 아자르는 로맹 가리의 필명.

당신에게 말을 건다

김영건 글/정희우 그림 – 알마 – 2017년 2월

남편이 이 책의 106쪽을 읽어주다가 울었다. 요즘 눈물이 좀 많아졌다 싶기도 하지만 북카페 운영자로서 이입해 읽기 좋은 책이었을 터. 겸손한 문장과 진솔한 고민들에 반했다며 한동안 눈을 반짝이며 읽더라.

지난가을 동아서점에서 우리는 책을 몇 권 구입했다. 그중 블랑쇼의 책도 있었는데, 책의 위치를 묻자 이 책의 저자이자 동아서점 대표인 김영건님은 조금의 망설임도 없이 성큼성큼 해당 책장으로 우릴 데려갔더랬다. 정말 신기하다고 생각한 나와, '나도 알아요 어쩔 수 없이 모든 책의 위치를 외우게 되죠' 하는 표정을 짓고 있던 남편. 75쪽을 읽으니 그 의문이 풀렸고, 남편 역시 똑같은 시행착오를 겪으며 카페에 있는 책 수천 권의 위치를 전부 외울 수밖에 없었겠구나 깨달을 수 있었다.

일종의 직업병처럼, 서점에 대한 생각을 자주 한다. 우선은 무탈히 존재해야 한다는 것. 그리고 시간이 쌓여야 한다는 것. 그럴수록 그 공간에 출판의 흐름과 지역의 개성과 다녀간 독자들의 취향이 녹진녹진 배어들어 그 자체로 소소하면서 장구한 이야기를 품은 (거대한 책과 같은) 미디엄이 되리라는 것. 너무 금방 잊고 잊히는 것이 자연스러워진 이 시대에, 곳곳에 테이프레코딩 되듯 시간을 품고 기록하는 곳이 있어준다면 든든하고 좋겠다는 생각.

건투를 빈다. 이제 곧 따뜻한 날들이 이어질 테고, 많은 사람이 산책길에 서점도 들러주면 좋겠다.

오리무중에 이르다

정영문 – 문학동네 – 2017년 3월

정영문 소설가의 새책을 보자마자 바로 펼쳐 첫 페이지부터 읽기 시작했지만, 사실 나는 그의 소설을 애타게 기다리는 독자가 아니었고, 오히려 그의 소설을 읽은 것은 10여 년 전의 단편 하나에 지나지 않았는데, 이전에 읽은 그 소설의 내용을 기억해보려 해도 도무지 기억나지 않았고, 기억하려 애쓸수록 떠오르는 이미지라고는 소설의 내용이 아닌 한가로운 공원의 벤치였는데, 그 벤치는 아무도 없는 벤치인지, 누가 앉아 있는 벤치인지, 나무로 만든 것인지, 또는 나무가 아닌 나무 모양의 플라스틱으로 만든 것인지 알 수 없었다.

모호한 이미지 속에서 나는 한 소설가로부터 뜬금없는 벤치의 기억으로 이어지는 것이 특별한 의미가 있는지 생각해보았는데, 사실 생각한다기보다는 음미하는 것에 가까웠고, 내가 이렇게 마음 가는 대로 무언가를 음미해보는 이유는 또 이 소설이 바로 그런 식으로 쓰였기 때문일 것이고, 결국 내가 이 소설을 읽는 동안만큼은 책의 영향을 상당히 받고 있구나 하는 생각을 하게 되었다.

한 문장이 한 페이지에 가까운 이 소설의 길고 어지러운 유희에, 또는 맥락 없음에 나는 매혹된 것인지, 중독된 것인지, 또는 그냥 심심해서 따라해보는 것인지 모르겠지만, 정말 이대로 가다가는 오리무중에 이를지도 모르겠다는 생각만은 내내 머릿속에서 떠나질 않았다.

구두를 신고 잠이 들었다

강성은 – 창비 – 2009년 6월

가끔 작년의 오늘, 재작년의 오늘, 그 전해의 오늘 나는 뭘 했을까 궁금해질 때가 있고 그럴 때면 블로그에 꼬박꼬박 쓰던 일기를 되짚어가본다. 그러다 만난 7년 전 오늘의 기록. 당시 나는 이전 회사에서 시 앤솔러지를 준비하고 있었다. 재수록된 시들을 원문과 비교하느라 주말 내내 몇 군데의 도서관을 돌며. 시집 제목과 시의 제목이 빼곡하게 적힌 메모지를 접었다 폈다를 반복할 때마다 그 시적인 세계가 내게로 다가왔다. 한 단어 한 단어, 그리고 그 조합들.

『고딕시대와 낭만주의자들』『고통을 달래는 순서』『눈물이라는 뼈』『별 모양의 얼룩』『이별의 능력』『속눈썹이 지르는 비명』……

이토록 아름다운 세계가 있었다. 그 작업을 하며 나는 시 한 편 대조를 하고는 시집 전체를 읽곤 했다. 이 책도 그렇게 만난 시집 중 하나. 「살인은 연애처럼 연애는 살인처럼」을 좋아했더랬지. '너'라는 이름, '연애'라는 사건이 인생에 많은 부분을 차지했던 시기의 일이다. "내가 너를 씹어먹고 네가 나를 흡수하고 서서히 가늘고 희미해져가고 말라가고 뼈만 남는다". 현기증이 날 줄 알면서도 롤러코스터에 몸을 싣는 사람 같았구나. 이제 나는 더이상 놀이공원에 가지 않는 사람이 되었고, 이 시집을 읽으며 평상심을 유지하기도 어렵지 않은 사람이 되었다.

세계서점기행

김언호 – 한길사 – 2016년 4월

저자는 겸손하게 '기행'이라는 제목을 붙였지만, 이 책은 단순한 '기행'이 아니다. 서점의 역사와 현재와 미래까지를 아우르는 '애정과 낭만으로 쓴 세계서점 생태보고서'다.

신중하고 깊이 있게 고른 서점들의 목록도 목록이거니와, 그곳에서 만난 서점 운영자들과의 인터뷰가 아주 충실하다. 음식 기행에 비유하자면, 맛있는 음식을 먹는 것에 그치지 않고 주방으로 들어가는 사람의 이야기다. 들어가본 사람만이 할 수 있는 이야기로 가득하다. 커튼처럼 드리워진 서점의 비밀스런 풍경을 활짝 열어젖히고, 독자에게 그 안쪽을 들여다볼 수 있게 해준다. 매출이나 현재정 상태, 또는 도서 판촉 노하우 등 서점의 입장에서 민감할 수도 있는 문답들이 오고간다. 그러면서도 묻고 답하는 데에 양쪽 모두 거침이 없다. 대화의 바탕에 공통된 관심사를 향한 애정이 있어서일 것이다.

장기적인 서점의 불황 속에서 그래도 명맥을 유지하는 곳들의 공통점이 있다면 '규모'다. 음식점은 크기가 작아도 상관없다. 메뉴의 가짓수가 적은 식당에 왠지 모르게 더 신뢰가 가는 것처럼 어쩌면 작은 것이 더 유리할지도 모른다. 그러나 서점은 다르다. 서점은 다양함이 서비스고, 다양함을 담보하는 것은 규모다. '서점에서 길을 잃다'라는 말은 단순한 구어가 아니다.

내가, 그림이 되다

마틴 게이퍼드 – 주은정 옮김 – 디자인하우스 – 2013년 10월

루시안 프로이드의 초상화 세계를 미술평론가 마틴 게이퍼드가 파고들어간 책 『내가, 그림이 되다』와 베이컨의 절친이자 미술평론가인 데이비드 실베스터가 베이컨과 인터뷰한 내용을 정리한 책 『나는 왜 정육점의 고기가 아닌가?』를 번갈아 읽고 있다.

앞의 책은 저자가 직접 모델이 되어 본인의 초상화가 완성되어 가는 과정과 그사이 프로이드와 나눈 심도 깊은 대화를 담았다는 점에서, 후자는 베이컨과 가까운 사람이 자그마치 25년에 걸쳐 그와 이야기를 나누었다는 점에서 흥미롭지 않을 수 없었다. 정말 멋진 기획 아닌가?

내가 루시안 프로이드의 그림을 좋아하는 이유는 자신의 주관적인 직관으로 그림을 그리지 않기 때문이다. 그림이 화가에게서 나오는 것이 아니라 모델에게서 비롯되기를 바란다는 것. 표현주의, 추상미술로 대변되는 현대미술에 이따금 거부감이 드는데, 그럴 때면 아, '진짜'가 있었지 하며 찾아보게 되는 화가라는 것.

이 책은 프로이드 만년의 회고록으로도 손색이 없다. 프로이드가 초상화 한 점을 완성하는 데 걸리는 시간은 대략 반년에서 1년. 천천히 진행되는 그의 작업 스타일은 결국 마틴 게이퍼드나 독자들에게는 참으로 다행스러운 일이었달까. 그는 세상을 떠났지만 이렇게 기록과 그림이 남아주었다.

어린 왕자 – 팝업북

앙투안 드 생텍쥐페리 – 김화영 옮김 – 문학동네 – 2009년 9월

처음 문을 연 뒤로 우리 가게에서 가장 많이 팔린 책은 무엇일까? 문득 궁금해져서 판매 내역을 살펴보다 깜짝 놀랐다. 가장 많이 팔린 책이 무려 38,000원의 높은 가격을 자랑하는 『어린 왕자 팝업북』이었기 때문이다. 참고로 북카페에서 판매하는 『어린 왕자』만 해도 무려 4종. 그런데 왜 유독 이 책만 잘 팔릴까?

팝업북은 책을 펼쳤을 때 그림이 입체적으로 튀어나오게 만든 일종의 입체 그림책이다. 대부분의 팝업북은 아기의 성장 발달을 돕는 유아용이다. 그런데 이 『어린 왕자 팝업북』은 특이하게 성인용 책이다. 첫 장을 펼치면 철새를 타고 날아가는 소행성 B612와 어린 왕자가 눈앞에 마법처럼 펼쳐진다. 바오바브나무도, 천문학자도, 상자 속의 코끼리도 불쑥 나타난다. 우리가 익히 아는 그 어린 왕자 특유의 무심하고 순수하며 장난기 가득한 그림체다. 첫 장을 넘기고 나면 글보다는 그림이 눈에 먼저 들어온다. 그러다 그림만 쓱 훑어보게 된다. 그렇게 마지막까지 한달음에 넘겨보는 데에는 5분도 채 걸리지 않는다. 책은 펼쳤지만 글은 읽지 않는 그 짧은 시간, 그동안 우리는 우리가 완전히 잊고 지냈던 어떤 시절로 잠시 돌아가보는지도 모른다. 아마 그것이 어른용 팝업북의 진짜 마술일지도 모르겠다. 오늘도 누군가는 이 자리에서 구두를 벗고, 철새를 타고, 잠깐 떠나왔을 것이다.

나는 왜 정육점의 고기가 아닌가?

데이비드 실베스터 – 주은정 옮김 – 디자인하우스 – 2015년 2월

좋아하는 화가는 (작가가 그러한 것처럼) 내가 변함에 따라 바뀌는데, 프랜시스 베이컨은 언제나 좋다.

> 실베스터: (……) 교리에는 여덟 가지 복이라는 당근도 있지만 지옥의 위협도 존재합니다. 자신이 지옥에 떨어졌다고 생각하는 기독교도라면 영원한 고통 속에서 살기보다는 불멸의 영혼을 갖지 않는 편을 택할 것이라고 생각하지는 않습니까?

> 베이컨: 아니요, 그렇게 생각하지 않습니다. 사람들은 자신의 자아에 상당히 애착을 갖기 때문에 단순한 절멸보다는 차라리 고통을 택할 겁니다.

이런 점에서? 잘 설명할 수는 없지만 내가 그의 그림에서 쾌감을 느끼는 지점은 홀로코스트 문학을 꾸준히 읽는 이유와 비슷하다. 인격, 존엄성, 우월함 등 '인간만의' 무엇무엇들을 모두 제거한 뒤 남는 인간의 실체를 마주하게 한다는 점에서 통한달까. 다만 베이컨의 경우는 그 실체가 '아름답게' 표현된다는 것. 그것은 색채의 영향이 큰데, 베이컨이 선택하는 색은—그의 그림을 직접 보면 더욱더 잘 느껴지는데—매우 아름답다. 비틀린 형체와 아름다운 색채. 아이러니와 역설이 얼마나 근사한 것인지 체험할 수 있다, 그의 작품 앞에 서면.

여백이

봉현 – 난다 – 2015년 12월

갑자기 『여백이』가 많이 팔렸다. 있는 재고 3권이 다 팔리고, 그러고도 몇 분이 더 찾아와 이 책을 문의하셨다고 한다. 웬일인가 싶어 인터넷을 검색해보니, 여백이가 많이 아프다고 한다.

여백이는 고양이 이름이다. 이 책은 한 젊은 예술가가 여백이라는 아기 고양이를 입양하게 되어 함께 사는 이야기를 담고 있다. 소소하고 따뜻하고 자주 뭉클하다. 물론 반려동물과 함께 살고 있는 이들이라면 그 마음이 더더욱 깊을 것이다. 그런데 여백이는 시한부 인생이다. 심방중격 결손증과 삼천판 역류증이라는 병을 앓고 있다. 정확한 증상은 몰라도 그 어린것이 시한부라는 사실만으로 가슴이 철렁 내려앉는다. 집사인 봉현씨의 마음은 매일 얼마나 아플까. 나도 '강'과 '비'라는 두 반려묘와 함께 산다. 강이는 벌써 여섯 살인데도 내가 집에 들어오면 눈도 다 못 뜨면서 뛰어와 운다. 내 다리에, 손에 얼굴을 비비고 한참을 운다. 내가 가만 앉아서 저를 어루만져줄 때까지. 만약에 강이나 비가 시한부라면…… 절대 짐작할 수도 없을 감정이다.

여백이의 건강을 기원하는 마음으로 사람들이 책을 사주고 있다고 한다. 얼마나 따뜻한 마음들인지. 내일은 『여백이』를 왕창 주문해놓아야겠다.

포기의 순간

필립 베송 – 장소미 옮김 – 문학동네 – 2011년 3월

혹시 지금 삶의 가장자리에서만 머물러 있지 않나요. 스포트라이트 바로 옆, 네, 그 가장자리요.

'진정한 삶'을 위해서라면 어떤 것이라도 희생할 용기가 있나요.

'포기의 순간'에 진정한 나를 되찾을 수 있다면, 어떤 것이라도 버릴 의지가 있나요.

쉽지 않습니다. 진정한 삶? 그따위 생각 하지 않고 사는 것이 훨씬 편하겠죠.

하지만 어떡하나요, 나는 이미 이 책을 읽었고, 생각이란 걸 해버렸습니다.

문단 아이돌론

사이토 미나코 – 나일등 옮김 – 한겨레출판 – 2017년 2월

집에 이 책이 와 있는 걸 보고 처음 든 생각은 “이게 뭐지?”였다. 한번 휙 제목을 보고 바로 관심을 껐는데 아내가 하도 재미있게 읽길래, 결국 나도 조금 마음이 동해 읽기 시작했다. 책은 의외로 재미있었다. 일본의 1980–90년대를 전후해 거의 아이돌에 가까운 반향을 일으켰던 작가들에 대해 논한 이론에 대해 논하고 있는 책이다. 그러니까 평론에 대한 평론인 셈이다.

총 여덟 명의 작가에 대한 작가론으로 구성되어 있는데, 읽어본 작가가 많지 않았다. 그래도 가장 첫번째는 다행히 무라카미 하루키. 그가 1번인 이유도 이 책의 판매 전략과 무관하지 않을 것이다.

하루키를 다룬 챕터의 제목은 「게임 비평 삼매경」이다. 하루키는 말하자면 자신의 소설을 RPG 게임화한다는 것인데, 소설의 스토리(껍데기)만 읽어도 충분히 즐길 수 있게 만들면서도, 동시에 소설의 구조, 소설 속의 의미망들을 숨겨놓아 퀘스트를 해결하는 재미를 통해, 보다 많은 독자를 끌어들인다는 것이다. 어떤 경우(『태엽 감는 새』)에는 평생 풀지 못할 정도의 퍼즐을 숨겨놓았다고도 한다. 왠지 수긍이 간다. 나 역시 하루키를 읽으면 굉장히 잘 읽히는 동시에 무언가 해결해야 할 것 같은 무수한 물음표들이 남기 때문이다.

하루키 외에 다치바나 다카시도 굉장히 재미있었다. 다와다 마치의 『샐러드 기념일』이 소설이 아니라는 것도 처음 알았다. 무엇보다 가장 놀라웠던 건 일본엔 아이돌과 같은 작가들이 존재한다는 사실 자체!

카산드라

크리스타 볼프 – 한미희 옮김 – 문학동네 – 2016년 5월

2017년 3월 10일. 박근혜 대통령 탄핵 인용.

회사가 아무 이유 없이(?) 조기 퇴근 시켜주었다. 회사도 좋은가 보다.

쿵쾅거리는 마음.

익숙한 카페에 앉아 읽던 책을 펴들었고, 이런 문장을 만났다.

> 전쟁중에 사람들은 전쟁이 어떻게 끝날지만 생각한다. 그리고 사는 것을 뒤로 미룬다. 그런 사람이 많아지면 우리의 내면에 빈 공간이 생기고 그 안으로 전쟁이 흘러들어온다.

1년에 한두 권쯤, 운좋으면 서너 권쯤, 밑줄 긋고 싶은 문장이 너무 많아 긋기를 포기하게 되는 책을 만나는데 이 책이 그런 책이 될 듯싶다. 오늘 새벽에도 눈뜨자마자 다시 펼쳐 아무데나 읽었다. 맘이 온통 흔들린다. 우아한 문장들에 내 오감이 호사하는 기분.

앤 카슨의 『빨강의 자서전』도 자주 겹쳐 떠올랐다. 신화 속 인물의 회고이자 고백이란 점에서 그럴 것이다. 아름다운 문장도 한몫했겠지. 그러나 『카산드라』에는 두 가지가 더 있었다. 하나는 압도적 스케일, 또하나는 '증언'하는 '여성'의 목소리. 오늘을 이 책과 함께 기억할 수 있어 정말 기쁘다.

지도와 영토

미셸 우엘벡 – 장소미 옮김 – 문학동네 – 2011년 9월

미술관을 제대로 즐긴 적이 언제였던가. 몇 해 전의 〈구스타프 클림트전〉 〈내셔널 지오그래픽 사진전〉이 기억난다. 아, 니스의 샤갈 미술관, 베니스의 페기 구겐하임 미술관도 좋았다. 모두 사진이거나 인상파 이전의 작품들이다. 물론 그 이후로도 미술관은 종종 다녔다. 하지만 개념미술은 도저히 이해할 수가 없다. 작품 앞에서 가만히 바라보고 있노라면 절대 풀 수 없는 퍼즐과 맞닥뜨린 기분이다. 어떤 경우에는 어디를 봐야 하는지도 모르는 경우도 있다(알고 보니 방 자체가 작품이었다).

혹시 미술계는 스스로를 망치는 거대한 미술적 퍼포먼스를 하고 있는 것일까? 어떤 때는 이런 생각마저 들었다. 물론 말도 안 되는 얘기다. 내 이해의 수준만큼 보일 뿐이다. 그리고 이것 역시 이상하게 들릴 법한 얘기지만, 이 책 덕분에 개념미술에 애정을 갖게 되었다. 소설을 읽으면서 미술에 애정을 줄 수 있게 되었다니, 이 얼마나 미술에게 무례한 짓인가. 그러나 어쩔 수 없다. 모르는 길은 물어 가야 하니까. 물론 여전히 이해되진 않는다. 다만 이 소설이 한 미술가의 일생을 다루고 있고, 결국 그의 일생이 하나의 작품으로 완성되는 결말까지를 보고 나면, 미술과 문학 모두의 어머니인 예술의 큰 품이 느껴진다.

무엇보다 미셸 우엘벡은 우아하다. 이 소설은 액자에 걸고 싶다.

여장남자 시코쿠

황병승 – 랜덤하우스코리아 – 2005년 6월

도착적 캐릭터들의 총집합, 파편들의 환상적인 조합, 마이너리티의 고백의 장. 입술을 뜯어버리고 얼굴을 갈아버릴 테니 제발 사랑해달라고 말하는 인물들 앞에서는, 어쩐지 견딜 수 없을 것 같은 기분에 사로잡힌다.

"그러나 당신은 사랑에 빠진 것이 아니고, 잠시 약해졌을 뿐"이라는 절박한 경계심에는 사람을 무장해제시키는 막막함이 있지.

이 시집이 나왔을 무렵, 시단에서 받았을 충격이 어떠했을지, 몇 년이 지나 읽는 나도 짐작할 수 있었다. 반복해 읽을수록 더 재밌는 시집.

눈물

쑤퉁 – 김은신 옮김 – 문학동네 – 2007년 8월

이 책을 만든 사람은 내가 좋아하는 편집자다.

이 책이 나온 지 벌써 10년이 되었다는 사실이 믿기지 않는다. 그때 그는 해외문학 편집자 중 유일한 남자였고, 몇 안 되는 후배였고, 담배를 피웠다. 그 사실만으로도 우리는 건물 옥상에서 함께 담배를 태워대며 무언가 소수의 취향을 공유하는 듯 굴었다. 지금 그는 아주 노련한 편집자가 되었지만, 그때만 해도 경력이 일천했던 그에겐 당연히 판매 면에서 비교적 덜 중요한 작가의 소설들이 맡겨졌었다. 그랬던 그가 처음으로 맡은 기대작이 바로 이 『눈물』이었다.

결과적으로 이 책은 아주 많이 팔리진 않았지만, 또 아주 망하지도 않았다.

기대와 걱정 속에서 우리는 함께 예약 판매도 하고, 1권을 사면 2권을 주는(두 권짜리 책이었고, 그땐 1+1이벤트가 유행하던 시절이었다) 덤도 끼워줘보고, 좋아할 만한 독자들에게 홍보도 열심히 했다.

너무 많은 책과 너무 많은 홍보 방법이 계속 생겨나기 때문에 나는 매번 아쉬움 속에 책들을 떠나보내곤 했는데, 이 책만큼은 그래도 후회가 덜했다.

참, 나중에 그 친구를 만나면 꼭 이 얘기를 해줘야겠다.

“나 지금도 이 책 열심히 팔고 있어!”

우리는 언젠가 죽는다

데이비드 실즈 – 김명남 옮김 – 문학동네 – 2010년 3월

십대, 이십대 때는 어느 정도 공유 가능한 고민을 안고 살았다. 취업이나 연애 같은, 결은 제각각이어도 형태는 비슷했으니까. 삼십대에 들어서 크게 아프거나 그러다 세상을 떠난 존재들이 내 삶에 하나둘 생기면서, 아, 이제는 자잘한 고민들이 사라진 대신 이렇게 온 삶을 내내 지배할 고통과 슬픔이 찾아오는구나, 하는 생각을 얼마 전 했더랬다.

어느새 나이든 내 아버지의 이야기이자, 모두의 아버지의 이야기이자, 한 인간의 이야기. '생로병사'에서 '생'을 빼면 남는 건 '로병사'인 것이 인생이라지만, 그 두려움과 슬픔을 모두가 가졌으나 누구와도 공유하지 못하지만, 이렇게 잘 쓰인 책을 읽으며 간신히 마음을 다스려본다. 보는 이 없고 마주한 건 활자들뿐이니 마음놓고 울 수도 있다.

눈물

쑤퉁 – 김은신 옮김 – 문학동네 – 2007년 8월

어제는 옛 우정을 추억하느라 정작 책 소개를 못한 것 같아, 오늘 다시 이 책에 대해 말해보려고 한다.

'비누'는 눈물을 흘리지 못하는 마을에서 태어나 머리카락으로 눈물을 흘리는 법을 배웠다. 그러나 남편 치량의 실종으로 온몸으로 눈물을 흘릴 줄 알게 되며, 치량을 찾아 몇천 리를 가는 동안 그 눈물의 힘으로 숱하게 죽을 고비를 넘긴다.

한없이 약하지만 끝까지 살아남는 이 여성은 종내에는 그 거대한 만리장성 앞에 서서 (……) 하게 되는데, 그때의 그녀는 마치 신적인 존재처럼 보이기도 한다.

담백하고, 편안하고, 무엇보다 아름다운 책이다.

단언컨대 그녀처럼 강한 인간은 본 적이 있지만,
그녀처럼 약하고 슬픈 신은 본 적이 없다.

죽어가는 짐승

필립 로스 – 정영목 옮김 – 문학동네 – 2015년 10월

역시 가차없고 무정한 로스 옹.

잃고 또 잃고.

잃을 것을 두려워하며 쇠락할 것인가, 잃기 전에 파멸할 것인가라니.

이러나저러나 인간은 하루하루 살아가는 것이 곧 하루하루 죽어가는 것과 같은 짐승의 운명이라니.

당나라에 간 고양이

과지라 – 조윤진 옮김 – 달과소 – 2017년 1월

퇴근하자마자 바로 집에 가 화이트데이 선물로 고른 책을 줬다.

우리는 나란히 앉아 책을 읽었다. 읽었다기보다는 감상했다. 우리는 당나라에는 전혀 관심이 없었고, 오직 고양이 그림을 보기 위해 이 책을 샀다. 페이지마다 고양이들이 한가득 나온다고 해서 고른 책이었다. 공주 고양이, 상인 고양이, 악사 고양이 등…… 그림은 생각보다 훨씬 좋았다. 세밀하면서도 색채감이 풍부했다. 고양이뿐만 아니라 배경도 섬세하고 아름답게 채색되어 있어 좋았다. 게다가 모든 페이지마다 다섯 마리도 넘는 고양이가 등장했다. 그런데 아내는 왠지 시큰둥해 보였다. 귀엽지 않냐고 물으니, 너무 귀여워서 고양이스럽지 않다고 한다. 백조나 여우, 말, 심지어는 요괴까지 저마다 백조스럽고, 여우스럽고, 말스럽고, 요괴스러운데, 고양이만 고양이스럽지 않다고 한다.

사실 내 눈에도 그렇게 보였다. ……고양이스러운 건 뭘까. 아마 우리가 고양이들과 함께 보낸 시간 때문일 것이다. 그림만으로는 표현하기 어려운 기억들이 우리 넷에겐 너무 많다.

아, 책 선물은 역시 쉽지 않다.

말들이 돌아오는 시간

나희덕 – 문학과지성사 – 2014년 1월

남편, 난 네가 나에게 조근조근 설명해주는 데에 매력을 느껴. 강요하지 않고 척하지 않고 허세도 부리지 않는 너의 말법이 처음부터 너를 믿어도 좋을 사람으로 보게 만들었지. 네가 나에게 처음 선물한 소설은 내가 조금도 좋아할 만한 구석이 없는 것이었고, 네가 나에게 엄지를 치켜들며 추천한 소설 역시 네가 아니었으면 읽지 않았고, 네 덕에 읽었어도 대단하다고 느껴지지 않는 것이었지만, 그럼에도 불구하고 그 책들을 네가 나에게 설명하던 그 순간, 그 장소, 계절, 너의 표정은 모두 기억하고 소중히 여겨.

그리고 이 시집 속에 수록된 시 「한 아메바가 다른 아메바를」. 계간지에 발표되었을 때 볕이 잘 드는 조용한 곳에서 네가 내게 읽어준 기억이 있어. 네가 읽어준 많은 시 가운데 내가 특별히 아끼는 시, 이 시가 담긴 시집이 나왔을 때 우리는 함께 읽으며 행복해했었지. 많은 연인이 서로에게 마음을 전하는 날, 나는 이 시를 다시 펼쳐 읽고, 그때 들은 네 목소리를 떠올리는 것으로 '나만의 기쁨'을 다시금 느껴.

평론가 k는 광주에서만 살았다

김형중 – 난다 – 2016년 10월

난다의 '걸어본다' 시리즈에서 '광주' 편을 쓴 사람은 평론가 k씨다. 평론가 k씨는 김형중 그 자신이다. 그러나 그는 프란츠 파농의 비유를 빌려, 자신이 '광주 피부'에 '서울 가면'을 눌러쓰고 살아온 것은 아닌가 싶은 자의식에 시달린 끝에, 일인칭 '나'보다는 삼인칭 'k'로 자신의 이야기를 써내려가겠다고 고백한다. k씨는 스스로를 염세적인 사람이라고 소개하지만 그의 글을 읽고 있으면 그가 떠나온 것들, 떠나올 수밖에 없었던 것들, 그리고 그가 지나온 사람들에 대한 그의 애정과 예의가 읽힌다.

전라도 광주는 내가 대학을 다닌 곳이기도 하다. 나는 대학 졸업식 날 바로 서울로 올라왔다. 졸업식과 회사 면접일이 겹쳤는데, 면접을 미룰 수 있었음에도 그러지 않았다. 지금 생각하면 쫓기듯 서둘러 올라온 듯하다. 서울에서 처음 만난 사람들이 사투리를 쓰지 않는다며 신기해했던 기억이 있다. 그렇게 물을 때마다 나는 원래 고향에서도 사투리를 잘 안 썼다고 얘기했다. 이 책을 읽으니 왠지 모르게 그 생각이 난다.

받아쓰기

김유진 — 난다 — 2017년 1월

에세이는 쓴 사람을 알아간단 느낌을 주는 장르이다. 책이 시작되자마자 김유진 작가님이 겪은 예기치 못한 일에 당혹스러워하며 그녀와 나, 함께 방어적인 자세가 되어 읽어내려갔다.

그러다 깜짝 놀란 게, 작가님이 처음 만난 사람에게 맥주 한잔만 하고 가자고 졸라 술집으로 이끄는 대목이 나온 것. 의외다. 새 자세가 필요하겠다.

김유진 작가님은 술자리에서 서너 번 만난 게 전부라 아는 건 얼굴과 표정과 목소리가 다라고 할 수 있다. 그래서인지 더 호시탐탐 기회를 노리를 마음으로 읽게 된다. 당신은 어떤 사람입니까, 나는 그것이 궁금합니다, 하고. 와중에 그림이 참 예쁘고 가보지 못한 아이오와라는 곳은 내게 또 새로운 낭만의 이름으로 자리잡는다.

가능세계

백은선 – 문학과지성사 – 2016년 3월

외로운 저녁이었다
골목마다 어제 일어난 일들이 고양이로 자꾸 환생했다

집에 들어가니
이 세계가
다른 세계와 뒹굴고 있다
부끄러운 줄도 모르고

제르미날

에밀 졸라 – 박명숙 옮김 – 문학동네 – 2014년 9월

지하철에서 우연히 이 책을 읽는 사람을 보았다. 눈살을 찌푸린 것 외에 표정은 보이지 않았다. 책으로 얼굴을 가린 모습. 그러나 보지 않아도 그의 표정이 짐작된다. 나도 이 책을 읽었으니까. 두툼한 두 권짜리 책. 굉장한 소설이었고 한동안 압도되었었지만 다시 읽을 리는 없다. 읽은 책을 다시 읽을 때만 느낄 수 있는 깊이 있는 새로움을 모르는 바 아니지만 그러기엔 사놓고 읽지 못한 책, 빌려두고 읽지 못한 책, 만들고 있는 책과 연관된 책 등등이 너무 많으니까.

그저 당신을 부러워한다. 그 책을 지금 이 순간 생생하게 읽고 있는 당신을. 이미 나도 경험했지만 다시는 경험하지 못할 그 느낌을 지금 이 순간 느끼고 있는 당신을.

여행하지 않을 자유

피코 아이어 – 이경아 옮김 – 문학동네 – 2017년 2월

가장 기억에 남는 여행은 스무 살에 혼자 떠난 무전여행이다. 무전여행은 사실 여행이라기보단 고행에 가깝다. 해가 넘어가기 전부터 잘 곳을 찾고, 돈 벌 수단이 없어 길에서 만나는 사람들에게 빌어먹었다. 주로 역사나 천장이 있는 버스 정류장에서 잤다. 하루는 너무 배가 고파 누가 대문 앞에 내놓은 닭뼈를 빨아먹기도 했다. 먹고 자는 것만 해결되면 나머지는 아무래도 좋았다. 딱히 할 일도 없었다. 남는 시간은 그냥 멍하니 보냈다. 그것도 명상이라면 명상일 것이다. 보름 남짓 보냈던 그 여행 이후 나는 조금은 바뀌었을까. 어쩌면 그때의 경험으로 여행을 좋아하지 않게 되었는지도 모르겠다.

이 책이 처음 북카페에 입고되었을 때 책의 표지를 한참 들여다보았다. 그것이 여행이든 명상이든, 그녀가 시선을 멈추는 곳은 결국 자기 자신이리라. 내 짧은 경력에 비추어 봐도 고요는 여행보다 훨씬 강한 용기를 필요로 한다.

권외 편집자

츠즈키 쿄이치 – 김혜원 옮김 – 컴인 – 2017년 3월

40년 차 괴짜 프리랜서 편집자의 꽤 직설적인 글들을 읽고 있다. '출판 불황의 이유는 결국 편집자다'라는 이상한 문장의 카피가 눈에 띄었다. '~ 이유는' '편집자의 ~ 때문이다'가 맞는 문장일 텐데, 그랬으면 덜 강렬했겠지. 그치만 편집자로서 묘하게 기분 나쁜 카피일 수밖에……

"사람마다 자기가 하는 일을 생각할 때는 자기 학대적인 면과 과대망상적인 면이 공존하는 듯하다"라는 문장을 아직 출간 전인 어느 원고에서 발견했을 때 나도 모르게 밑줄을 그었다. 종종 생각나는 문장. 이 정도 균형감에 손을 들어주고 싶은 마음.

편집자들은 책이 나오면 자식 출가시키는 것 같은 멜랑콜리한 감정에 휩싸이는데, 어쨌거나 저쨌거나 나로부터 출발한 본문 포멧, 표지 디자인, 표지 카피, 제목 등 하나부터 열까지 내 손을 거쳐서 완성된 '작품'의 측면이 없지 않기 때문일 터이다. 어디서건 이쁨받았으면 좋겠고, 샀다면 많이들 완독해주면 좋겠고, 저자의 이력에 빛나는 작품이 되어준다면 더 좋겠고…… 그럼에도 불구하고 대개의 독자는 편집자의 존재를 의식하지 못한다. 위대하지 않은 위대함이랄까, 모종의 자기 프라이드가 없으면 절대 오래하지 못할 일. 과대망상이라 할지라도.

편집자들 마음 쿡쿡 찌르는 책을 읽으며 이렇게 공상 속에서 북치고 장구 치며 또 한번 스스로를 다독여본다……

랩걸

호프 자런 – 김희정 옮김 – 알마 – 2017년 2월

표지를 보자마자 사고 싶다, 는 생각이 강렬하게 들었다.

바로 아내에게 문자를 보내 이 책을 주문해달라고 졸랐다(우리 부부의 생활비 카드를 아내가 관리하기 때문이다). 별난 기호일 수도 있지만, 요즘은 풀과 꽃, 새가 그려진 것들이 좋다. 이 책의 표지도 무성한 잎을 단 나뭇가지가 주인공이다. 그것만으로도 갖고 싶었다.

페미니즘, 인종 평등 등 만인에 대한 평등에서 나아가 멸종 위기 동물 보호, 동물실험 반대, 사육 동물의 행복 보장 등이 SNS를 통해 점점 지지를 얻으며, 이제 다음은 식물이겠군, 속으로 생각해본 적이 있다. 식물 다음은 무엇일까. 물이나 공기일 수도 있겠다. 어쨌든 과학의 눈으로 보면 모든 것은 분자 단위에서 서로 연결되어 있으니까. 물과 공기도 어쩌면 감정을 느낄 수 있을지 모른다.

어쨌든 지금은 여기다. 한 여성 과학자가 식물학의 세계에서 만들어내는 성취. 나중에 이 책에서 여성이라는 꼬리표가 저절로 떨어져나갈 때, 그때 한 걸음을 무사히 떼었다고 생각해도 좋겠다.

어떤 날 8

강윤정/오은/위서현/이현호/장연정/정성일/정세랑 – 북노마드 – 2017년 3월

어느덧 8호. 3호부터 참여한 북노마드의 여행 무크 『어떤 날』, 이번 호 주제는 내가 정할 차례였고 나는 '망가진 여행'을 제안했다. 사실 '망친 여행'이라고 하고 싶었으나 조금 소프트하면서도 문학적인 느낌으로……

프리모 레비를 찾아 토리노로 향했던 날을 썼다. 몇 해 전, 그의 묘를 찾느라 적잖이 고생했던 어느 바람 많던 하루의 이야기. 프리모 레비는 나에게 지속적으로 영향을 미치고 있는 가장 특별한 작가이며, 토리노는 프리모 레비가 나고 자란, 끌려갔다 되돌아온, 스스로 죽기를 선택한 곳이다.

그 여행에서 모든 게 뜻대로 되었더라면, 어쩌면 내 안에서 그의 시대에 마침표가 찍혔을지도 모를 일. 그의 죽음을 이해했다 성급히 생각했을지도 모를 일. 여러 의미로 뜻밖이었던 그날 덕분에 나는 오늘도 프리모 레비에게 더 다가가고자 내 마음 한구석을 들여다본다. 지속되고 있다.

창문 넘어 도망친 100세 노인

요나스 요나손 – 임호경 옮김 – 열린책들 – 2013년 7월

킬링타임용으로 제격인 소설이다.

내용으로는 얘기할 거리가 없지만, 디자인으론 다르다. 자신의 전문 분야인 영미권과 러시아 문학이 아닌 북유럽 문학을, 이런 방식의 디자인으로 포장할 줄 아는 출판사가 열린책들 말고도 있을까. 디자인에 있어서 열린책들은 그들만의 고유한 창의성이 존재하는 듯하다. 많은 경우 그 결과물은 뛰어난 표지 디자인으로 완성되지만, 그들에게 디자인은 단순히 뛰어난 표지만은 아니다.

얼마 전 홍대 서점 '땡스북스'에서 〈열린책들 창립 30주년 기념 대표 작가 12인 세트〉를 처음 보고 한동안 계속 만지작거리며 고민했던 기억이 있다. 이미 집에 있는 책이 여러 권인데도 너무 갖고 싶었다. 다행인지 불행인지 낱권으로는 판매하지 않아 허탈하게 발길을 옮기긴 했지만……

열린책들은 작품의 한정판을 꾸준히 리디자인해왔다. 그리고 디자인의 영역에는 작가의 대표작만이 아닌, 작가의 전체를 집어넣으려는 고집스러운 수집벽도 포함된다. 움베르토 에코나 니코스 카잔차키스 등의 작가는 열린책들이 아니라면 지금처럼 알려지지 않았을 것이다. 돌이켜보면 결과적으로 그들이 디자인한 것은 작가의 오라일지도 모르겠다.

킹

존 버거 – 김현우 옮김 – 열화당 – 2014년 6월

킹은 노숙자 부부와 사는 개의 이름입니다. 킹은 말도 하고 상상도 하고 회고도 하지요. 집 없고 헐벗은 이들에게도 좋은 시절이 있었다는 것을 압니다. 무엇보다도 이런 사람들이 존재하고 있다는 것을 증언하듯 지켜보는 역할을 하지요. 공권력이 그들의 초라한 터전마저 밀어버리는 밤이 오기까지의 하루. 킹은 예민한 후각으로 어딘가 불안한 기운을 감지합니다. 그렇다고 해서 달리 도리가 없는 하루입니다. 공기의 냄새, 바람의 결, 추억의 되새김, 현재와 과거를 시적인 문장으로 우리에게 전하는 킹은, 미래를 바랄 수 없는 이들의 마지막 대변인인지도 모르겠네요. 멀지 않은 곳에서 어쩌면 수많은 킹이 짖고 있을지 모릅니다. 여러 겹의 소음에 묻혀 들리지 않을 뿐.

산책자

로베르트 발저 – 배수아 옮김 – 한겨레출판 – 2017년 3월

어딘가를 가고 있는데
목적이 없다는 점에서
문학은 산책 같다.

절대 뛰는 법 없이 느릿느릿
자기 안을 걸어다니는 예술가의 살찐 영혼이
오늘은 구름처럼 포근하다.

가만히 좋아하는

김사인 – 창비 – 2006년 4월

얼굴이 아닌 목소리로 먼저 기억된 작가들이 있다. 팟캐스트나 라디오에서 주기적으로 들은 목소리들. 김영하 작가나 이다혜 기자 같은 분들. 김사인 시인도 마찬가지다. 창비에서 운영하는 팟캐스트 '시다방'을 통해 시인의 느릿하고 기품 있는 목소리를 한동안 열심히 들을 수 있었다.

물론 목소리 전에 글이 있었다. 시집 『가만히 좋아하는』. 첫 시집 『밤에 쓰는 편지』 이후 19년 만에 출간한 두번째 시집, 이라고 하지만 나에게는 김사인 시인을 알게 된 첫 책이다. 곡진하다는 표현을 이럴 때 쓰는구나, 깨닫게 해주었던 시들. 가만하고 조용하고 고요하고 섬세한, 불보다는 물, 바람 많은 날보다는 잔잔하고 구석구석이 다 잘 보이는 날 같은 시들. 남편과 연애 시절 그의 서재에도 이 시집이 꽂혀 있어 마음속으로 많이 기뻐했었다. 당신도 이 시집을 읽었구나, 그렇다면 알겠구나 그 고운 결…… 하고.

얼마 전 김사인 시인을 드디어 뵈었다. 익숙한 목소리와 낯선 얼굴, 표정이 합쳐지면서 완전체가 되었다. 목소리와 같고, 고르는 어휘와 같고, 시와 같은 사람이구나, 하며 시인은 짐작 못할 감탄을 마음속으로 몇 번이고 반복했다.

하반기에 낼 시인의 책을 준비하며 오랜만에 꺼내든 시집. 목소리가 들리고 표정이 보이는, 완전히 다르게 읽히는 시집이 되었다.

지적자본론

마스다 무네아키 – 이정환 옮김 – 민음사 – 2015년 11월

츠타야는 일본의 대형 서점 브랜드다. 서점 내 카페와 음반 매장, 소형 가전 매장이 혼합돼 있는 게 츠타야만의 방식이다. 우리나라의 교보문고도 비슷한 형태를 띠고 있지만 무언가가 다르다. 그 이유를 마스다 무네아키는 이렇게 표현한다.

> 서점은 서적을 판매하기 때문에 안 되는 것이다. 이게 무슨 말이냐고 화를 낼지도 모른다. 서적이 제안 덩어리라면 그것을 판매하는 것이 당연하지 않느냐고. 그리고 서점은 서적을 판매하는 상점인데 만약 서적을 판매하기 때문에 장사가 안 되는 것이라면 서점 사업은 역시 사양 산업이지 않느냐고. 그렇지 않다. 고객에게 가치가 있는 것은 서적이라는 물건이 아니라 그 안에 풍부하게 들어 있는 제안이다. 따라서 그 서적에 쓰여 있는 제안을 판매해야 한다. 그런데 그런 부분은 깡그리 무시하고 서적 그 자체를 판매하려 하기 때문에 '서점의 위기'라는 사태를 불러오게 된 것이다.

멋진 말이다. 그런데 정확한 의미는 모르겠다. 지난 일본 여행에서 나는 츠타야를 다섯 번 갔는데, 츠타야에 갈 때마다 정말 예쁘다와 그런데 무엇이 다른 거지 사이에서 길을 잃었다. 아무래도 조만간 또 시간을 내야 하지 않을까……

자연을 따라. 기초시

W. G. 제발트 – 배수아 옮김 – 문학동네 – 2017년 2월

『현기증. 감정들』이 그랬듯, 『자연을 따라. 기초시』에서 제발트가 소환해낸 인물들의 삶에서는 애수 어린 세피아빛이 느껴진다. "형제여, 나는 압니다. 낡은 옷은 찢어진다는 것을./ 내가 두려워하는 것은 다만/ 소멸을 향해 기울어지는 시간이지요." 당신이 그리고 또 그린 파괴의 자연사는 다시금 삶의 엄격한 유한성과 숭고함을 마주하게 한다.

라면을 끓이며

김훈 – 문학동네 – 2015년 9월

서재에서 가장 자주 하는 일 중 하나가 밖으로 빠져나와 덜렁거리는 가름끈을 다시 책 속으로 밀어넣는 일이다. 가름끈 정리만 해도 서재는 방금 세수한 얼굴처럼 깔끔해진다. 가름끈을 집어넣을 때 일부러 특정한 페이지를 펼쳐 집어넣는 경우도 있다. 다음 사람이 책을 열었을 때 내가 좋아하는 문장을 만났으면 하는 바람에서다. 이 책에서 나는 가름끈을 꼭 이 문장이 있는 페이지에 끼워놓는다.

바다에 나갔던 새들이 숲으로 돌아갔고, 나는 방으로 돌아왔다.
책상 위에는 원고지의 무수한 빈칸이 펼쳐져 있었다.

베개를 베다

윤성희 – 문학동네 – 2016년 4월

윤성희 작가님 작품을 읽으면 늘
웃어야 할지 울어야 할지 알 수가 없다.
이상한 표정으로 책장을 넘기다보면 또 한번
입가엔 미소가 눈가엔 눈물방울들.

로드

코맥 맥카시 – 정영목 옮김 – 2008년 6월

멸망한 세계에서 살아남은 부자父子가 길을 걷는다. 어디로 가는지, 어디로 가야 할지도 모른다. 이 작품은 작년에 퓰리처상을 수상했다. 가제는 '더 로드'다.

2008년 1월에 편집부와 출간 예정 목록을 두고 회의할 때, 위의 내용만 듣고도 나는 이 책이 왠지 잘 팔릴 것 같았다. 이 책은 무언가를 가지고 있다. 그런 확신이 들었다. 원고를 들고 다니며 생각했다. 차에서도 보고 집에서도 봤다. 다른 회사의 선배를 찾아가 조언을 구하기도 했다. 생각하고 또 생각했다. 막막해서라기보다 기대감으로 두근거렸기 때문이다. 그러다가 이 책에 어울리는 몇 개의 문장이 생각나 담당 편집자 선배에게 드렸다. 굉장히 조심스러운 일이었다. 책의 만듦새에 대해서는 전적으로 편집자의 권한이다. 홍보 문안을 작성하는 것도 마찬가지다. 당시에 그것은 불문율이었다. 그런데 선배는 조금도 불쾌해하지 않고 내가 쓴 것을 흔쾌히 받아주었다. 일하면서 그때처럼 기쁜 적이 없었다.

『로드』는 출간된 첫 주부터 모든 서점에서 종합 1위를 차지했다. 무명에 가까운 작가의 소설이 입소문도 나기 전에 이렇게 팔린 건 이례적인 일이었다. 물론 좋은 제목과 좋은 디자인과 화려한 수상 경력이 있었기에 가능한 일이었다. 지금도 이 책에는 내가 쓴 문구가 적혀 있다. 편집자에게는 일상적인 일인지도 모르지만, 내겐 더할 나위 없이 뿌듯한 흔적이다.

행복의 충격

김화영 – 문학동네 – 2012년 7월

라디오 작가이자 『그래도, 사랑』의 저자인 정현주 작가님과의 인연은 특별하다. 10여 년 전 블로그 친구로 만났으니까. 누가 먼저 상대방을 발견했는지 기억나진 않지만.

무튼, 정작가님이 얼마 전 제주에 내려갔단 소식을 접했다. 잠깐의 휴가인 듯하다. 하루하루 정신없이 보내고 있는 서울의 나는, 작가님이 SNS에 올리는 사진과 글들을 보며 제대로 대리만족하고 있다. 그러다가 문득 떠오른 책, 김화영 선생님의 『행복의 충격』. 지금 제주도에 있는 정작가님이 읽어주면 좋겠단 생각이 퍼뜩 들어 가볍고 질 좋은 에코백 하나와 함께 포장을 했다.

이 책은 내가 만든 수십 권의 책 가운데 특히 애착이 가는 책이다. 김화영 선생님의 첫 책. 1969년 처음 지중해 연안에 발 디딘, 스물아홉의 젊은 학자였던 김화영 선생님이 느낀 '행복의 충격'을 담은 책. 37년간 한 번도 절판되지 않고 사랑받던 책을 5년 전 다시 만들었다. 시간이 검증한 책인 것이다. "행복은 명사가 아니라 동사"라는 구절을 교정지를 읽을 때마다 몇 번이고 마음에 새겨두었다. 떠올리면 마음이 마구 울린다.

행복이라는 말이 넘쳐나는 요즘, 그것이 현재의 상태가 아니라 미래의 바람으로만 쓰이는 요즘, 거침없이 가감 없이 '행복'을 마주하던 이 뜨겁고 자유로운 청춘의 기록을 모쪼록 그곳 제주에서 즐거웁게 읽어주시기를.

괜찮은 사람

강화길 – 문학동네 – 2016년 11월

아내는 며칠 전부터 화장실에서 이상한 소리가 난다고 했다. 어디서 공사를 하는 것 같다고도 하고, 규칙적으로 무언가를 두드리는 소리 같다고도 했다. 그래? 하고 되묻긴 했지만 사실 별생각 없이 넘겨버렸다. 엊저녁에 화장실에 들어갔다가 소리의 정체를 알게 되었다. 얼마 전 이사 온 아래층이 화장실에 세탁기를 두고 돌리는 소리였다. 이전 이웃과는 세탁기의 위치가 바뀌어 우리집 화장실 벽에서 세탁기의 진동이 고스란히 느껴졌다.

크게 거슬리는 소리는 아니었다. 그럴 수도 있었다.

그러나 아내의 목소리에는 주저하며, 별일 아니라고 믿고 싶으면서도 의심하는, 약간의 경계심이 묻어 있었다. 아내는 테라스가 딸린 4층의 집을 불안해한다. 집안에서도 바깥에 대한 경계를 늦추지 않는다. 집안도 이럴진대 바깥에서의 생활은 어떨 것인가. 나는 그런 아내에게 쉽게 괜찮다고 말하지 못한다. 강화길의 소설을 읽고 난 직후라 더욱 그럴 것이다.

아닌 계절

구효서 – 문학동네 – 2017년 4월

마감했다. 구효서 작가님 신작 소설집. 올해의 팬톤 컬러 가운데 핑크야로우와 그리너리로 표지가 완성되었는데 무척 마음에 든다. 시안 가운데 '중견 작가에게 어울릴 법한' 디자인도 있었고 그것도 예뻤지만 이번 책은 처음부터 의외성의 손을 들어주고 싶었다. 올해로 등단 30년, 그간 수많은 책을 펴내셨지만 이번 작품집은 그간의 책들과 결이 많이 다르다. 작가님은 '소설가의 목소리란 과연 몇 개까지 가능한가' 혀를 내두르게 만드는 분, 치열한 작가정신과 끊임없는 형식 실험으로 한곳에 안주하지 않고 언제든 몸을 바꿀 준비가 된 분이다. '중견 작가'에 대한 선입견에서 작가님도 독자도 자유로워지길 바라는 마음이었다. 이번 책의 표지는 나의 그 마음이 담겼다.

작가님과는 이전 소설집 『별명의 달인』 이후 두번째 작업이다. 이번에도 편안하고 무탈하게 진행되었다. 최종 원고를 받아 오늘까지 전화 한 통화 없이 메일만을 주고받으며 뚝딱뚝딱 만들었다. 이전 작업도 마찬가지였다. 가만가만 만들고 책이 출간된 뒤 처음 만나 제주 음식을 파는 식당에서 몸국과 고기국수를 먹었다. 이런 작업 과정은 꽤 이례적인 경우이지만 전혀 불편하지도 이상하지도 않다. 작가와 편집자가 각자 자신의 역할을 충실히 수행하리라는 믿음과 배려가 이런 식으로 드러나는 경우도 있다는 걸 작가님을 통해 배웠다. 다음주쯤 책이 출간될 테고, 오랜만에 작가님을 뵐 것이다. 우리가 함께 만든 책을 앞에 두고.

문학의 기쁨

금정연/정지돈 – 루페 – 2017년 3월

소설가 정지돈씨와 서평가 금정연씨의 대담집이다. 적어도 내 주변의 출판 관계자들 중에서는 이 둘을 모르는 이가 없을 정도로 지명도에서 현재 한국문학의 핵심에 있는 사람들이다. 궁금한 마음에 책이 나오자마자 읽었다. 책은 '한국문학이란 무엇인가' '새로운 문학은 가능한가'란 주제를 놓고 두 사람이 나눈 대담을 실었다.

그런데 「한국문학이란 무엇인가」에서 한국문학은 무얼까. 예를 들자면, 김영하와 김행숙을 한데 묶어서 얘기할 수 있을까? 장정일과 정영수는? 공지영과 황병승은? 내게는 다른 두 작가를 한데 묶는 일도 버겁다. 예컨대 한국 라면이란 무엇인가, 라는 질문 속에는 신라면과 짜파게티에 대한 비하가 숨겨져 있다고 나는 생각한다(나는 지금 굉장히 진지하지만, 왠지 이들의 문체에 감염되었을지도 모른다). 어떤 의도로 한국문학을 도마 위에 올리는지는 알겠으나, 너무 거대한 질문은 느슨한 올가미처럼 보인다. 비판하기도 쉽고, 빠져나가기도 쉽기 때문에 더더욱 그렇다. 두 사람의 글 솜씨와 유머, 해박한 지식은 존경하지만(덕분에 읽는 내내 많이 웃고 배우기도 했지만), 솔직한 척을 하기보다는 아예 농담만 하거나 진짜 솔직해지는 것은 어떨까. 어느 쪽이었어도 훨씬 더 재밌었을 것 같다.

올빼미의 없음

배수아 – 창비 – 2010년 6월

그녀에게는 경계가 없다. 그녀는 그저 쓴다. 언어에 대해. 유일한 언어로. 유일한 묘사와 유일한 이야기로. 유일하다는 말은 어쩌면 그녀를 위해 생긴 게 아닐까.

올가을 배수아 작가님 신작 소설집을 내기로 했다. 배수아라니. 배수아 소설집이라니…… 이 일을 시작한 지 10년이지만, 나는 아직도 내가 하는 일이 이따금 비현실적으로 느껴진다.

그을린 예술

심보선 – 민음사 – 2013년 5월

장서가의 필수 조건이라고 할 만한 실수를 드디어 나도 하게 되었다. 집에 있는 책을 모르고 다시 산 것이다. 곁에 있던 아내도 그 사실을 몰랐으니 아내 역시 이 실수의 공범자다. 그러나 내가 물었을 때 아내는 다른 일에 몰두하고 있었고, 아마 나를 믿었을 것이다. 나는 북카페에서는 말할 것도 없고, 집에 있는 책들도 주제별, 분야별, 시리즈별, (같은 작가라면) 출간일자별, 심지어는 책등의 높이와 색깔별로 구분해놓는 일종의 서재 정리의 달인이라고 자부해왔다. 이런 내게 결코 오지 않을 것 같던 실수가 찾아왔는데, 왠지 기분은 좋았다.

"심보선의 새책을 사놓고도 안 읽었을 리가 없어."
"이런 강렬한 주황색은 우리집에선 본 적이 없어."
"무엇보다 뒤표지의 이 문장을 읽었다면, 내가 잊을 턱이 없어!"

……나는 왜 확신으로 가득차 있을까.
언제나 가장 믿을 수 없는 사람은 바로 나 자신이다.

마그누스

실비 제르맹 – 이창실 옮김 – 문학동네 – 2015년 4월

실비 제르맹의 문장을 좋아한다. 격정적으로 휘몰아치면서도 우아함을 잃지 않는 문체라, 한번 몰입하면 도무지 손에서 놓을 수가 없다.

얼마 전 『릿터』에 리뷰를 쓰기 위해 『분노의 날들』을 또 한번 정독하면서, 재독의 기쁨이 큰 작가임을 알게 되었다. 그래서 오늘은 재작년에 읽은 책을 꺼내 접어둔 곳들 위주로 다시 읽었다.

제2차세계대전 당시 독일 함부르크에 가해진 대규모 폭격, 일명 '고모라 작전'으로 다섯 살 이전의 기억을 잃은 한 소년의 이야기이다. 자신이 믿던 온화한 풍경들 이면에 끔찍한 광경이 숨어 있단 것을 알아가는 것으로 이루어진 애석한 성장담. 역사에 짓밟힌 한 인물이 스스로를 구원하는 또하나의 방식을 볼 수 있는 작품이며, 문득 틈입하는 '단장斷章 1'이 특히 아름답다.

개인적으로 이 책이 특히 더 인상 깊게 남는 건, 그래, 이 맛에 소설을 읽지 하는 새삼스러운 깨달음을 주었기 때문이다. '사건'을 '삶'으로 바꾸는 일. 들리지 않고 볼 수 없었던 이야기들을 들리고 보이게 기록함으로써 그들의 삶을 복원하는 일. 기억되도록 하는 일. 그저 그렇게 되어버린 삶이라 치부되지 않도록 보존하는 일. 끝끝내 불편하지 않기 어려울 세계를 보다 섬세하게 인식하고 들여다볼 수 있게 하는 소설의 효용을 체감하며, 소설과 관련된 일을 하는 사람이자 문학 독자의 한 사람으로서 어느 면에서는 안도와 위안의 웃음을 웃을 수 있었다.

불안의 책

페르난두 페소아 – 오진영 옮김 – 문학동네 – 2015년 9월

요즘 인스타그램에 가장 많이 올라오는 우리 북카페의 사진은 15단의 웅장한 서가가 아닌 '작가 유리잔'이다. 어쩌다보니 '작가 유리잔'이라고 부르고는 있지만, 정확히는 유리잔에 책 속의 한 문장을 새겨넣은 것이다. 그중에서도 『불안의 책』은 짧고 유려한 문장들이 많아 하나를 선택하는 것이 꽤 힘들었다.

이 책은 작가 사후에 출간되었다. 연구가들이 유고 더미에서 찾아낸 미완성 원고들을 엮은 것이라고 한다. 그 원고들은 크게 보면 하나의 형식을 띠고 있긴 하지만 편편이 일기나 단상과도 같이 연속성이 없는 글들이었기에 포르투갈 현지에서도 텍스트의 수나 배열 순서가 다른 여러 판본이 존재한다. 덕분에 우리는 어느 장을 펼쳐도 무관한, 오직 훌륭한 문장들로 가득한 한 권의 책을 만날 수 있게 되었다.

나와 인생 사이에는 아주 얇은 유리 한 장이 있다.
또렷하게 바라보며 인생을 이해한다 해도, 결코 만질 수는 없다.

예술이란 우리 것이 아니면서 우리를 행복하게 하는 모든 것.
즉 지나간 일들의 자취, 누군가에게 건넨 미소, 노을, 시, 객관적 우주를 의미한다.

우리가 했던 모든 일이 사랑이라면, 죽어도 괜찮다.

너 없이 걸었다

허수경 – 난다 – 2015년 8월

간밤에 뮌스터에 도착한 꿈을 꾸었다. 중앙역에서 나와 조금 걸었다. 웹으로 찾아본 뮌스터의 풍광이 고스란히 펼쳐졌다. 건물들이 압도적으로 멋졌고 분위기가 매우 근사했다. 역시 실물을 봐야, 하는 마음에 뿌듯해졌다. 계속 걸으며 좌우를 둘러보는데 점점 한국의 풍경으로 이어지는 게 아닌가.

아, 이건 꿈이구나, 내게 있는 뮌스터에 관한 정보가 부족해 더이상 이어갈 그림이 없구나 고분고분 깨닫고는 꿈속에서 웃고 말았다. 역시 뮌스터에 들렀어야 했다. 몇 해 전 이 원고를 읽고 독일 여행을 다녀왔거늘, 아쉽게 참……

꿈에서나마 뮌스터에 갔던 건 허수경 시인을 만나기 위해서였다. 실제로 뮌스터는 허수경 시인이 살고 있는 곳. 지나간 것들의 이야기, 소멸해버린 과거의 이야기가 그렇게나 홍미로워 독일에서 20년 넘게 살면서 고고학을 공부한 그녀이다. 그리고 여기, 소멸하지 않고 남는 그녀의 언어들이 있다.

꿈에서도 뵙지 못한 허수경 시인. 시인과 주고받은 메일들만 쭉 다시 읽어본다. 늘 "윤정,"으로 시작하는 시인의 메일들. "윤정씨"라고 하지 않아 좋아요, 선생님.

어떤 날 8

강윤정/오은/위서현/이현호/장연정/정성일/정세랑 – 북노마드 – 2017년 3월

아내가 공저로 참여하는 『어떤 날』의 여덟번째 책이 나왔다.

여덟 권의 책을 내는 동안 아내는 여섯번을 참여했다. 세번째 책부터 참여했으니 실은 개근하고 있다고 봐야 할 것이다. 2013년 8월부터 2017년 3월까지, 내가 느끼기에 이 기간 동안 아내의 글은 일취월장했다.

아내는 오래전부터 자신의 동굴에 불을 밝혀놓은 사람이다. 천천히 오래 타오른 촛불은 위압적인 데가 없이 은은하다. 그래서일까. 아내가 쓴 글은 거슬리는 데가 없고, 상황이나 상대방, 또는 자기 자신을 쉽게 미화하지 않는다. 쉽게 결론을 맺으려하거나 주장을 담으려 하지도 않아서 독자는 오직 독자이기 때문에 감화를 강요받는 이런 종류의 고통을 감내할 필요가 없다. 특히 문학을 이야기할 때 아내의 글은 더욱 고요하다. 고요할수록 빛나는 것이 또한 문학의 아름다움일 것이다.

흉터와 무늬

최영미 – 문학동네 – 2017년 3월

영수씨가 편집한 우리 팀 신간이 입고되었다. 서점에도 안 깔린 책. 이 책을 만드는 데 참여한 편집자와 디자이너에게만 전해진 책. '우리'만 아는 책. 배본 직전인 새책을 쥐고 있는 마음은 묘하다. 그 첫인상이 꽤 중요하기도 하다. 축적된 경험들이 보내는 시그널이 있다고 믿는다면. 이 책의 운명은 과연? 하며 팀원들 각자가 책을 손에 쥐고 쓰다듬고 있다.

놀 것 다 놀고 먹을 것 다 먹고 그다음에 사랑하는 시

황인찬 – 아침달 – 2017년 3월

마지막으로 카세트테이프를 재생한 건 아주 오래된 일이다.

이제는 앨범 한 장만큼의 돈만 지불한다면 언제나 원하는 음악을 들을 수 있게 되었다. 예전엔 다음 곡으로 건너뛰고 싶을 땐 빨리감기 버튼을 눌러 어림짐작으로 맞춰야 했다. 그러다 너무 많이 넘어가 잘못 플레이된 구간이 마음에 들어 카세트에서 손을 떼고 거기서부터 듣기 시작하는, 낭만적인 변심도 꽤 자주 있었다.

종이에겐 미래가 있을까.

점점 얇아지는 책의 두께를 보면 정체 모를 불안감이 엄습한다. 이번에 나온 황인찬의 새 시집에는 18편의 시가 수록되어 있다. 편수는 앨범의 수록곡 수와 비슷하고 두께는 보통 시집의 1/4 수준이다.

물론 종이책을 펼쳐보는 게 아주 오래된 경험으로 기억된다고 해서 무작정 두려워할 필요는 없을지도 모른다. 좋아하는 가수의 앨범을 사 모을 때보다 오히려 지금 더 자주 음악을 듣고 있지 않은가.

나가사키

에릭 파이 – 백선희 옮김 – 21세기북스 – 2011년 4월

회사 앞 매화나무에 매화가 폈다. 딱 한 송이. 예뻐서 사진을 찍는데 퍼뜩 오래전 읽은 소설 하나가 떠올랐다. 『나가사키』. 1년 가까이, 집주인 몰래 이불 벽장에 숨어 산 한 여성의 실화를 다룬 소설. 집주인이 알아채지 못하도록 밥이나 면에만 조금 손을 댔던 여성, 대개 편의점에서 버린 음식들로 연명한, '아무것도 아닌 존재'.

> 매일 저녁 저는 낙관하며 누웠지요. 이건 농담이야, 자고 나면 모든 게 제자리로 돌아갈 거야. 이렇게 의미를 상실할 수는 없어. 별, 바람, 인간, 이 모든 게.

조용하고 담담하고……
그러나 그 밑에는 위태로운 강이 흐르고……
이제 막 시작되려는 봄 앞에서, 도넛처럼 가운데가 텅 빈 인물이 떠오르는 심리는 무엇일까. 과거가 된, 모두에게 잊힐 지난겨울의 이미지가 불러온 인물일까……

고양이가 돌아오는 저녁

송찬호 – 문학과지성사 – 2009년 5월

오늘은 북카페 데이트를 한다.
테이블에 나란히 앉아서 각자의 책을 읽는다.
나는 오랜만에 송찬호 시인의 시집을 다시 읽는다.
아내도 오랜만에 좋아하는 시인의 책을 다시 꺼내 읽고 있다.
이따금 출입문이 열릴 때의 종소리가 크게 들린다.

책을 읽고 있는 아내에게 묻는다.
"좋아?"
바보 같은 질문이다.
"응, 좋아."
아내는 조금 뜸을 들인 뒤 대답한다.

집에 들어와서 생각해보니, 아내는 "아니, 별로 좋지 않아"라고 말한 적이 거의 없다.
내 단순한 질문에 아내는 언제나 정다운 괄호를 더해 대답해 준다.

천사는 여기 머문다

전경린 – 문학동네 – 2014년 6월

전경린 작가님은 내 십대 후반에 아주 큰 영향을 끼친 작가다. 열여덟, 수업 시간에 책상 밑에 소설을 펴두고 몰래 읽던 기억, 그러다 결국 선생님께 책을 빼앗겼던 기억이 있다. 『내 생애 꼭 하루뿐일 특별한 날』이었다. 만지면 곧바로 깨질 것 같은 예민한 감정선을 장착하고 끝끝내 불행해지고야 마는 사랑을 하는 여성들이 참 깊고 멋진 사람들 같았다.

이 책은 작가님이 11년 만에 출간했던 소설집이다. 그사이 책이 몇 권 나오긴 했지만 이 소설집은 특히 더 와닿았던 게, 뭐랄까, 오래전 내 모습을 아는 내밀한 관계의 누군가를 다시 만난 것처럼 어딘가 쑥스러우면서도 반갑고 오래 같이 있고 싶은 느낌이 들었기 때문이다.

> 정작 오래된 우울에는 슬픔이 없다. 마른 우물이 그렇듯, 감정이 휘발되고 바래고 건조해져서 차라리 평온하다.
>
> —「맥도날드 멜랑콜리아」 중에서

다른 작품에 등장하는 표현을 빌리자면 작가님은 '감정의 일생'을 아는 분 같다. 오늘 점심엔 작가님과 식사 약속이 있다. 처음 뵙는다. 신작 장편의 원고를 주셨다. 이 일을 하면서 종종 겪는 강렬한 설렘과 긴장감. 독자-작가에서 편집자-작가로, 완전히 다른 인연이 시작될 것이다. 이런 두근거림에도 이름이 있을까요, 작가님. 작가님은 그 이름을 아실 것만 같은데.

아닌 계절

구효서 – 문학동네 – 2017년 4월

아내가 만든 책이 나왔다.

늘 그래왔듯 아내는 편집하는 내내 이 책의 원고에 강하게 사로잡혀 있었다. 사로잡혀 있었다는 건 집착하는 것과는 다르다. 사랑에 빠지는 것과도 좀 다르다. 그건 마치…… 길을 잃은 어린 동물을 임시 보호하는 느낌에 가깝다.

원고는, 언젠가 주인이 나타날 때까지, 아주 잠깐이지만 강렬하게 삶 속으로 파고드는 존재다. 씻고, 먹이고, 재우고, 품에 안은 몇 달 동안 그것은 다듬어지고 조금은 더 자랄 것이다. 잘 알아보기 힘들 수도 있지만, 서로 영향을 미치며 서로의 얼굴을 닮아가기도 하는 것 같다. 그러나 마침내 주인이 오면, 그것은 주인을 향해 온몸을 던져 임시 거처를 떠나간다. 그때의 뿌듯하면서도 섭섭하고, 충만하면서도 허전한 감정을 나는 매번 이해하지 못하면서도 어림짐작해본다.

며칠 후에 이 책은 서점 진열대에서 독자들에게 선을 보일 것이다. 그때 독자 누구도 이 책을 만든 사람을 떠올리진 않을 것이다. 책의 표지를 여러 방향에서 그려보고, 원고의 사소한 실수들을 잡아나가고, 서점에 보낼 책의 소개문을 쓰고, 인쇄소의 소음 속에서 마침내 첫번째로 만들어진 책을 손에 쥐며 다양한 가능성을 가늠해보는 작은 숨결을.

책이 나오면 선량한 작가들은 편집자에게 '고맙다'고 말하는 것을 잊지 않을 것이다.

그랬으면 좋겠다.

고독을 잃어버린 시간

지그문트 바우만 – 조은평/강지은 옮김 – 동녘 – 2012년 8월

세무 공무원으로 평생을 일하신 아빠는 내가 스무 살이 되었을 때 다양한 일을 해보라고 몇 번이고 말씀하셨다. 인생이 얼마나 긴데 한 가지 일만 해보고 사니, 나는 그랬지만 우리 딸은 직업이 열 몇 가지였음 좋겠구나, 하고. 요즘 그 말씀이 종종 생각난다.

어른이 되면 더 강해질 줄 알았는데, 내가 깎이고 부서지고 그만큼 강해질수록 파도도 세진다. 침몰하지 않으려면 시달리지 않아야 한다. 추한 말들에, 헛된 마음들에.

요 며칠 바깥에선 온통 먼지 냄새가 난다. 삶이 불안하고 피로하므로, 확실한 것 하나 없이 이렇게 급류에 휩쓸리듯 살아가고 있단 게 도무지 온당치 않아 보이므로, 바우만 옹의 글을 다시 읽는다. 늦게나마 고인의 명복을 빌며.

April

April

침묵의 책

사라 메이틀랜드 – 홍선영 옮김 – 마디 – 2016년 7월

합정동의 '위트앤시니컬'에 왔다.

이제 겨우 한 달이 지난 이곳의 서재는 아직 여백이 많다. 두꺼운 원목으로 짜맞춘 테이블에서는 싱싱하고 푸른 기운이 돈다. 잘 정돈된 일본풍의 상점이다.

책방 주인인 유희경 시인은 이곳은 신촌점과 많이 다르다며, 신촌점에선 겪어보지 못했던 어려움이 있다고 토로했다. 가게의 분위기에 놀라 입구에서 되돌아나가는 손님들이 많다는 것이다. 나는 반대의 의미로 놀랐다. 오랫동안 북카페를 해온 내 입장에서 그건 너무 당연한 얘기였기 때문이다. 어떤 방식의 인테리어든 책과 함께 있으면 보다 엄숙해 보인다. 책은 풍경을 사로잡는다. 좋은 의미로도, 나쁜 의미로도 그렇다.

그런데 첫번째 매장인 신촌점은 입구에서 되돌아나가는 사람이 거의 없었다는 것이다. 신촌점의 콘셉트야말로 내가 바라 마지않던 활기찬 북카페에 가깝다는 말일 것이다. 곰곰이 생각해보니 합정점은 카페꼼마와 마찬가지로 서재와 테이블이 한 공간에 뒤섞여 있고, 첫번째 매장인 신촌점은 카페와 서점의 공간이 엄격하게 구분되어 있다는 점이 떠올랐다. 나는 잊어버리기 전에 오늘의 대화를 노트에 적어두었다. 메모를 끝내고 맞은편 책장에서 계속 눈이 마주치던 책을 꺼내어 앞부분을 읽어보았다.

책은 침묵과 평온, 그중에서도 압도적인 고요를 얘기하고 있었다. 고요는 단순히 조용함에서 그치지 않고, 침묵을 통해 내 안으로 깊게 들어갈 수 있게 도와주는 열쇠다. 그것은 (이곳의 주인은 싫어하겠지만) 내가 이곳에 와서 얻는 가장 고마운 것이기도 하다.

놀 것 다 놀고 먹을 것 다 먹고 그다음에 사랑하는 시

황인찬 – 아침달 – 2017년 3월

'위트앤시니컬'이 신촌점에 이어 합정에 2호점을 오픈했다. 이곳에서만 구매할 수 있는 책도 있다. 그중 황인찬 시인의 낭독시집을 구매해 읽었다. 36쪽, 총 열여덟 편의 시를 담은 얇은 책. 시집 한 권에 5, 60편의 시가 실려 있고 시인들이 대개 5, 6년에 한 권씩 시집을 낸다는 걸 감안하면 일반적인 만듦새는 아니다.

여러모로 좋은 기획이란 생각이 든다. 시집은 반복해 읽을수록 특별한 감흥을 얻을 수 있는 장르인데, 이 책은 편수가 적어 부담도 덜하고, 얇고 가벼워 지니고 다니기에도 좋다. 언제든 어디든 펼쳐 읽으면 평범한 일상과 맞물려 때때마다 새로이 읽히겠구나 싶은 게, 가수들이 싱글 앨범을 내듯 시인들도 적은 분량의 시집을 꾸준히 내주면 좋겠다. 콘텐츠가 유통, 소비되는 텀이 점점 짧아진다. 이제는 오랜 시간을 들여 아주 오랜만에 소비자들을 찾는 데 위험 부담이 크다.

독자 역시 기다려주지 않는다. '실시간' 뉴스가 당연시되는 시대, 시집은 우선 편수부터 줄여볼 수 있겠다는 모종의 가능성을 여기서 발견했다. 물론 모든 문학이 트렌드를 좇을 필요는 없다. 아니, 그러지 않는 데 문학의 미덕도 있다. 그러나 이건 이미 트렌드의 문제가 아니라 독자들이 책을 읽는 눈과 손이 바뀌었음을, 그러니까 읽는 '몸'이 달라졌음을 받아들이는 문제에 더 가깝지 않을까. 문학 편집자의 고민은 오늘도 깊어만 가고……

모든 국적의 친구

김이듬 – 난다 – 2016년 7월

난다에서 펴내는 '걸어본다' 시리즈의 모든 책에는 작은 선물이 숨어 있다. 책의 겉표지를 벗겨내어 펼치면 나오는 커다란 지도가 그것이다. 일반적인 지도는 아니다. 랜드마크 중심이 아닌, 책에서 작가가 걸어본 곳들을 소개하는 지도다. 조성흠 화가가 그 책만을 위한 방식으로 직접 그린 그림에 채색 작업을 더해 완성된다.

책을 읽고 나서 펼쳐봐야 보이는 지도.

그것은 독자를 위한 지도가 아니라, 걸어본 사람을 위한 지도다. 여행을 위한 지도가 아니라, 삶을 만들어준 지도다. 유혹하는 지도가 아니라, 추억하는 지도다.

이 시리즈를 새로 만나면 늘 지도부터 펼쳐본다. 늘 생각보다 크고 환하게 펼쳐지는 아름다운 무늬는, 책을 만든 이가 작가들에게 보내는 다정한 선물 같다.

문학의 기쁨

금정연/정지돈 – 루페 – 2017년 3월

스펙트럼 넓은 사람들이 경쾌하게 주고받은 문학 이야기. 키들키들 웃으며 읽다가 60쪽에서 멈칫했다. "직업으로서의 독서. 그건 보기로서의 독서이고 차라리 비非독서다. 소수가 책을 읽는 방식과 다수가 책을 읽는 방식 사이에 존재하는 변이형이다." 고개가 절로 끄덕여진다. 나는 매일 온라인서점에서 수많은 책을 '보고', 편집 중인 책의 참고 도서와 유사 도서를 '보고', SNS에 사람들이 올린 책 사진과 후기를 '본다'. 좋아하는 작가의 신간을 '읽고', 내가 '읽은' 책의 후기를 SNS에 종종 남기기도 한다. 내가 '읽은' 책에 대해 쓰거나 말할 일도 많고, 내가 '본' 책에 대해 쓰거나 말할 일 역시 많다.

책은 나의 일이자 취미이고, 스트레스의 원인이자 삶의 기쁨이다. 넘어야 할 산이자 위안이 되어주는 휴식처. 어느덧 10년. 10년 전에는 좋아하는 일을 직업으로 삼았다는 생각에 이 일을 천직이라 여겼다. 지금은 할 수 있는 중 가장 잘할 수 있는 일이 이 일이란 생각에 역시 이 일을 천직이라 여긴다. 시간이 흐르면서 삶의 가능성은 줄어들고 선택지 또한 적어지지만 그만큼 점점 더 분명해지는 삶의 방향도 있다. 시간이 더 흐른 뒤, 나에게 새겨질 주름들에 어떤 경험들이, 구체적으로 어떤 책의 경험들이 담길까. 아아, 『문학의 기쁨』에서 너무 멀리 왔다. 그러고 보니 그 주름의 시간들에 새겨졌음 싶은 게 바로 '문학의 기쁨'이기도 하다.

파리의 우울

샤를 피에르 보들레르 – 황현산 옮김 – 문학동네 – 2015년 9월

세월의 더께를 얹은 듯 투박한 갈색 종이에 펜으로 대충 휘갈긴 원어 제목, 그 왼쪽으로는 매우 지쳐 보이는, 그러나 특유의 신경질적인 시선만은 여전한 한 남자가 정면을 노려보고 있다. 보들레르일 것이다. 전작 『악의 꽃』으로 이미 당대의 지성이 되었지만 그에겐 여전히 풀지 못한 숙제가 남아 있는 듯 보인다. 그는 이번에는 산문시를 쓴다. 책을 번역한 황현산 선생은 "산문으로 시를 담아내기 위한 것이 아니라 산문적인 현실에서 시적인 것을 발견하여 기술한 것"이라고 말한다. 말년의 보들레르는 시를 삶 속으로 더 가까이 끌고 들어가고 싶었는지도 모른다.

책을 읽고 있으면 그 19세기 파리의 뒷골목, 3층 다락방 창문에 어스름히 비치는 한 그림자가 보이는 듯하다. 우울마저도 낭만으로 바꾸어버리는 곳. 절망도, 희망도, 예술이라는 이름 아래 흔쾌히 짓밟히는 곳. 미술이든 문학이든 술이든, 늘 취해 있어야 하는 곳. 가까이서 보면 난장판 같고, 멀리서 보면 점묘화 같은 곳.

쇼코의 미소

최은영 – 문학동네 – 2016년 7월

내 친구 은영아, 너의 작품들을 종종 다시 읽어. 그러면 반드시 눈물이 나고, 어느새 마음이 개운해져.

나는 이게 네 소설이 가진 큰 미덕이라고 생각해.

우리는 때때로 울 필요가 있지. 그걸 대개 잊고 살아. 다른 많은 일들도 잊고 살지. 소중한 것들을 지키지 못하고, 중요한 순간들을 새겨두지 못한 채 그냥 살아지고 있어.

다른 많은 것으로 채우고 있지만 점점 더 얄팍하고 공허한 사람이 되어간다고 느낄 때, 너의 소설들이 정말 큰 도움이 된단다. 현학적인 작품들이 주는 자극도 좋지만, 솔직한 감정들을 이길 수는 없겠지.

너는 지금 쿠바에 있어. 나는 네가 쓰고 있을 문장들을 궁금해하고 있고. 투명하고 강인한 너의 세계가 또 어떻게 달라질지, 너의 작품과 동시대를 살아갈 것이 미리 기뻐.

펭귄뉴스

김중혁 – 문학과지성사 – 2006년 3월

에스키모들에게는 '훌륭한'이라는 단어가 필요 없어.
훌륭한 고래가 없듯 훌륭한 사냥꾼도 없고,
훌륭한 선인장이 없듯 훌륭한 인간도 없어.

일을 마치고 집에 돌아오면 자기 자신을 찾아야 한다.

훌륭함에서 벗어나는 것도 좋은 방법 중의 하나다.

그럴 땐 김중혁 소설가의 단편소설만한 게 없다. 소설 속에는 지나치게 고귀하지도, 비열하지도 않은 인물들이 살고 있다. 그들이 소중하게 여기는 건 대부분의 눈에는 별스러운 것들이다. '상상만으로 그리는 지도'라거나, '세상에서 가장 작은 라디오'라거나, 타자기나 열쇠와 연필 등등…… 가끔 문학이 지나치게 엄숙하게 느껴질 때, 인류나 절망, 세상, 사랑 등의 웅숭깊음에 지칠 때도 역시 그의 단편이다.

나는 훌륭하기도 싫고, 심지어 나답기도 싫다.

당신의 이름을 지어다가 며칠은 먹었다

박준 – 문학동네 – 2012년 12월

준이 시집이 오늘 30쇄를 찍는다. 7만 부를 훌쩍 넘긴 지 오래. 그래도 매번 좀 울컥한다.

이 시집을 편집하며 여러 번 반복해 읽으며, 적어도 나는 준이에 대해서 아주 많이 알게 된 듯한 느낌이 들었다. 글이 쓴 사람 전부를 대변하진 않지만, 적어도 시라는 장르만큼은 쓴 사람의 것이 아닌 게 나오기 참 어렵기 때문일 터이다. 시집이 나온 건 꽤 추운 겨울이었다.

"시집 보고 부모님은 뭐라고 하셔?"

"어머닌 개밥을 주셨고, 아버지는…… 우시더라."

소외된 구석들에 요란스럽지 않게 반응하는 준이의 더듬이, 곡진하고 인간적인 문장들, 거기서 자연스레 스며나오는 다정함이 수많은 사람에게 가닿았다는 것이 정말 기쁘다. 앞으로도 준이는 언젠가 그가 한 말처럼 "감정의 사체에 썩은내가 나지 않게 잘 묻어주는 일, 그런 시를 쓰는 일"에 쉼이 없을 것이고, 흔들림도 없을 것이다. 언제까지고 응원할 것이다.

몰락의 에티카

신형철 – 문학동네 – 2008년 12월

이 책이 출간됐을 때 정말 깜짝 놀랐다. 며칠 만에 초판이 다 팔린 것이다. 비평집으로는 처음으로 베스트셀러에도 올랐다. 더욱 놀라운 것은 이게 그의 첫 책이었다는 것이다. 도대체 어떤 사람들이 그의 책을 기다려왔던 것일까. 그의 글을 읽어본 적이 없던 나는, 그러한 궁금증과 함께 혹시 판매가 급감하지 않을까 하는 불안을 안고 책이 나온 첫 주에 부랴부랴 중쇄를 찍었다.

다행히 책은 거의 10여 년이 흐른 지금에도 여전히 잘 팔리고 있다. 중쇄를 찍던 그 순간에는 상상하지 못했지만 이제 이 책은 어느 서점에서나 문학 코너의 좋은 자리에 당당히 진열되어 있다. 나 역시 그의 팬이 된 지 오래다. 책을 꺼내어 첫머리를 읽은 사람이라면 그의 팬이 되지 않기가 더 힘들지도 모르겠다.

내가 나 자신을 혐오하지 않으면서 말할 수 있는 단 하나의 진실이 있다면 이것이다. 나는 문학을 사랑한다. 문학이 나를 사랑하지 않아도 어쩔 수가 없다.

여름의 묘약

김화영 지음 – 문학동네 – 2013년 7월

1969년 처음 지중해 연안을 찾아 그곳에서 보낸 젊은 날을 기록한 첫 책 『행복의 충격』, 그뒤로 40여 년이 지났다. 경이로움으로 가득한 유학생이던 김화영 선생님은 이제 원로 학자.

반짝이던 청춘, 인생의 여름을 보낸 곳을 다시 찾은 그 마음은 어땠을까. 선생님의 원고와 사진을 받아 문학동네 네이버 카페에 연재한 건 4년 전 여름의 일이었다. 곳곳에 한 학자의 세월이 스며 있었다. 그 시절을 함께한 사람들, 마음을 뒤흔들었던 것들, 되돌릴 수 없는 젊음과 열기는 이제 눈을 감고 음미할 문장으로 남았다. "너무 짧았던 우리 여름의 싱싱한 빛이여!"

'고독'이 떠오르는 나이에 이런 충만함을 보여줄 수 있다니. 김화영 선생님 책을 읽을 때마다 단 한 번의 예외도 없이 감탄하지만, 이번엔 그 여운이 훨씬 더 깊고 진하다.

미스테리아 11호

미스테리아 편집부 – 엘릭시르 – 2017년 3월

격월간 잡지 『미스테리아』 1호가 처음 출간된 날이 기억난다. 펭귄클래식에서 만든 'Postcards from Penguin 100' 엽서 세트를 오마주한 '미스터리 타블로이드 엽서 100장 세트'가 사은품이었는데, 그 사은품을 얻기 위해 우리 북카페에도 전화 예약 쟁탈전이 벌어졌었다. 대형 인터넷서점에서 품절된 한정 사은품을 얻으려는 독자들이 수소문해 우리 북카페에 아직 물량이 있다는 것을 알아낸 것이다. 초판 한정으로 사은품을 끼워주는 경우는 흔하지만 그 사은품이 이렇게 인기가 있는 경우는 드물다. 사실 거의 없다. 나 역시 초판이 며칠 만에 동이 나고 나서야 얼른 사지 않은 걸 후회하기도 했다. 이 엽서 세트는 이후에도 온라인으로 상당한 고가(무려 책값보다도 비싸게!)에 거래되었다.

이후로도 기상천외한 선물 시리즈는 이어졌다. 미스터리의 대모 애거사 크리스티 헌정 원두라거나, 한국 최초의 추리소설 『쌍옥적』 복간본이라거나, '모든 음식을 의심하라'는 캐치프레이즈 아래 가짜 젤리를 섞어 넣은 젤리 봉투라거나……

이제 와서 민망한 얘기지만, 사실 『미스테리아』는 사은품이 없어도 충분히 매력적인 잡지다. 미스터리mystery와 히스테리아hysteria를 결합한 '미스터리를 광적으로 좋아하는 사람'이라는 뜻의 이 잡지는, 순수문학의 한계에 갇힌 한국문학의 외형을 넓히겠다는 포부를 갖고 있다. 그러나 내가 보기엔 호러, 판타지, 미스터리, 범죄, 추리, SF, 역사, 스릴러, 만화를 총동원해 세상의 모든 이들을 미스테리아로 만들겠다는 더 은밀한 계획이 있는 듯하다.

생년월일

이장욱 – 창비 – 2011년 8월

이 시리즈에 함께하기로 한 김슬기, 김유리 부부를 만나 천운영 작가님이 운영하는 스페인 요릿집엘 갔다. 여러 병의 와인을 비우고 근사한 음식을 먹으며 이 작업의 고충을 토로했다. 꾸준히 쓰는 것의 어려움. 읽는 것과 쓰는 것 사이에 놓인 수많은 단계들. 자기가 쓴 것을 냉정하게 바라볼 때 느끼게 되는 절망감. 한편으로 더 강렬해지는 '더 많이 읽고 싶다' 하는 책탐에 대하여.

술 한잔하고 들어와 집어드는 책으로 시집만한 게 없다. 가장 좋아하는 시인의 시집이라면 더 말할 것도 없겠지.

이런 밤,

내가 선호하는 것은
그냥 처음부터 다시 시작하는 것이다.

이렇게 시작하는 '시인의 말'부터 읽는다. 묘하게 지금 내 상황과 맞아떨어져 깔깔거리며 웃었다. 물론 이 시집을 처음 읽었을 땐 완전히 다른 의미로 읽었으며 웃는 대신 눈을 꼭 감고 이 책을 끌어안았더랬다. 이럴 줄 알았어. 내 기대를 모두 무너뜨리고, 새로운 세계를 세워줄 줄 알았어! 하며. 아아, 좋은 책이 정말 많다. 열심히 읽고 쓰는 수밖에 없다.

작가란 무엇인가 1

레이먼드 카버 외 – 김진아/권승혁 옮김 – 다른 – 2014년 1월

조지 플림턴: 창조적인 작가로서 예술의 역할이 무엇이라고 생각하시나요? 왜 사실 그 자체보다는 사실의 재현을 선택하셨나요?

헤밍웨이: 왜 그런 것으로 인해 골머리를 썩나요? 일어난 일로부터, 존재하는 것으로부터, 그리고 알고 있거나 알 수 없는 모든 것으로부터, 재현이 아니라 창작을 통해 살아 있는 어떤 것보다 더 진실한 완전히 새로운 것을 만들 수 있지요. 당신은 그것을 살아 있게 할 수 있고, 만일 당신이 충분히 잘할 수 있다면 그것에 영원성을 부여할 수도 있습니다. 이것이야말로 글을 쓰는 이유이고, 우리가 아는 한 다른 이유는 없습니다.

무라카미 하루키, 밀란 쿤데라, 레이먼드 카버, 폴 오스터, 어니스트 헤밍웨이, 필립 로스, 이언 매큐언, 움베르토 에코, 가브리엘 가르시아 마르케스, E.M 포스터, 오르한 파묵, 윌리엄 포크너…… 이건 그냥 어벤져스 아닌가.

문학을 사랑하는 이들이라면 마땅히 가져야 할 피규어 세트다. 언제고, 어디를 펼쳐 봐도 조용한 흥분에 휩싸일 수 있다.

D에게 보낸 편지

앙드레 고르 – 임희근 옮김 – 학고재 – 2007년 11월

결혼을 앞둔 지인에게 이 책을 선물한다. 지인이라고 하지만 실제로 만난 적은 한 번도 없다. SNS를 통해 서로의 일상을 훔쳐보고, 때로 다정한 댓글을 주고받는 사이일 뿐.

물리적으로는 적당히 멀고, 감정적으로는 고루 가까운 사이의 내밀함, 친밀함, 의외의 편안함이 때때로 참 소중하다는 생각이 든다. 오프라인의 인간관계가 훨씬 더 직접적이나 피상적일 수 있기 때문일 터다.

이 책은 사랑에 빠지고, 결혼을 하고, 평생을 함께한 뒤 동반자살한 프랑스 철학자 앙드레 고르 부부의 이야기를 담고 있다. 정확히는 앙드레 고르가 동반자살을 결심하기 1년 전 부인을 향해 쓴 연서. 어느 특별한 사랑의 일대기를 읽으며, 이런 '끝'도 가능하리라는 걸 알았다.

남편을 만나 시간을 쌓아가며 첫눈을 함께 보자는 고백보다 마지막 눈을 함께 보자는 약속이 훨씬 더 무겁다는 것을 깨달았다. 그 무거움을 기꺼이 나누며, 서로의 인생을 다정하고 너그럽게 기록하는 사서가 되리라 결심하는 게 내가 생각하는 결혼의 의미. 훨씬 더 낭만적인 사랑의 '시작'과 관련된 책도 많겠지만 마음으로 아끼는 그녀에게는 사랑의 '끝'을 선물하고 싶다.

2017 제8회 젊은작가상 수상작품집

임현 외 – 문학동네 – 2017년 4월

어제는 우리 가게에서 〈제8회 젊은작가상 시상식〉이 열렸다. 이곳에서 진행된 게 2012년도부터니 벌써 6년째다. 그사이에 많은 게 변했다. 가게도 한차례 확장을 해 더 넓어졌다. 가게 바로 앞은 '연트럴파크'라는 별칭의 공원이 조성되어 밤낮없이 북적인다. 사용하는 원두도 바뀌었다. 처음부터 지금까지 여전히 찾아주는 손님들도 많은데, 매일 봐서 알아차리지 못할 뿐 그분들의 얼굴도 그때와는 다를 것이다.

그동안 젊은작가상 수상작품집으로 먼저 만났던 젊은 작가들의 첫 책도 이제는 꽤 많이 출간됐다. 『개그맨』 『실수하는 인간』 『가나』 『과천, 우리가 하지 않은 일』 『내가 싸우듯이』 『그들에게 린디합을』 『너무 한낮의 연애』 『쇼코의 미소』…… 이렇게 책들을 한 권 한 권 호명해보니 새삼스레 반갑다.

올해에도 어김없이 반가운 이름이 있고, 또 새로운 이름도 있다. 그들 중에서는 앞으로 한국문학의 간판이 될 사람도 있을 것이고, 자신만의 전위적인 스타일을 확립해나가는 사람도 있을 것이다. 사회를 예리하게 진단하거나, 우리 안의 괴물을 보듬어주는 손길도 있을 것이다. 몇몇 소수의 강력한 지지자를 위해 글을 쓰거나, 또는 어떤 이유로 문학에 등을 돌리는 사람도 있을 것이다. 그게 누구인지는 아직 알 수 없다. 그러나 분명한 건, 이 책을 처음 만나는 날이 그 모든 가능성을 처음 마주하는 순간에 가장 가깝다는 것이다.

2017 제8회 젊은작가상 수상작품집

임현 외 – 문학동네 – 2017년 4월

어제저녁에는 제8회 젊은작가상 시상식이 있었다. 상을 받는 사람도, 축하해주러 온 사람도 젊은 작가들이었다.

시상식이 끝나고 저녁을 먹는 자리에서 모 작가에게 대학 시절 '노숙인과 함께하는 문학캠프'에 참여했던 이야기를 들었다. 함께 걷고, 식사를 하고, 이야기를 나누고, 글을 쓰는 일정이었다고. 예상외로 그분들이 대화를 주도해나갔으며, 자신의 이야기를 들어주는 사람이 없다며 학생들과의 대화를 즐기는 모습이었단다. 자신이 원래 어떤 일을 하던 사람이었는지, 어떤 글을 쓰고 있는지 등등. 프로그램이 어느 정도 진행되고 함께 치킨을 먹게 되었는데, 이 프로그램에 함께하지 못한 다른 노숙인 친구분들께 연신 미안해하며 맛있게 드셨다는 이야기도.

나에겐 굉장히 놀라운 이야기였다. 내가 보지 못했던, 보려고 하지 않았던 어둠 속 이야기. 내가 생각을 이어가보지 않았던 영역의 이야기였다. 이 젊은 작가의 작품에, 언젠가 내게 해준 이 이야기도 영향을 미칠까. 그랬으면 좋겠는데. 꼭 같은 소재가 아니더라도, 하는 생각이 강하게 들었더랬다. 말할 수는 없었지만.

어제의 여운이 남아 이 책을 한번 더 읽는다. 황폐하고 피폐한 시대를 사는 세대의 목소리들. 도처의 어둠을 자기만의 방식으로 드러내는 이들 덕에, 그 어둠을 경험해본 사람들은 공감과 위안을 얻고, 그 어둠을 미처 발견하지도 못했던 사람들은 덕분에 이런 어둠이 존재한다는 사실을 알게 되리라.

팩토텀

찰스 부코스키 – 석기용 옮김 – 문학동네 – 2007년 9월

아내와 피렌체를 여행했을 때, 도시 주변을 걸어서 구경하다 구글 지도를 켜고 숙소로 돌아가던 날이 생각난다. 구글이 가르쳐주는 최단거리로 걷다보니 우연히 도시의 뒷골목을 통과하게 되었다. 금방 끝날 줄 알았던 골목은 꽤 오래 이어졌다.

날은 어두워지고 있었고, 가로등마다 누더기를 걸친 사내들이 담배를 피우고 있었다. 모퉁이를 하나 돌았을 뿐인데, 카메라를 든 여행객들은 모두 연기처럼 사라져버렸다. 하늘에서 내려다보았다면 작은 동양인 부부는 검은 잿더미 속으로 뛰어드는 어린 나방 같았을 것이다. 우리는 걷는 내내 불안과 불쾌함을 숨기느라 애써 경쾌한 척했다. 그 골목을 빠져나올 때의 기분으로 소설을 덮었다. 다 읽은 뒤에도 일말의 동정심도 생기지 않는다.

오늘 어떤 사람이 그 골목으로 들어가게 생겼다.

친애하는 사물들

이현승 – 문학동네 – 2012년 7월

날이 푸릇푸릇해지기 시작한다. 책장에서 녹색 시집을 꺼내든다. 참신한 이미지로 무장한 은유나 파격적인 형식을 내세우는 시가 있다면 이현승 시인의 시 세계는 유머와 지혜의 강고한 외피만으로 너끈하다. 평범했던 일상의 틈새가 열리고 이면의 풍경까지 보이는 듯한, 이게 바로 시의 매력 아닐까?

> 삶은 여전히 지불유예인데,
> 우리는 살면서 한 가지 역할놀이만 한다.
> 채무자채무자채무자채무자채무자
> —「있을 뻔한 이야기」에서

씁쓸한 마음이 들지만 고개를 끄덕일 수밖에 없다. 앞부분엔 “부채감이 우리의 존재감”이라는 시구가 있다. 시의 효용이란 이런 시구에 공감하는 데서 그치는 게 아니라, ‘그럼에도 불구하고’를 스스로 덧붙이는 데 있겠지. 비유이기도 하고 실제이기도 한 이 고단한 ‘역할놀이’에 문제의식을 품고 나름의 삶의 태도를 결정하는 것. 친애하는, 이 망측한 사물들과의 관계 속에 삶이 내미는 위로인지 경고인지 모를 손을 잡고 오늘을 살아내는 것.

채플린처럼 “가리는 울음과 드러내는 웃음이 반반 섞”인 표정을 지어보는 것(「눈물의 원료」), 어쩌면 이것이야말로 삶이라는 환멸을 견디며 최소한의, 그러나 최선의 인간적 선善에 가까워지는 일일지 모르겠다.

기생수

이와아키 히토시 – 학산문화사 – 2009년 12월

어떤 사람은 자신이 좋아하는 책을 다시 읽기 위해 자동차로 세 시간을 달려 한 항구도시의 외진 카페로 간다고 한다. 왠지 그 마음을 알 것 같다. 나도 언젠가 꼭 한번 해보고 싶다. 그러나 읽어야 하는 새책이 빚더미처럼 불어나는 마당에, 좋아하는 책을 다시 읽기 위해 하루를 쓰는 건 아무래도 힘든 일이다. 책과 관련된 일을 한다는 건 매일 새책을 만나야 한다는 것이다. 어쩌면 좋아했던 책으로부터는 그만큼 빨리 멀어지는 일인지도 모른다.

지인의 집에 놀러갔다 우연히 한때 너무 좋아했던 책을 발견했다.

지구에 사는 누군가가 문득 생각했다. 인간의 수가 절반으로 준다면 얼마나 많은 숲이 살아남을까.

첫 장을 넘기자마자 옛날 그 만화방의 퀴퀴하지만 너무나 편안했던 소파와 오랫동안 손때가 묻어 시큼한 종이 냄새가 떠오른다. 만화책을 읽다보면 시간은 얼마나 빨리 가는지, 문득 고개를 들면 날이 저물거나, 심지어는 아침해가 떠 있기도 했다.

나는 그때로부터 얼마나 멀리 와 있는 것일까.

그 후

나쓰메 소세키 – 윤상인 옮김 – 민음사 – 2003년 9월

친구들과 꾸려가는 소박한 독서모임에서 함께 읽은 책. 이 책은 여름비와 백합 향기, 인력거와 전차의 이미지로 남았다. 관습과 불문율, 개인적 사회적 윤리에 맞서는 인물들의 이야기는 소설에서 쉽게 접할 수 있고, 그 인물들의 고뇌와 절망을 따라가는 게 그런 소설을 읽는 맛인데, 『그 후』는 사실 내용보단 아름답고 섬세한 문장으로 더 오래 기억할 듯하다. 그도 그럴 것이 『그 후』의 인물들이 맞서고자 하는 금기와 제1의 가치란 게 21세기를 사는 현대 독자들에겐 그다지 절실하게 다가오지 않는 것이므로…… 인생이 통째로 흔들리고 지금까지 살던 방식을 모조리 버리게 만드는 일이라기엔 '그 일'의 파계破戒력이 크지 않았기 때문이다.

그럼에도 불구하고 함께 같은 책을 읽으며 이야기를 나누고, 흠도 잡고, 투덜거리기도 하는 시간들은 좋다. 그 책이 좋고 나쁘고는 사실 전혀 중요하지 않다. 점점 더 그렇게 되어가는 것 같다.

우리는 분위기를 사랑해

오은 – 문학동네 – 2013년 4월

작년 가을, 오은 시인의 새 시집 『유에서 유』 출간을 기념해 작가의 이전 시집(?)인 『우리는 분위기를 사랑해』의 친필 사인본 판매를 시작했다.

새 시집이 나왔으니 그걸 팔아야 하겠지만, 이곳에선 우리 회사에서 나온 책만 판매하다보니 차선으로 이전 시집을 판매하기로 한 것이다. 어쨌거나 이 책은 백 종 가까이 출간된 문학동네시인선 중에서도 열 손가락 안에 꼽힐 만큼 꾸준히 팔리는 책이기도 하니까.

친필 사인본 이벤트의 경우 작가에게 10부에서 30부를 부탁해 사인을 받는다. 너무 많은 부수는 부담스럽기 때문이다. 그런데 이번 책은 무려 200부를 부탁했다. 오은 시집은 평소에도 잘 팔리는 편이고, 가격 저항도 낮기 때문에 더더욱 잘 팔릴 거라고 생각했다. 그때는 꽤 합리적인 부수라고 생각했는데, 지금 생각하면 뭐에 홀렸던 게 분명하다. 덕분에 우리 북카페의 작은 책 창고 문을 열 때마다 주황색 책더미가 입구에서 나를 반겨준다. 처음엔 수북이 쌓여 있는 멋진 제목의 빨간 책들이 크리스마스 선물처럼 보였다. ……어쨌거나 지나간 시간은 추억으로 남기자. 오늘은 드디어 이 책의 마지막 재고가 매장의 서가로 이동했다. 정말 뿌듯한 순간이다.

참고로 오은 시인은 사인을 하러 온 날, 얼마나 팔리는지 다음주쯤에 알려달라고 하고 갔는데, 그 대답을 지금은 할 수 있게 되었다. 은아, 첫 주에는 사실 얼마 안 팔렸어. 근데 이제 거의 다 팔렸다! 빨간 책은 겨울에 잘 팔릴 줄 알았는데, 봄에 더 잘 팔리더라!

주기율표

프리모 레비 – 이현경 옮김 – 돌베개 – 2007년 1월

프리모 레비 30주기. 서재에 마련해둔 레비 전용 칸의 책등을 바라보며 잠시 생각에 잠겼다. 그리고 골라든 책은 『주기율표』.

스물한 개의 장으로 구성된 이 책은 장마다 '아르곤' '아연' '철' 등 원소의 이름이 붙어 있고, 그 이름에서 레비가 연상한 이야기들이 담겨 있다. 화학을 '파시즘의 해독제'라 말한 레비, 화학자로서 자신의 노동을 즐거워하던 그의 면모가 사랑하는 사람들에 대한 회상과 유년 시절의 추억과 만나 깊고 아름다운 작품이 되었다.

이 책의 또다른 특별한 점은 바로 '프리모 레비와 필립 로스 대담'이 실려 있다는 점. 레비가 은퇴할 때까지 총감독으로 근무했던 니스 공장에서 대담이 시작되어, 레비의 아파트 서재로 이어지는 그 동선은 물론, 로스가 레비를 떠올리며 "숲의 가장 명민한 지성에 의해 생기를 얻은 자그마한 숲속 생물의 쾌활함"을 가진 사람이라고 표현한 것, 로스의 질문에 레비가 대답하는 방식 등 다른 책에서 보기 어려운, 레비와 로스 모두를 격하게 좋아하는 나 같은 독자에겐 선물 같은 부록이다.

이 책의 또하나의 미덕은 연보이다. 레비의 특정 시점에 해당하는 그의 작품 속 문장들, 혹은 다른 사람이 언급한 내용들을 연보에 함께 정리해둔 것. 연보가 이렇게 입체적이고 생생할 수 있구나 하고 편집자로서 배운 게 많았다.

그는 떠났고 작품은 남았다. 화학자로서의 레비 역시 근사하지만 그가 작가의 영혼 또한 지니고 살았음에 오늘은 더 감사하다.

어떤 소송

율리 체 – 장수미 옮김 – 민음사 – 2013년 12월

해외여행을 할 때 중요하게 여기는 일 중 하나가 책을 고르는 일이다.

여기에는 몇 가지 원칙이 있다.

1. 가벼울 것.
2. 표지를 봤을 때 거의 틀림없이 재미있을 것 같은 확신을 줄 것.
3. 아내와 나 둘 다 안 읽은 책일 것.

이 기준에 맞춰 각자 2–3권의 책을 챙긴다. 서로 바꿔 읽는 걸 감안하면 5–6권의 책을 읽을 수 있는 셈이다. 물론 실제로 가져간 책을 다 읽은 적은 없다. 아내는 서너 권, 나는 기껏해야 한두 권을 읽고 만다. 그러나 이 책을 고르는 재미가 또 꽤 쏠쏠하다. 하룻밤을 꼬박 고민할 때도 있다. 책을 못 고른 채 시간이 임박하면 결국 '책 월드컵'을 연다. 8권 정도의 책을 추려서 토너먼트를 여는 것이다. 그렇게 월드컵을 개최해보면, 떨어졌을 때 너무 가슴이 아픈 책들이 있다. 그러면 결국 그 책들을 가지고 간다. 해외여행의 경우 외국소설을 선호하는 전통에 맞춰 이번에도 세 권 모두 외국소설을 골랐다. 피나는 사투 속에 선정된 세 권을 나란히 가방에 넣으니 정예요원처럼 늠름해 보였다.

그러나 아내는 책을 고르지 않았다. 아내는 이번 여행부터는 전자책을 읽겠다고 선언했다. 기내에서 은은한 금빛으로 빛나는 얇은 전자기기를 꺼내는 아내를 보니, 왠지 아날로그와 첨단의 대결처럼 느껴진 건 아마도 나뿐이었을 것이다.

나를 바라보는 당신을 바라보았다

김혜리 – 어크로스 – 2017년 3월

우리의 자체 봄방학이다. 가나자와로 여행을 떠나는 길. 내 손엔 책이 아닌 아이패드 미니가 들려 있다. 남편에게 받은 선물이다. 'I BOOK YOU'라고 각인된 것을 보고 웃음이 터졌다. 얼마 전 함께 읽은 책 『문학의 기쁨』에 'I JEONGJIDON YOU'라는 위트 넘치는 대목이 나오는데, 거기서 착안했으리라. 함께 읽었으므로 눈치챌 수 있는 작은 즐거움.

목과 허리 디스크로 고생하며 나는 점점 전자책에 관심을 갖게 되었고, 마침내 이런 선물을 받기에 이르렀다.

일단 두 권을 다운받았다. 그중 한 권을 골라 클릭. 『씨네21』에서 연재할 때 이미 대부분 읽은 글이지만 정리되어 묶인 것을 보니 새삼 김혜리 기자님 필력에 감탄이 절로 나왔다. "당신처럼 써보고 싶어서 영화를 제대로 보기 시작했어요"라는 신형철 평론가의 추천글이 단박에 와닿는다. 지적이고 우아한 문장과, 본인의 그리고 사회의 윤리를 끝없이 의식하고 고민하는 성실한 자세, 안정된 톤. "내 탓은 아니지만 우리의 삶이 연결돼 있다는 사실을 고려한다. 그럼으로써 세계가 돌아가는 방식을 거스른다. 우리는 겨우 이만큼을, 아니 아직도 그만큼은 선택할 수 있다고 다르덴 형제는 말한다" 같은 문장들. 이제 막 시작된 여행이지만 여행에서 돌아와 맨 처음 할 일로 〈내일을 위한 시간〉 다시 보기, 를 선택했다.

토니오 크뢰거/ 트리스탄/ 베니스에서의 죽음

토마스 만 – 안삼환 옮김 – 민음사 – 1998년 8월

오늘도 원시와 문명의 대결은 계속될 것인가.

나는 오늘만은 절대 지지 않을 자신이 있었다. 왜냐하면 내가 정말 좋아하는, 이미 읽은 책을 챙겨왔기 때문이다. 그러나 너무 화창한 날씨에 흐드러진 벚꽃 천지인 창밖 풍경을 보니, 이 무거운 책을 가방에 넣을 엄두가 나지 않았다. 그래도 고집스럽게 책을 가방에 넣어 하루종일 가지고 다녔다. 내 책은 (아직은 겨우) 세 권의 책만 들어 있는 아내의 전자기기보다 딱 두 배 더 무거웠다.

우리는 공원을 산책하고, 미술관을 둘러보고, 동네 골목을 걸었다. 어느 곳이든 걸어서 둘러볼 수 있는 소읍이었다. 그리고 어디든 벚꽃이 만개해 있었다. 이 작고 가볍고 흰 잎은 나무로부터 사방으로 뻗어나가 도시 전체를 휘감고 있었다. 벚꽃이 너무 많아서 벚꽃이 피었다, 기보다 벚꽃 속에서 도시의 이곳저곳이 피어나는 것처럼 보였다. 벚꽃 속에서 공원이, 미술관이, 길이, 상점이, 저녁이 피었다. 우리는 마음껏 빠져들었다. 들고 나온 책은 결국 읽지 않았지만 아쉬움이 없는 완벽한 하루였다.

동급생

프레드 울만 – 황보석 옮김 – 열린책들 – 2017년 2월

홀로코스트를 소재로 한 책을 각별히 좋아해 서재에 따로 자리가 마련되어 있을 정도인데, 이 책은 뭐랄까, 잘 모르겠다. 전 세계 20개 이상의 언어로 출간되었고, 유럽에서는 매년 10만 부 이상 판매된다는 등 대단한 추천사와 카피들이 휘감고 있는 책인데, 한달음에 읽어내려간 뒤, 마지막 장을 덮는 내 표정은 보지 않아도 알 것 같은, '울지도 웃지도 못하는 얼굴'이었다.

일단 지금껏 내가 읽은 홀로코스트 문학 가운데 가장 서정적이다. 반유대문화가 빠른 속도로 확산되면서 유대인 소년이 학교에서 겪게 된 차별 정도. 그러나 그 소년의 마음을 무너뜨린 건 그런 차별 따위가 아닌, 인생의 단 한 번 가능했다 믿은 한 친구(독일 귀족 소년)와의 우정이 깨져버린 것이었다. 독일 서남부 지역의 아름다움과, 나치즘이란 시대적 배경의 대비에서 오는 애틋함이 읽는 동안 몇 번 잠시 멈추게 했지만, 나치즘 발현 이전의 독일을 살며 자신과 가족 모두 독일임을 의심하지 않으며 살았단 것을 강조하기 위해 그 근거로 아버지가 1차대전에 참전했던 사실까지 끌어들이는 대목에서 마음이 확 식어버렸다. 그랬던 아버지가 나치즘을 어떻게 받아들이겠는가 하는 마음은 이해가 가지만, 그렇지만……

작고 아름다운 도시 가나자와의 밤이 깊어가고, 늦은 시각까지 영업하는 몇 안 되는 카페에서 잘 알 수 없는 마음도 깊어만 간다. 지금 당장 더는 알 수 없는 내 마음을 도시 전체에 잔뜩 핀 벚꽃을 보며 걷다보면 헤아릴 수 있을까.

모두를 위한 페미니즘

벨 훅스 – 이경아 옮김 – 문학동네 – 2017년 3월

휴가중이지만 인터넷과 휴대전화 덕분에 화면을 들여다보는 것만으로도 언제든 한국으로 되돌아올 수 있다. 언제든 쉽게 떠날 수 있고, 어느 곳에서든 마음놓고 일할 수 있다. 쾌적한 업무 환경을 만들어놓은 첨단기술에 혐오와 감사의 마음을 동시에 느끼며 오늘도 책 주문을 했다.

요즘 나온 책 중에 없어서 못 팔 정도로 인기가 있는 책이 한 권 있는데, 제목이 『모두를 위한 페미니즘』이다. 그런데 참 재밌는 것은, 이 책은 미국 현지에서 이미 20년도 전에 출간되었던 책일뿐더러, 과거 한국에서도 출간되었다가 절판된 적이 있는 책이라는 사실이다. 그런 사실을 모르고 보면 전혀 시간의 공백이 느껴지지 않는 내용도 내용이거니와, 실제로도 최근 국내에서 부는 페미니즘 열풍에 너무 시의적절하다는 것이 놀랍다. 어떤 오래된 책은 때가 되면 시대의 부름을 받는 것일까.

기술은 시간과 공간의 개념을 바꾸어놓고, 우리를 우리 자신으로부터 더 멀리 데려가는 것 같다. 같은 인간 종들 사이에서도 성별, 인종별, 심지어는 외모별 계급이 존재하는 우리의 느리고 느린 마음이 기술의 발전을 어디까지 따라갈 수 있을까.

백만 광년의 고독 속에서 한 줄의 시를 읽다

류시화 – 연금술사 – 2014년 6월

두 사람의 생애
그 사이에 피어난 벚꽃이어라
—마쓰오 바쇼

가나자와는 그야말로 벚꽃 철이다. 1580년대에 세워진 가나자와 성이 있는 이 공원에만 벚나무가 250그루란다. 남편과 나는 우리가 만나 지금껏 본 모든 벚꽃을 합한 것보다 많은 벚꽃을 요 며칠 '겪고' 있다.

간밤에 바람이 제법 불어서인지 오늘 아침은 어제까지와는 또 다르다. 곳곳에 떨어진 벚꽃잎들이 수북하다. 양손 가득 꽃잎을 담아올려 내 머리 위에 뿌리는 남편. 꽃의 무덤에서 즐거워하며 우리는 또 하염없이 걷는다. 지난 수백 년, 이 길을 걸은 사람들 모두 그러했을 것처럼, 하염없이, 바라보고 또 바라보며.

연애소설 읽는 노인

루이스 세풀베다 – 정창 옮김 – 열린책들 – 2009년 11월

그는 꼬리긴원숭이의 서식지를 벗어나기 전에 파파야나무로 다가갔다. 그 나무 끝에는 워낙 키가 높아 인간의 능력으로는 도저히 도달할 수 없는 곳에 맛이 기가 막힌 열매가 달려 있었다. 그는 나무를 세차게 흔들어 햇빛을 잘 받아서 과육의 맛이 달콤한 파파야 열매를 땅에 떨어뜨렸다. 그는 조심스럽게 칡넝쿨과 등나무 넝쿨로 두 개의 우리를 만들었고, 낫칼의 손잡이로 짓이긴 야우아스카나무 뿌리즙과 으깬 파파야 열매즙을 골고루 섞은 뒤에 혼합된 즙이 발효하기를 기다렸다.

안토니오 호세 볼리바르는 사냥하는 법을 아는 노인이다. 그러나 그는 사냥꾼은 아니다. 그는 정글을 가장 잘 아는 노인이다. 그러나 그는 자연을 찬양하지 않고 그저 자연과 더불어 산다. 그는 자신의 야망을 위해 청새치 같은 커다란 야생동물을 포획하지도 않는다. 그는 잘 안다. 어느 누구도 천국을 자신의 것으로 삼을 수 없다.

자연과 더불어 사는 사람은 알고 있는 것 같다. 인간은 매 순간 비극이다. 인간은 그저 해칠 뿐이다. 그가 좋아하는 유일한 곳은 그저 세상의 아름다운 언어로 사랑을 얘기하는, 연애소설이 있는 그의 작은 오두막뿐이다.

라이터 좀 빌립시다

이현호 – 문학동네 – 2014년 6월

이현호 시인의 두번째 시집 계약을 앞두고, 3년 전 우리 팀에서 만든 그의 첫 시집을 들춰본다.
"이생은 전생의 숙취 같다.// 술 취한 고아들은 잘 자고 있을까" 라고 시작되는 '시인의 말'을 쓰는 사람.

학생이었던 긴 시절에는 유사한 반경 안에서 크게 다르지 않은 고민을 품고 '너나 나나'인 삶을 살고 있다고 생각했다.
학생이 아니게 된 후로 가끔 나와 같은 나이인 사람을 만나면 제각각이 너무나 달라서 매번 참 놀란다.
이렇게 달라질 인생들이 어떻게 그렇게들 모여 있었나, 흘러가버린 시간들이 새삼 신기하고.

어질어질 눈부신 봄별 아래 이렇게 다르고 먼, 같은 나이의 사람들이여, 모쪼록 척박하지 않기를. 가난하지 않기를.

가만히 거닐다

전소연 – 북노마드 – 2009년 1월

일본 가나자와의 공원 벤치에서 휴대전화로 우리 북카페의 판매 내역을 살펴본다.

오늘은 일본 여행 에세이가 한 권 팔렸다. 바로 지금의 나를 표현한 것 같은 제목, 『가만히 거닐다』라는 책이다. 왠지 이곳과 그곳이 공명하는 듯해 잠깐 묘한 기분에 사로잡힌다.

가만히 거닌다는 건 실제로는 불가능한 일이다. 가만히 있으면서 어딘가를 거닐 수는 없다. 그러나 우리는 그것이 가능하다는 걸 자연스레 안다. 풍경을 바라보며 동시에 자신도 바라볼 때, 우리는 그렇게 표현한다. 여행 같기도 하고 일상 같기도 할 때, 소란스러우면서 고요할 때, 사람을 보는 것도 같고 풍경을 보는 것도 같을 때, 둘 다 보이지만 실은 둘 모두로부터 점점 멀어져갈 때, 우리는 안다. 가만히 거닐기 시작했다는 것을.

책 속의 사진들은 제목을 닮았다.

꼭 일본이 아니어도, 꼭 이곳이 아니어도 좋은 마음으로 오늘 어떤 이가 한참을 거닐겠다.

불안의 책

페르난두 페소아 – 오진영 옮김 – 문학동네 – 2015년 9월

시간이 공허하고 느리게 흐르는 동안 나의 온 존재의 슬픔이 심장에서 마음으로 올라온다.

Remember 0416, 결코 잊지 않겠습니다.

책이 입은 옷

줌파 라히리 – 이승수 옮김 – 마음산책 – 2017년 4월

줌파 라히리는 아내가 좋아하는 작가 중 한 명이다. 우리 서가에는 그녀의 공간이 따로 마련되어 있고, 그녀의 모든 책이 출간된 순으로 나란히 꽂혀 있다. 나는 그녀의 단편 하나를 읽은 게 전부인데, 감정이 풍부하면서도 묘사는 절제되어 있어 우아한 고요함이 느껴졌다. 소설은 좋았지만 이상하게 더 손이 가지는 않았다.

그런데 이번에 새로 나온 그녀의 책은 산문인데다가 굉장히 얇았다. 아내가 좋아하는 작가이므로 나도 같이 읽고 얘기를 나누고 싶었는데 잘됐다 싶었다. 나는 냉큼 꺼내 읽었다. 특이하게도 책은 책 표지에 대한 작가의 생각을 담고 있다. 디자이너가 표지 디자인을 얘기하는 책은 봤지만, 작가가 책 표지에 대해 얘기하는 경우는 처음이었다. 출판과 관련된 일을 하는 입장에서 굉장히 흥미롭고 어느 정도 도발적이기까지 한 소재였다. 과연 작가는 책 표지를 어떻게 생각할까?

사실 답은 정해져 있다. 예컨대 우리가 좋아하는 소설이 영화화되었을 때 대개의 독자들이 실망스러워하듯, 표지의 경우도 크게 다르지 않다. 몇백 페이지의 이야기를 한 장면에 담아낸다는 것은 불가능에 가까운 일일 것이다. 줌파 라히리도 다르지 않다. 심하게는 표지라는 양식 자체를 부정할 정도로 회의적인 시각을 갖고 있었다. 그럼에도 불구하고 오랜만에 만나는 그녀의 문장은 역시 좋았다. 예를 들어, 그녀는 '나는 표지가 싫다'라는 말 대신 '독자가 내 책에서 만나는 첫 단어는 내가 쓴 말이길 원한다'라고 쓴다.

이상 전집 4 – 수필

이상 – 권영민 엮음 – 뿔(웅진) – 2009년 4월

책 일기를 쓰면서 느낀 게, 일기란 특성상 그날과 관련된 책 혹은 작가를 유심히 살펴보게도 된다는 것이다. 내가 좋아하는 작가가 태어난 날이나 세상을 떠난 날, 가끔은 그 작가가 등단한 날까지도 찾아보게 되는 것. 아무 날 중 하루였던 오늘에 또다른 의미가 생긴다. 조용히 기뻐하거나 가만히 애도하거나 조촐하고 내밀한 의식을 치르듯.

오늘은 이상의 기일. 80주기다. 그의 시와 소설이 '문제적으로' 좋은 것은 익히 알려진바, 그러나 내가 이상의 작품 중 가장 자주 읽는 건 수필이다. '덜 문제적'이랄까, 그럼에도 불구하고 하나의 의미나 메시지로 고정되지 않고, 읽을 때마다 새로운 감각을 자극한다는 점에선 분명 '이상다운' 작품들. 제일 큰 이유는 가장 '읽기 편하다'는 점일 것이고……

> 금시로 나는 도도한 대음향을 들으리라. 달은 추락할 것이다. 내 앞에 달이 있다. 새로운— 새로운— 불과 같은— 혹은 화려한 홍수 같은—.
> —「실낙원」 중에서

주저하는 근본주의자

모신 하미드 – 왕은철 옮김 – 민음사 – 2012년 11월

"나는 내 또래에서 당신처럼 예의바른 사람을 만난 적이 없는 것 같아요."

나는 그리 기쁘지 않은 어조로 말했어요.

"예의바르다고요?"

그녀가 미소를 지었어요.

"그런 의미로 말한 게 아니에요. 지루한 예의바름 말고요. 정중한 예의바름 말이죠. 당신은 사람들에게 공간을 줘요. 나는 정말로 그게 좋아요. 흔하지 않은 일이에요."

사람과 사람 사이에는 말이 필요하다.
말과 말 사이에 침묵이 필요한 것처럼.

안녕, 초지로

고이즈미 사요 – 권남희 옮김 – 콤마 – 2017년 3월

가나자와에 다녀와 오랜만에 출근한 어제 아침, 책상 위에 택배 상자가 하나 놓여 있다. 번역가 권남희 선생님께 온 것. 고급스러운 둥근 통에 담긴 일본 차와 귀여운 메모지, 그리고 최근에 번역한 책 두 권이 담겨 있다. 그중 『안녕, 초지로』를 먼저 손에 들었다. '고양이와 집사의 행복한 이별'이라는 부제를 보고 펫로스에 관한 에세이임을 금세 알아차렸고, 그러므로 일단 약간의 마음의 준비가 필요했다. 심호흡 뒤 책을 펼쳐, 원시가 있는 사람처럼 책을 좀 멀찍이 떨어뜨린 채 읽어나갔다. 너무 몰입하진 않겠어, 저자에게 이입하지 않겠어, 하는 나름의 방어 전략이었달까.

물론 그 전략은 통할 리 없었고 나는 이미 22페이지에서부터 눈물을 뚝뚝 떨어뜨리기 시작했다. 인생의 모든 일이 그러하듯, 반려동물과의 시간도 그 순간이 지나면 앞으로 다신 없다. 하물며 그토록 소중한 존재가 앓고, 고통받고, 서서히 작아지고, 혼자서는 아무것도 할 수 없는 상태가 되어가는 것을 지켜본다는 것은…… 여섯 살 난 고양이 둘과 함께 살며 때때로 걷잡을 수 없는 두려움에 빠진다. 애정이 깊어가고 애틋함이 커갈수록 반드시 내가 마주할, 그 이별의 순간을 때때로 부러 예상해본다. 정말 '행복한 이별'이라는 게 가능할까? 믿을 수는 없지만, 바라고 있다.

나의 드로잉 아이슬란드

엄유정 – 아트북스 – 2016년 4월

10년 전에는 여행 에세이가 크게 유행했었다.

여행에의 관심이 늘었다기보다는, 고성능 카메라의 보급률이 늘고, 블로그 사용자가 많아지면서 생산자들이 늘어났기 때문일 것이다. 몇 년 들불처럼 번지던 여행 에세이는 어느 순간엔가 출간되는 책의 양이 눈에 띄게 줄면서 그 기세가 꺾이는 듯했다. 그런데 최근에는 또다른 방식의 여행 에세이들이 출간되는 것 같다. 게다가 이번에는 반응도 더 좋다.

엄유정씨의 『나의 드로잉 아이슬란드』는 여행의 기록을 사진이 아닌 그림으로 보여주는 여행 에세이다. 우리가 기대하는 아이슬란드의 풍광은 오로지 여백으로만 존재하는 그의 그림은, 독자를 여행지가 아닌 여행자의 마음속으로 데려간다. 우리가 책에서 기대하는 여행이란 바로 그런 것이 아닐까. 자신의 마음에 창문을 내어 그 너머를 바라보는 일.

애호가들

정영수 – 창비 – 2017년 4월

우리 팀 영수씨의 첫 소설집이 나왔다. 소설가이자 편집자인 그.

이미 다 읽은 작품들이다. 내가 만드는 책이 아닌 이상 누군가의 소설집 원고를 묶이기 전에 다 읽는 건 흔치 않은 일, 나에겐 처음 있는 일이다. 동료이자 친구이고, 응원하는 애독자라는 묘한 입장도 처음 있는 일.

순서가 정해지고 해설이 실리고 표지 입은 모습을 보니 마음이 이상하리만치 울렁(?) 아니, 일렁(?)인다. 예쁘다. 축하해. 고생했어. 잘될 거다!

애호가들

정영수 – 창비 – 2017년 4월

오늘은 오래전부터 기다려온 책이 출간되었다. 아내와 같이 일하는 편집자 겸 작가의 첫 책이다. 우리는 몇 달 전부터 이 책의 판매 계획을 세워왔다. 여기서 우리란 나와 아내와 작가 정영수, 작가 김봉곤씨를 말한다.

직접 책을 팔면서 서점 직원과 독자들에게 어필할 수 있는 방법을 몇 가지 깨달았는데, 이번에 그것들을 아낌없이 사용해보려 한다. 물론 돈을 쓰지 않고 몸으로 때우는 방법이고, 10년 전의 방법이기에 아직 유효한지 모르겠지만.

예를 들면 이런 방법이 있다.

1. 책이 나오기 며칠 전에 서점 직원에게 이 책이 입고되었는지 묻는다.

2. 책이 나오면 직접 찾지 말고 서점 직원에게 이 책이 어디 있는지 물어본다.

3. 1과 2를 다른 사람이 여러 번 반복할수록 좋은 자리에 진열될 확률이 높아진다.

4. 일행과 같이 진열된 책의 곁에 있다가 다른 사람이 책을 고르러 오면 이 책을 들고 옆 사람에게 “이 책 봤어? 되게 재밌던데” 하는 등의 대화를 시작한다.

실물로 나온 책을 손에 쥐니 무언가 벅찬 감회가 솟아올랐다. 자, 이제 플랜 A 시작해봅시다! 일단은 가까운 교보문고 합정점부터 예요!

다정한 호칭

이은규 – 문학동네 – 2012년 4월

이은규 시인의 두번째 시집을 계약했다. 딱 5년 전 이맘때 나온 시인의 첫 시집 『다정한 호칭』은 내가 처음 편집해본 시집이었다. 서로의 '첫'이 된 우리는 설레고 수줍은 기분으로 연락을 주고받고, 만나서 이야기를 나누었다.

시집을 만드는 건 새로운 사람을 깊고 내밀하게 사귀는 일 같다.
아, 이 사람. 이 사람은, 이런 사람이구나.
그건 속단도 아니고 착각도 아닌 읽고 또 읽으면 자연스럽게 읽히고 보이는 것. 매번 놀랄 수밖에 없는 일이다.

『다정한 호칭』을 오랜만에 다시 읽는다. 몇번째인지 모를 만큼 반복해 읽는 책. 내게 이은규 시인은…… 시구 하나를 빌리자면, "문득 있다가, 문득 없는 것들을 뭐라 불러야 하나" 고민하는 시인이랄까. 구름, 바람, 떨어지는 꽃잎, 그리고 마음. 당시 신간 안내문에 "이은규에게 바람은 종교다"라고 쓰기까지 했다. 등단작 제목이 '추운 바람을 신으로 모신 자들의 경전'이니 아주 틀린 말은 아닐 터이다.

누군가가 시집을 추천해달라 물으면 봄에는 반드시 이 시집이었다. 불어오고 머물고 다시 불어가는 것들을 향한 시들만큼 봄과 어울리는 시가 또 어디 있겠나.

필립 퍼키스와의 대화

필립 퍼키스 외 – 박태희 옮김 – 안목 – 2009년 9월

성공한 예술가들의 노년은 대개 비슷하다.

자신에게 부와 명성을 주었던 화려함 대신 가장 미니멀한 방식으로의 작업을 택한다.

자신들은 그것을 회귀라고 표현하지만, 내가 느끼기에 그것은 예술에 대한 속죄에 가깝다.

숲에서 우주를 보다

데이비드 조지 해스컬 – 노승영 옮김 – 에이도스 – 2014년 6월

테라스에 내놓은 고무나무 잎을 닦아줄 때마다 한숨이 절로 나온다. 새까맣게 묻어나는 먼지들. 작년만 해도 이렇지 않았다. 빛과 바람과 빗물만큼 너에게 좋은 게 없겠지, 하고 봄이 되자마자 내놓았는데. 지금은 외려 안에 들여놓아야 하나 싶다. 자연이 이토록 위험한 공간이 되다니…… 어릴 적에 그린 미래 도시에는 산도 들도 나무도 풀도 동물도 없었다. 그대로 되어가고 있다.

한 생물학자가 테네시주의 한 숲에 지름 1미터 정도의 가상의 원을 그려놓고 이를 만다라라고 불렀다. 이 만다라의 한 해를 저자가 오로지 눈과 귀로만 관찰한 내용이 월별로 실린 에세이, 『숲에서 우주를 보다』. 이 책이 나온 해, 페이지가 줄어드는 게 아까워 해당 월의 내용만을 그달에 읽은 뒤 덮고, 다음달이 오기를 기다리곤 했다. 오랜만에 꺼내본 이 책은, 처음 읽었을 때보다 훨씬 더 신비롭고 심지어 비현실적으로까지 느껴졌다. "한 톨의 흙에서 세상을 보고, 한 송이 들꽃에서 천국을 보리라"는 블레이크의 시구. 아, 이것이야말로 미래의 인류가 그릴 판타지 아닐까.

탐방서점

프로파간다 편집부 – 프로파간다 – 2016년 8월

오늘은 자리를 옮긴 독립출판물 전문 서점 '유어마인드'에 갔다. 인사차 아내와 함께 들른 것인데 거기서 아주 흥미로운 책을 만났다. 『탐방서점』은 소설가 김중혁과 서평가 금정연이 함께 쓴 서울의 독립서점 탐방기다. 업계 얘기이므로 당연히 관심이 많았기에 선 자리에서 쭉 읽어내려갔다. 서점 주인들과의 인터뷰가 중심이어서 다른 어떤 책보다도 훨씬 현장감이 살아 있었다. 특히 한강문고 대표의 인터뷰가 인상적이었다. 문학과 인문 교양서의 판매는 전체 매출의 15퍼센트 내외이고, 80퍼센트 가까운 매출이 참고서 판매에서 나오는데, 그러고도 수지가 맞지 않아 망하기만 할 뿐 새로 만들어지지 않는 것이 '서점'이라는 곳의 현재인데, 요즘 만들어지는 트렌디한 소형 서점들은 이 15퍼센트를 가지고 장사를 하려고 하니 걱정이 앞선다는 것이 그분 얘기의 요지였다.

독립서점의 어려움은 잘 모른다. 하지만 북카페도 독립서점만큼이나 수지가 맞지 않는 상점이다. 한 가지 확실한 건 자기실현이라는 낭만과, 수입이라는 현실이 대척점에 있지 않다는 것이다. 낭만적인 것은 좋지만 낭만이 변명으로 사용되는 것은 반갑지 않다. 서점을 해서 돈을 벌어야 한다. 그래야 오래 운영할 수 있다. 그래야 두번째 서점이 생긴다. 힘내시라. 낭만이라는 핑계로 삶의 터전을 외면하지 마시라.

온

안미옥 – 창비 – 2017년 4월

은영의 소설집 『쇼코의 미소』를 읽고 '투명하고 강인한 세계'라고 썼었는데, 안미옥 시인의 첫 시집에서도 비슷한 세계를 본다. 위악 없이 단단한 시구들에 위안을 얻는다.

> 슬픔에 익숙해지기 위해서 부드러움에 닿고자 하는 마음을 버렸다. 잘못을 말하고 싶지 않아서 입을 닫아버렸다. 마른 꽃을 쌓아두고 겨울이 오기를 기다린다. 아주 작은 연함, 네가 태어나기도 전에
> —「네가 태어나기 전에」에서

시집 서점 '위트앤시니컬' 합정점에서 왠지 손이 가 구입한 시집이다. 면지에 안미옥 시인의 사인이 있다. 다정한 선물 같은. "따뜻한 모든 곳에서 온, 백 가지의 마음을 담아"라고 적힌. '시인의 말' 마지막 대목은 조금 비슷하면서도 다르다. "나는 모든 곳으로 오는 시를 생각한다. 모든 곳에, 백 가지의 모습으로." 시집 제목의 비밀이 조금 풀렸고, 이 시인의 두번째 시집을 벌써 기대한다.

햄릿

윌리엄 셰익스피어 – 이경식 옮김 – 문학동네 – 2016년 4월

언젠가 팟캐스트에서 들은 얘기다.

세상에는 두 가지의 인간 유형이 있다고들 한다. 돈키호테형 인간과 햄릿형 인간. 아마 전자는 열정적이고 능동적인 사람들을, 후자는 우유부단하고 수동적인 사람들을 가리키는 말일 것이다. 그러나 그것은 잘못된 설명인지도 모른다. 시종 산초가 붙여준 돈키호테의 별명은 '슬픈 얼굴의 기사'였고, 햄릿이 정말 우유부단했다면 그 모든 계획이 실행에 이르지는 못했을 것이기 때문이다.

그래도 두 책의 공통점은 많다. 문학의 근대화, 혹은 근대적 인간의 성격을 창조했다는 점. 그리고 1605년을 전후해 거의 동시에 출간되었다는 점. 마지막으로 두 소설의 저자인 세르반테스와 셰익스피어가 같은 날인 1616년 4월 23일에 사망했다는 점이 그렇다.

오늘이 바로 그 두 작가의 업적을 기리기 위해 제정된 날, 즉 세계 책의 날이다. 오늘 이 책을 사간 독자는 그 사실을 알고 있었을까.

어느 별의 지옥

김혜순 – 문학과지성사 – 2017년 4월

호칭 없이 이어지던 메일이 있었다. 연재 기간 동안 선생님은 본인의 이름으로도, 선생으로도 불리길 원치 않았다. 원하던 이름은 '쪼다', 연재글 화자의 이름. 연재 기간 내내 나는 슬픔을 쓴다는 것에 관해 생각해볼 수 있었다. 그후 쪼다는 '않아'가 되어 『않아는 이렇게 말했다』라는 이름으로 묶여 출간되었다.

따르고 싶고 따라 하고 싶고 따라 살고 싶은 사람. 선생님을 처음 뵌 날 나는 사전에서 '세련'이란 단어를 찾아보았다. '서투르거나 어색한 데가 없이 능숙하고 미끈하게 갈고닦음.' 선생님은 세련의 현현이었다.

『어느 별의 지옥』은 1988년에 청하에서 출간된 시집으로 이번에 나온 건 복간본이다. 능숙하지도 미끈하지도 않은 생생한 불덩어리 그 자체인 시집. 웅크린 채 두려워하고, 동시에 두려워하지 않는 시들. 너무 뜨겁지 않게, 너무 차갑지도 않게, 잊지 않으려고, 두 눈을 부릅뜬 시들.

지금의 내 나이와 비슷했던 그 시절, 편집자였던 선생님은 가제본된 책을 들고 "시청의 군인들에게 검열받으러 갔다. 어느 땐 그들이 지운 잉크로 본문이 다 지워진 책이 숯덩어리가 된 적도 있었다." "아무도 알아보지 못하겠지만 나만은 다시 기억나는 장소"가 이 시집 안에 들어 있다고, 선생님은 복간본판 '시인의 말'에 쓰셨다. '나만은 여전히 기억하는 장소'가 아님에 집중한다. '다시 기억나는'에 담긴 분노와 상처. 그 세월을 감히 짐작해보며, 내가 얼핏 본 '세련'의 너머를 조심스레 숙고해본다.

먹는 존재

들개이빨 – 애니북스 – 2014년 5월

며칠 전 합정역에 교보문고가 오픈했다.

좋아하는 직원과 함께 교보문고를 다녀왔다. 교보문고가 생기기 직전에 많은 지인들이 걱정의 인사를 건넸다. 나는 그때마다 잘된 일이라고, 서점이 많아지는 건 좋은 일이라며 걱정하는 이들을 안심시켰다. 실제로 그렇게 생각한다. 그리고 북카페와 서점은 좋은 이웃이 될 수 있다고도 생각한다.

서점에서 책을 고르는 것과 북카페를 즐기는 것은 비슷하면서도 다르다. 서점은 곧 내 것일 수도 있는 책들을 눈에 담는 쇼핑의 즐거움이라면, 북카페는 책에 둘러싸여 시간을 보내는 즐거움이다. 물론 이마저도 그 경계가 점점 희미해지긴 하지만.

실제로 오늘 우리 북카페는 손님도, 책 판매도 오히려 평소보다 늘었다. 그리고 『먹는 존재』도 두 권이나 팔렸다. 교보문고에 가서 보니 이 책은 아예 재고가 없더라. 정말 재밌는 책인데! 아, 아까 내가 뭐라고 했더라? 음, 다시 얘기하지만 북카페와 서점은 좋은 이웃이 될 수 있다…… 분명 그럴 것이다.

눈앞에 없는 사람

심보선 – 문학과지성사 – 2011년 8월

내가 만나본 소설가 가운데 가장 목소리가 좋은 사람은 백영옥 작가님이다. 톤이 낮고 울림 좋은 목소리. 최근에 심야 라디오 디제이가 되셨다. 그러나 그 시각에 깨어 있을 확률이 제로인 나로서는 팟캐스트로 야금야금 듣고 있다. 아는 목소리가 나오니 좀 신기하다.

라디오를 정말 '끼고 살던' 시절이 있다. 열다섯 열여섯, 그즈음. 백작가님의 팟캐스트를 듣다보니 그 시절 생각이 많이 났다. 매일 라디오에서 나오던 수많은 사연들. 그 많은 사랑과 이별, 슬픔과 외로움, 제각기 다른 그 많은 사람의 이야기가, 공감하고 조언하던 디제이의 목소리가, 당시 읽은 소설과 시만큼 내게 큰 영향을 미쳤다는 것을 10여 년이 지나 깨닫는다. 나와 무관한 사람들의 이야기에 나도 모르게 귀를 기울인다. 이런 귀기울임이 너무나 낯설고 또 10여 년 전의 내가 고스란히 기억하는 자세이기도 하여 한없이 친근한 느낌이 들기도 한다.

어느덧 엔딩에 가까워지고, 책이나 영화, 드라마 대사를 낭독하는 '밑줄 사용법' 코너다. 오늘 백작가님이 골라온 문장은 심보선 시인의 시 「'나'라는 말」. 좋아하는 시가 나오니 혼자 괜히 설렌다. 읽는 시와 듣는 시는 역시 다르지. 책장에서 시집을 꺼내들고 침대로 간다. 귀퉁이를 접어둔 시들을 찬찬히 골라 읽는다. 그리고 뒤표지 마지막 문장, "그런가요, 그래요, 그럼, 잘 자요, 당신, 내 사랑." 굿나잇 앤 스윗 드림. 월요일을 이렇게 마무리한다.

온

안미옥 – 창비 – 2017년 4월

아내가 사온 시집을 보니 창비시선의 디자인이 또 바뀌었다. 집의 서가에 꽂혀 있는 시집들을 보니 아마 400번대부터 바뀐 것 같다. 예전엔 문학동네가 시집 디자인으로 참 오래 고민하고 헤매기도 했다. 내가 입사한 2005년에는 창비, 문학과지성사가 부동의 투톱이었다. 그 당시 문학동네의 디자인 전략은 무선 일색인 시집들 사이에서 양장본으로 차별화를 꾀하는 것이었다. 시집은 대개 소장용을 겸하고, 원체 가볍기 때문에 양장본이 된다고 해도 무게가 많이 나가지 않는다. 아이디어는 나쁘지 않았지만 결과는 좋지 않았다. 양장본은 제작비가 많이 들기 때문에 가격적인 면에서 불리했고, 무엇보다 시리즈의 통일감이 부족했다.

양장본을 포기하고 다시 디자인을 바꾼 게 벌써 6년 전의 일이다. 2011년 초에 문학동네시인선이라는 이름으로 다시 시집 디자인을 바꾸어 론칭했는데, 처음엔 말이 많았다. 검정, 빨강, 초록 등의 선명한 원색에 일러스트나 사진이 전혀 들어가지 않은 표지는, 내 눈에도 너무 파격적이었다. 좋은 건지, 나쁜 건지, 촌스러운 건지, 진보적인 건지 판단하기 어려웠다. 그러나 지금은 다들 인정한다. 문학동네시인선이 출판계의 팬톤으로 불리며, 그 독특한 디자인만으로도 구매욕을 자극한다는 것을.

요즘은 창비시선이 부침을 겪는 시기인 듯하다. 내가 봐도 창비시선이 가장 안 예쁘다. 하지만 이렇게 열심히 궁리하고 있으니 분명히 좋은 결과가 있을 것이다. 400번대 창비시선의 활약을 기대하며, 따뜻한 무늬로 가득찬 시집의 첫 장을 넘겨본다.

엄마는 내가 죽었으면 좋겠다고 말했다

마틴 피스토리우스/메건 로이드 데이비스 – 이유진 옮김 – 푸른숲 – 2017년 3월

'열두 살까지 평범하게 살아온 한 소년이 원인 모를 병을 앓아 의식불명에 빠진다. 4년 뒤인 열여섯 살이 되던 해, 기적적으로 의식을 되찾지만, 아무도 그 사실을 알지 못한다. 몸에 갇혀 지낸 지 13년이 지난 어느 날, 한 간병인에 의해 완전히 의식을 되찾았다는 사실이 발견되고, 점차 건강을 회복하는 기적 같은 변화를 맞는데……'라는 기본 골자만으로도 충분히 흥미로운 책이다. 그의 의식이 돌아온 줄 모르던 엄마가 고된 간병 생활에 지쳐 눈물 흘리며 했던 말이 책의 제목이 되었다.

그는 기적적으로 살아났고 지금은 테드에서 강연까지 하며 많은 사람에게 인생의 놀라움과 희망을 이야기하는, 새로운 인생을 살고 있다.

전문 작가가 붙어 구성을 짜고 문장을 다듬어 만든 책이 그러하듯 사람들이 감동받을 포인트가 이미 정해져 있고, 감정을 뒤흔드는 문장들이 곳곳에 배치되어 있다. 한마디로 매끈한 책. 외려 나는 그 점이 이 책의 가장 큰 강점이자 약점이란 생각이 들었다. 자기 몸에 갇힌 채 보통의 사람들과는 완전히 다른 감각 경험을 한 사람의 민낯이 궁금했던 것이기 때문. 〈인간극장〉을 기대한 내게 이 책은 뭐랄까, 전문 배우를 대역으로 내세운 다큐 같았달까. 잊을 수 없는 책이지만 다시 꺼내보진 않을 것 같은 책으로 남을 듯하다.

문학동네 걸작 미니북 컬렉션

김훈 외 – 문학동네 – 2011년 12월

얼마 전에 『어린 왕자—팝업북』의 놀라운 판매 수치를 보고, 혹시 반대로 미니북을 팔면 어떨까 하는 생각이 들었다. 북카페에서 책을 구매한다는 건, 서점에서 책을 고르는 것과는 조금 다른 느낌이다. 즐거운 예외랄까. 책을 사는 사람들에게서 그런 감정이 느껴진다. 그리고 우리 출판사에는 정말 작고 앙증맞은 미니북 세트가 있다. 김훈, 신경숙, 황석영 선생님들의 대표작과 『어린 왕자』, 파울로 코엘료의 『연금술사』와 『순례자』까지, 꾸준하게 사랑받는 스테디셀러 6권을 휴대전화의 절반 크기로 만들었는데, 여섯 권을 줄줄이 세워놓으면 뭐랄까, 성공한 덕후가 된 듯 뿌듯함이 밀려온다.

얼마 전 이 세트를 주문해 진열해봤는데, 매일 1세트 이상씩 판매될 정도로 호응이 좋았다. 유레카! 나는 신바람이 나서 미니북 전용 판매대를 만들어 더 열심히 홍보했다. 혹시 낱권으로도 구매할 수 있냐는 문의가 많았다. 어차피 내용이 이어지는 시리즈도 아니니 흔쾌히 세트를 뜯어 낱권을 팔았다. 직원들에게도 얼마든지 뜯어서 낱권으로 팔라고 했다. 그렇게 며칠이나 지났을까. 오늘 책 창고를 정리하다, 창고 한편에 똑같은 미니북 낱권이 수북하게 쌓여 있는 걸 발견했다. 여섯 종 중에 유난히, 정말 세트로 묶지 않으면 안 사가는 책이 있었던 것이다. 전부 유명한 작가의 유명한 책인데, 이 책만 이렇게 인기가 없다니. 나는 애잔한 마음으로 그 책을 쳐다보다가, 누가 볼세라 얼른 직원들에게 나눠주었다.

뜻밖의 생

김주영 – 문학동네 – 2017년 4월

『뜻밖의 생』은 내가 만든 책은 아니지만 우리 팀에서 오늘 기자 간담회를 갖고 알린 책이다. 광화문의 한 한정식집으로 기자들이 속속 도착했고, 저자인 김주영 작가님이 오셨다. 책임편집자는 긴장한 얼굴로 간담회를 진행했다.

1939년생인 김주영 작가님. 내가 아는 현역 작가 중 가장 고령이다. 시간이 흐를수록 작가님은 '현역 고령 작가'의 기록을 스스로 경신해나갈 것이다. 많은 기자 앞에서 나이듦에 대해 이야기하는 작가님 말씀에 귀기울이고 있자니 여러 생각이 오갔다. 인간 종 모두에게 나이듦은 형벌이겠지만 창작과 기록의 욕구에 평생을 헌신하고 시달려온 작가들에게 시간이 얼마 남지 않았다는 사실은 얼마나 견디기 힘든 일일까 싶은 마음.

'뜻밖의 생', 내가 산 세월의 곱절 이상을 살아온 작가님에게도 생은 여전히 알 수 없는 것일까. 끝끝내 정체를 파악할 수 없는 날것의 인생을 모쪼록 앞으로도 써주시길.

매거진 B Vol. 37: 츠타야

JOH & Company 편집부 – JOH & Company – 2015년 6월

오늘은 뜻밖의 제안을 받았다.

모 기업에서 신사업 중의 하나로 일본 츠타야와 같은 문화공간을 기획하고 있다고 했다. 실은 이미 검토는 끝났고 올해 안에 매장을 론칭하는 것을 목표로 하고 있다고도 했다. 츠타야는 기본 구성은 서점에 가깝지만, 서적과 가전, 음반, 카페 등이 혼합되어 넓은 의미로는 라이프스타일을 제안하는 대형 오프라인 매장이다. 한국식 츠타야로 기획되는 이 매장의 서적과 카페 부문을 우리 북카페가 맡아줄 수 있겠냐는 제안이었다. 나는 너무 좋아서 속으로 펄쩍 뛰었지만, 최대한 내색하지 않으며 좋은 제안을 주셔서 감사하다, 긍정적으로 검토해보겠노라고만 얘기했다. 그리고 집에 오자마자 이 책을 펴서 다시 읽었다. 이미 몇 번이나 읽은 책이었지만 이번에는 완전히 새롭게 다가왔다. 북카페를 운영하면서 내내 동경하던 공간, 우리보다 훨씬 거대하면서도 훨씬 섬세한 공간. 어느 모로 보나 가슴이 두근거리는 공간. 도쿄에 가면 매일 들렀던 공간…… 내가 이렇게 할 수 있을까.

이내 마음을 단단히 먹는다. 더 잘해보자. 츠타야와는 다른, 츠타야보다 더 나은 곳을 만들어보자. 노하우는 턱없이 부족하지만 마음만은 넘치게 먹자. 나는 정말 운이 좋은 사람이다. 이 운을 꽉 잡고 놓치지 말자. 그런 생각을 하니 왠지 아무 잘못도 없는 책을 노려보게 된다.

폴링 인 폴

백수린 – 문학동네 – 2014년 2월

이리카페에서 『2017 제8회 젊은작가상 수상작품집』 출간 기념 작가와의 만남 자리가 마련되었다. 수상작가들이 모였고 김중혁 작가님이 사회를 맡아주었다.

각자의 작품에서 한 문단 정도 낭독하는 순서가 있었다. 작품을 닮은 듯한 목소리들. 특히 백수린 작가님 낭독이 인상적이었다. 평소 말씀하실 때도 작고 여린 목소리인데 낭독하는 걸 들으니 마음이 막 요동쳐 작가님 작품을 뭐든 읽고 싶어졌다.

마케팅팀에서 준비해온 『폴링 인 폴』을 한 권 펴들고 첫 단편 「감자의 실종」을 빠른 속도로 읽어내려갔다. 어느 날부터 '감자'를 '개'로 인식하는 사람의 이야기. 어떤 사람은 '사랑'을 '증오'로, '바다'를 '우체국'으로 인식한다. 이 작품집 한 권으로 백수린 작가님은 언어적 감수성이 정말 남다른 사람으로 내게 각인되었는데…… 오늘의 낭독과 토크로 작가님 특유의 섬세함을 많은 독자가 느끼겠지. 좋은 기운이여, 퍼져라……

카페 천장을 받치는 기둥에 붙은 전에 없던(미처 몰랐던?) 사진들이 눈에 들어왔다. 커트 코베인, 이상, 보들레르, 나혜석 등등. 그 기둥 아래 나란히 앉아 대화를 이어가는 젊은 작가들의 다소 긴장한 얼굴. 한동안 혼자 괜히 감상에 빠져 있었다. 세상을 뜬 뒤에도 이름을 남긴 자들과, 동시대를 살아가는 든든한 사람들. 시간이 아주 많이 흐른 뒤 이 책과 이 순간이 모두에게 어떻게 남을지……

아몬드

손원평 – 창비 – 2017년 3월

표지가 인상적이다.

『아몬드』라는 강한 개성의 제목에, 아몬드와는 무관해 보이는 한 소년의 클로즈업된 얼굴이 그려져 있는 표지는, 둘 사이의 연결점이 없어서 오히려 묘하게 어울렸다. 일단 책표지라는 것이 독자를 유혹하는 역할을 수행하기 위해 과장과 찬사 일색이게 마련인데, 이 무심한 표정의 얼굴은 그러한 표지로서의 미덕을 포기하려는 듯 보여 오히려 신뢰가 갔다.

책은 무척 잘 읽혔다. 첫번째 소설이라고는 믿기 힘들 정도로 완성도가 있었다. 책날개를 살펴보니 작가는 다수의 시나리오를 쓴 이력이 있었다. 아마 이 기간 동안 매우 충실하게 써왔을 것이다. 기승전결이 뚜렷하고, 사랑과, 우정과, 증오와, 화해가 모두 있어야 할 곳에 있다. 거슬리는 부분도 없고, 절대적인 악인이 등장하며, 갓 생겨난 믿음이 심판대에 오른다. 결국 악은 멸하고 주인공은 승리한다. 그 과정에서 주인공은 인생의 변곡점을 맞고, 더 성장한다.

분명히 흥미롭게 읽었는데, 책을 다 읽고 나니 머릿속에 떠오르는 생각이란 엉뚱하게도 '재미있는 이야기란 무엇일까'라는 의문이다. 재미가 없었다는 말이다. 한 권의 책 안에서 한 인물이 반드시 성장해야 하는 것일까. 발생된 어떤 사건이 반드시 해결되어야만 하는 것일까. 이제 막 생겨난 사랑이 반드시 이루어져야 하는 것일까. 생각의 끝에는 이런 물음도 매달려 있다. 전형적인 웰메이드야말로 예술의 가장 큰 적이 아닐까.

아몬드

손원평 – 창비 – 2017년 3월

남편이 먼저 읽었다. 나는 사실 이 책을 읽을 생각이 없었는데, 마지막 장을 덮은 뒤 한동안 말이 없는 남편을 보니 너무 읽고 싶어졌다. "좋아?"라는 물음에 눈이 촉촉해져서는, 카페라서 울지는 못하고, 끄덕이는 얼굴을 보면 누구라도 첫 장을 넘길 수밖에.

한달음에 읽고, 나 역시 마지막 장을 덮은 뒤 남편과 똑같은 표정을 지을 수밖에 없었다. 다행히 나는 집에서 읽었고 조금 울 수 있었다.

한 소년의 성장담이고, 그 소년에겐 큰 상실과 새로운 관계와 우정과 다툼과 사랑이 차례로 찾아왔다. 이렇게만 보면 특별할 것 없으나, 중요한 건 이 소년이 '알렉시티미아'라는 아름다운 이름의 병, '감정표현 불능증'을 앓고 있다는 것이다. 엄마와 할머니가 눈앞에서 '묻지 마 폭행'의 희생자가 되어도 눈물을 흘리거나 분노를 느끼지 않는 소년. 어릴 적부터 받은 '감정 교육'을 토대로 가까스로 '튀지 않고' 살아가는 소년이라는 점, 여타의 성장담에서 다루는 에피소드들을 이 감정의 백지 상태인 소년에게 쥐여주니 전혀 다른 그림을 그려나갈 수밖에. 근래에 만난 가장 인상적인 캐릭터.

'특별한 괴물' 소년이 커나가고, 그 모습을 보며 순간순간 내가 '느끼는' 내 '감정'을 의식한다. 느낀다는 게 이토록 새삼스럽고 소중한 거였나, 눈물이 이렇게 천천히 흐르는 거였나. 아끼는 사람들에게 많이 알리고 싶은 책이다.

사라진 입을 위한 선언

신두호 – 창비 – 2017년 4월

내 모교에는 유구한 역사가 없다.

모교 문예창작학과의 첫번째 졸업생들로 말할 것 같으면, 강의를 빼먹는 걸 낭만으로 여기고, 곤죽이 될 때까지 취하는 걸 예술가의 기질로 여기고, 취업 준비를 하지 않는 걸 예술가의 투혼으로 여기며 학교를 다녔다. 물론 나를 포함해 그 많은 첫번째 졸업생 중, 아직 시집을 낸 사람은 없다. 아직 없다는 것은 앞으로도 그 확률이 희박하다는 뜻이다. 그러저러하게 시간은 흘러 벌써 졸업한 지도 십수 년이 지난 오늘, 우연히 후배의 책을 보았다. 나와 같이 창작 강의를 들었던 면식이 있는 후배였다.

책날개에는 후배의 얼굴이 있다. 늘 과묵하고 가끔 숫기 없이 웃던 그 얼굴이 참 오랜만이었다. 그때부터 지금까지 쭉 시를 써왔나…… 선배들에게 배울 거라곤 허세와 농담밖에 없었을 텐데, 그 불모지에서도 싹이 자라는구나…… 반갑고 부럽다.

두호의 글은 늘 골똘해 보이던 그의 표정만큼이나 어렵다. 하지만 오래 고민하며 차곡차곡 쌓아올린 그만의 감각은, 이해하기엔 어려워도 가슴으로 느끼기엔 충분하다.

두호야, 너로부터 그뒤로 유구한 역사가 차곡차곡 쌓이길 바랄게.

아름다운 그런데

한인준 – 창비 – 2017년 4월

필라테스 수업 때마다 선생님들은 종종 '분절분절'이란 표현을 썼다. '주르륵주르륵' 같은 부사를 쓰는 것처럼. 그건 내 몸의 마디마디를 의식하며 동작을 하라는 거였고, 그때마다 평소에는 전혀 의식하지 않는 내 몸 이곳저곳의 마디들, 이음매들을 생각해보곤 했다. 많은 부분이 유기적으로 이어져 있다는 것.

한인준의 첫 시집을 읽으며, 특히 아홉 편의 「종언」 연작을 읽으며 '분절분절'이란 표현을 떠올렸다. 가령 이런 대목. "내가 가족이다/ 나는 '그러므로'와 화목하다. 어디서든 자세하게 앉는다. 하지만// 방파제로 운다/ 주문진과 바다 하지는 않았다. 아무도 몰래는 왜 자꾸와 함께 닫혀야 했나// 당신의 핸드백처럼// 그것은 립스틱과 핸드백에 담긴 한꺼번이었을까"(「종언_없」에서) 같은. 문법과 단어의 쓰임새를 해체한 시를 보며 한동안은 시인이 새로 세운 규칙을 찾으려 애썼다. 그 규칙대로 읽으면 내가 이해할 수 있는 문장이 나타나리라는 믿음에서였다.

그에 대한 회의는 연작시를 두세 편쯤 읽었을 때 생겨났고, 이후로는 룰에 얽매이지 않고 읽어내려갔다. 그러자 관습적으로 쓰던 부사와 동사가 각각 동사와 부사가 되기도 하고, 명사나 형용사가 되기도 하였다. 내게 가장 자연스러운 한국어가 완전히 새롭고 낯선 언어로 뒤바뀌어 나를 이상한 나라로 찬찬히 이끌어가는 기분, 신선하고 궁금하고 더 경험해보고 싶은 시 세계이다.

한 걸음씩 걸어서 거기 도착하려네

나희덕 – 달 – 2017년 3월

나희덕 선생님은 나의 대학 시절 은사다.

계속 글을 써보면 좋겠다고 먼저 말씀해주신 것도, 첫 직장에 나를 소개해준 것도 선생님이었다. 그 직장에서 지금까지 일하며, 게다가 이렇게 글도 쓰게 되었으니 그 고마움을 말로 표현하기는 어렵다.

읽는 도중에 몇 번이나 책을 내려놓는다. 내게 선생님의 산문은 도저히 글로는 읽히지가 않는다. 선생님의 글을 읽으면 그 목소리가 들리는 듯하고, 그 목소리는 십수 년 전의 시간들을 떠올리게 한다. 시간은 천천히, 그러나 단호하게 흐른다. 한번 지나간 것들은 절대로 돌아오지 않는다. 이 단순한 사실이 가슴에 사무칠 때가 있다. 나는 책을 들여다보며 동시에 먼 곳을 바라보고 있다. 그곳은 나와 가장 가까운 곳이며, 나로부터 점점 멀어지는 곳이기도 하다.

한 걸음씩 걸어서 거기 도착하려네

나희덕 - 달 - 2017년 3월

식물이 그득한 성북동의 한 카페로 왔다. 우리 부부가 좋아하는 곳. 그러나 우리 부부만 좋아하는 곳은 아닌지라 오픈하고 두어 시간 지나면 금세 만석이 되는 곳이다. 좋아하는 공간을 편안하고 여유롭게 점유하고 싶은 욕심에 우리는 늘 오픈 시간에 맞추어 오고, 우리만을 위한 공간을 음미한 뒤 각자 할 일에 몰입한다.

오늘 나의 몰입은 나희덕 선생님의 책을 읽는 것. 한 꼭지가 두세 페이지로 이루어진 짧은 산문들이다. 다정한 문장과 섬세히 빛나는 통찰이 주말 오전에 맞춤하다.

런던에서 만난, 곁에는 개 두 마리, 손에는 한 권의 책을 든 노숙인 청년의 옆모습, 중국 옌지에서 만난, 여윈 몸으로 손주를 업고 빗속을 걷던 할아버지의 뒷모습부터 300년도 더 된 빵집과 영국 석세스 지방의 거세기로 유명한 바람에 이르기까지, 놀라울 것 없으나 시인의 관찰과 음미로 특별해진 순간들이 가득하다. 이 산책길에 동행해 곁에서 그 순간을 함께 누린 듯한 벅차오름이 내 마음을 풍요롭게 한다. 눈을 들면 녹색투성이. 적당히 흥겨운 보사노바가 흐르고, 이 책을 다 읽을 때까지만, 두번째 손님이여, 부디 천천히 오소서.

May

May

눈먼 자들의 국가

김애란 외 – 문학동네 – 2014년 10월

오늘은 이곳에서 문재인 대통령 후보의 선거 유세가 있었다.

지난 대선을 포함해 벌써 네번째 방문이다.

문재인 후보는 행사가 끝날 때마다 직원들에게 다가와 먼저 손을 내민다. 그 세심한 배려와 좋고 싫음이 얼굴에 다 드러나는 인간적인 모습이 좋다. 적어도 이 사람이라면 내 세금을 자신의 주머니에 넣을 것 같지는 않다. 문재인 후보를 둘러싼 분위기는 지난 대선과는 사뭇 다르다. 지나가던 이들까지 다가와 그의 이름을 연호한다. 압도적인 호응이다. 주위에 있는 것만으로도 확신이 전달된다.

오늘은 조금 더 용기를 내어 문재인 후보께 책 한 권을 드렸다. 열두 명의 작가들이 세월호를 잊지 않고자 쓴 에세이를 묶은 책이다. 이 책의 작가 인세와 출판사 수익금은 세월호와 관련된 사회활동에 전액 기부된다. 팔아도 팔아도 남지 않는 책이라서, 아무런 거리낌없이 드렸다. 절박한 마음이 한 권의 책으로 묶여 있으니 건네기가 훨씬 수월했다.

사랑의 생애

이승우 – 위즈덤하우스 – 2017년 3월

이승우 작가님 신작 소설집 원고가 들어왔다. 4월 말까지 주신다고 했었는데 엊그제, 업무일 기준 마지막날인 4월 28일에 딱 들어옴. 역시 이승우 작가님……

이승우 작가님 작품은 밀도가 높다. 빽빽하고 울창한 숲이 떠오른달까. 어떤 나무 한 그루, 그 옆에 비슷하지만 조금 다른 나무 한 그루, 그 옆에 또 한 그루. 그렇게 모여 압도적인 숲이 된다. 마침 읽고 있던 작가님의 책, 『사랑의 생애』, '사랑'의 숲이라고 다르지 않다. 화려한 꽃이 피거나 향이 진동하는 나무는 없다. 역시 작가님을 닮은 곧고 뿌리가 탄탄한 나무들. '사랑'이라는 푯말만 보고 입장한 손님들은 적잖이 당황할지도.

가령 이런 식. "사람이 사랑 속으로 들어가는 것이 아니라 사랑이 사람 속으로 들어온다. 사랑이 들어와 사는 것이다. 숙주가 기생체를 선택하는 것이 아니라 기생체가 숙주를 선택하는 이치이다" 같은 문장. 사랑이 연가시 같은 것이라니…… 사랑에 대한 소설에 '기생체'와 '숙주'란 표현이 등장하리라고 누가 짐작하겠나. 그러나 좀더 읽어보면, "어느 순간 사랑은 문득 당신 속으로 들어오고, 그러면 당신은 도리 없이 사랑을 품은 자가 된다. 사랑과 함께 사랑을 따라 사는 자가 된다. 사랑이 시키는 일을 하는 사람이 된다. 그러니까 사랑에 빠졌다는 식으로 말하지 말라"라는 문장을 마주하게 된다. 뒤이어 내 심장이 쿵, 하고 내려앉는 소리. 아아, 난 또 이 빽빽한 숲에서 기꺼이 길을 잃게 생겼다.

CEO 안철수, 영혼이 있는 승부

안철수 – 김영사 – 2001년 8월

오늘은 이곳에서 안철수 대통령 후보의 선거 유세가 있었다.

어제 문재인 후보에 이어 연이틀 대통령 후보를 보니 혼란한 시국의 한가운데에 들어와 있는 기분이다. 나는 오래전부터 안철수 후보를 존경해왔다. 정치인으로서가 아닌 책의 저자로서, 책에서 일관되게 강조하는 삶의 자세에 대한 그의 철학이 좋았다. 어떻게 성공할 수 있느냐가 아닌, 어떻게 원칙을 지키면서도 성공할 수 있느냐는 메시지가 좋았다.

안철수 후보를 실제로 본 것은 오늘이 처음이었다. 나는 깜짝 놀랐다. 내 머릿속의 안철수 후보는 책의 표지 사진처럼 젊은 경영인의 이미지였는데, 실제의 그는 흰머리가 제법 보였고, 얼굴 가장자리마다 주름이 깊게 패어 있었다. 생각해보면 당연한 일이다. 벌써 20여 년 전의 사진이 아닌가.

그러나 그의 태도는 책에서 본 것과 크게 다르지 않았다. 그를 지지하기 위해, 또는 그에게 따져 묻기 위해 이 자리에 온 젊은 청년들에게 그는 천천히, 그리고 확고하게 자신의 비전을 설명했다. 누구는 만족해했고, 누구는 성에 차지 않아 했다. 나는 멀리서 그 광경을 지켜보았다. 어수선한 잔칫집 같았다.

안철수 후보는 우리가 그릴 수 있는 다른 미래 중의 하나일 것이다. 오늘 그를 지지하는 말들도, 오늘 그를 불신하는 말들도 모두 귀한 거름이 되어줄 것이다.

무슨 일이 일어났는지는 아무도

김영하 – 문학동네 – 2010년 7월

연희동에서 김영하 작가님을 만나 저자 교정을 마친 원고를 받았다. 검은 선글라스에 새부리 모양의, 유난히 입 부분이 뾰족한 미세먼지 방지용 마스크를 쓰고 온 작가님. 어딘가 굉장히 미래적이면서 또 동시에 당면한 현실이란 생각에 여러모로 '웃픈' 차림이었다.

"새 소설집 출간 앞둔 기분이 어떠세요?"라는 내 질문에 별다른 감흥이 없다는 다소 싱거운 대답이 돌아왔다. 하긴, 얼마 전 구효서 작가님도 '어질러놓은 소지품들을 서랍에 잘 정리해두는 것과 같다'고 하셨더랬다. 그러나 나에겐 지금 내 손에 들린 소설집 원고가 너무나 현재적이기 때문에 이 질문을 할 수밖에 없다.

교정지를 보다가 확인할 것이 생겨 오랜만에 이 책을 꺼내들었다. '작가의 말'은 이렇게 시작한다. "작가로서 지고의 기쁨은 책상 앞에 앉아 소설을 쓰는 동안 이미 맛본다. 그에 비하면 묶어서 내는 일은 무미건조한 결산의 절차 같은 것이다." 이 두 문장을 읽고 나서 작가님을 뵈었어도 나는 똑같은 질문을 할 수밖에 없었을까? 생각하며 이어지는 문장으로 눈을 옮긴다. '그러나'라는 접속사로 시작되고, "저 종이묶음에 내 인생이 있다는 것을"로 문단이 마무리된다. 역시, 여쭤볼 수밖에 없었을 것이다. 7년 만에 묶는 소설집 원고를 읽어내려가며 설레발치듯 내게 얘기할 순 없어도, 작가님 마음을 스쳐가는 많은 감정이 있었으리라 내 마음대로 짐작해본다. 곧 보내주실 '작가의 말'에서 그 마음을 슬쩍 훔쳐볼 수 있겠지.

뉴스의 시대

알랭 드 보통 – 최민우 옮김 – 문학동네 – 2014년 7월

오늘은 이곳에서 문학인 423명의 문재인 후보 지지선언이 있었다.

몇몇 언론이 참석해 선언문을 낭독하는 문학인들을 취재했다. 언론사가 생각보다 적게 와서 행사는 10여 분 남짓 지연되었다. 본 행사는 그 의미나 열의에 비해 조촐하게 진행되었다. 문학인들을 대표해 자리한 작가들도 약간은 김이 빠진 얼굴이었다.

나는 저녁에 뉴스 기사들을 찾아보았다. 놀랍게도 어제 자로 대부분의 기사가 실려 있었다. 모든 기사가 같은 내용이었다. 다음날 있을 기자회견을 위해 언론사에 배포한 보도 자료를 가지고 기사를 작성한 것이었다. 기사는 이미 완결성을 띠고 있었다. 기자회견을 예고하는 데에는 꽤 넓은 공간을 할애하고 본 행사에는 오지도 않는다는 것은 어딘가 모순돼 보였다. 인터넷 기사의 속도 경쟁과, 지나치게 자세하게 설명한 보도 자료가 불러온 패착 같았다. 어차피 언론사는 속도로는 인터넷을 이길 수 없을 텐데도, 뉴스 속보들은 불가능과 경쟁하느라 매우 피로해 보인다.

뉴스는 다큐가 되어야 한다고 주장했던 알랭 드 보통의 말이 생각났다.

뉴스는 문학이 되어야 한다고, 가치를 유보하지 말아야 한다고, 오늘의 작은 사건이 내일 어떤 영향을 미칠지, 그 사건의 다른 면은 없는지, 그날 비가 왔는지, 바람이 어디로 불었는지, 얼굴을 묻고 울고 있는 사람은 없었는지.

#오늘_떠올린_책

디어 랄프 로렌

손보미 – 문학동네 – 2017년 4월

이 책을 절반쯤 읽었을 때 나는 아이폰 메모장에 "'혹시'와 '만약에'의 세계"라고 적었다. 실제론 멀쩡히 살아 있지만 소설 속에선 이미 죽은 인물로 설정된 '랄프 로렌', 한눈에 '미치오 가쿠'를 떠오르게 하는 소설 속 물리학자 '미츠오 기쿠', 실제 인물과 소설 속 가상 인물의 삶을 교차로 떠올리다보니 자연스레 떠오른 두 개의 부사. 그리고 주인공이랄 수 있는 '종수'와 그의 첫사랑 '수영'의 고등학생 시절 이야기를 읽으면서 떠오른 두 개의 부사. '혹시'와 '만약에'.

우리는 과거를 돌이킬 수 없지만 나의 과거와 타인의 과거를 '돌아봄으로써' 그때는 미처 몰랐던 사실들을 새로이 알 수는 있다. 언제나 너무 늦은 깨달음일 수밖에 없으나, 깨닫기 이전과는 전혀 다른 미래가 거기에서부터 시작된다. 이 여정을 통해 '종수', 그리고 독자들은 '디어'란 단어가 품을 수 있는 진정성을 깨닫는다. 이 단어를 소중히 여길 사람들, 이 책을 읽은 다른 독자들에게 묘한 유대감을 느낀다.

디어, 는 다정하게 여기는 사람에게만 쓸 수 있는 말인 것처럼 느껴져. 아주 친밀하고 따뜻해.

시시하다

진은영 –손엔 사진 –위즈덤하우스 –2016년 8월

시인은 수년간 쓴 50여 편의 시를 한 권의 시집으로 묶는다. 이 '묶는다'는 말이 답답하게 느껴질 때가 있다. 묶는다는 것은 책으로 엮는다는 뜻도 있지만, 한데 가두어놓는다는 뜻도 있다. 물론 상품으로서의 가치가 있으려면 시들은 시집에 묶여 있어야 하겠지만 한집에 산다고 해서, 한 핏줄이라고 해서 모두 닮은 것은 아니다. 그런 점에서 나는 앤솔러지를 좋아한다.

책등을 집고 시집을 탈탈 털어서 한데 묶인 시들을 풀어놓는 상상을 해본다. 바람을 타고 여기저기 흩뿌려지는 시들. 어떤 시는 카페 테이블에 놓이고, 어떤 시는 동네 초입 슈퍼의 와상에 놓이고, 어떤 시는 누군가의 노트북 화면에 놓인다. 우리와 세상 사이에 시가 펼쳐진다. 우리가 알지 못하는 무한한 가능성들이 우리의 삶 속으로 들어온다. 진실 같기도, 거짓 같기도 한 모호한 아름다움이 우리를 지금 이 자리에서 더 멀리 데리고 간다.

운명과 분노

로런 그로프 – 정연희 옮김 – 문학동네 – 2017년 4월

인간은 운명에 맞설 수 있는 존재일까? 아니, 맞선다는 것이 가능한가? 운명은 지고 이기는 게임이 아니고, 옳고 그른 퀴즈가 아니다. 다만 그것은 다면체이며 나 개인의 과거-현재-미래뿐 아니라 나와 관계된 타인의 인생에도 유기적으로 파동을 전달하는 진동체라는 점. 내가 어떤 면을 선택하느냐, 혹은 어떤 면을 피하느냐에 따라 모든 시공간과 그 안에 존재하는 인물들의 삶이 요동친다.

영민한 작가의 손에 의해 운명 앞에 선 인간의 모습은 남과 여로, 계급적 차이로, 권력 구조로, 발화와 침묵으로, 희극과 비극으로 그려진다. 더불어 가장 내밀하고 가깝다고 여겨지는 '부부'란 이름으로 극단적으로 다른 둘을 묶음으로써 인간이 얼마나 밑바닥까지 추락할 수 있으며 동시에 얼마나 높이 들어올려질 수 있는지도.

얼마 전 사라 폴리의 다큐멘터리 영화 〈우리가 들려줄 이야기〉를 다시 보았다. 사라 폴리가 돌아가신 어머니와 관련된 사람들의 인터뷰로 그녀를 추억하고자 시작된 다큐. 사람들이 기억하는 어머니는 비슷하면서도 다 달랐다. 와중에 사라 폴리의 아버지가 생부가 아니라는 사실까지 밝혀진다. 아버지도 몰랐던 어머니의 비밀.

흡인력 있게 휘몰아치는 『운명과 분노』를 읽는 동안 이 다큐 영화가 떠올랐다. 한쪽은 실화이고 한쪽은 허구라는 점이 내겐 두 작품을 더 극적으로 기억하게 할 것 같다. 한 사람의 일생에는 얼마나 많은 일이 일어날 수 있는가……

히로시마 내 사랑

마르그리트 뒤라스 – 이용주 옮김 – 동문선 – 2005년 9월

어린이날이란 걸 깜박하고 파주출판단지에 왔다.

파주출판단지에선 해마다 어린이날에 '어린이책잔치'를 하는데, 1년 중 유일하게 차량 진입이 통제될 정도로 붐비는 날이다. 20분이 넘게 정체와 씨름을 하다 문득 출판2단지의 명필름 카페가 생각나 차를 돌려 이곳으로 왔다. 카페는 기대한 것만큼 조용했다. 아니, 기대한 것 이상으로 조용하다. 손님이 아무도 없다. 100평 가까운 넓은 카페에 혼자 앉아 비치된 책들을 꺼내 읽는다. 북카페를 운영하기 전에는 카페에 손님이 나밖에 없으면 미안한 마음에 서둘러 자리를 뜨곤 했다. 그런데 지금은 앉아 있어주는 게 오히려 도움이 된다는 걸 안다. '명필름'에서 운영하는 이 카페의 서가는 영화와 관련된 책들이 많다. 비교적 희귀한 책들도 있다. 예를 들어 오늘 발견한 책은 『히로시마 내 사랑』이다.

『이게 다예요』를 쓴 마르그리트 뒤라스의 시나리오집이다. 아마 여기 오지 않았다면 이런 책이 있는 줄도 몰랐으리라. 책은 히로시마 원폭 투하라는 인류 사상 최악의 테마 중 하나를 배경으로, 한 남녀의 우연한 만남과 대화로 이루어져 있다. 특별한 사건은 일어나지 않고 대화가 영화를 이끈다. 대화는 시적이지만 여백이 너무 많아서 대체로 이해되지 않는다. 아마 상당히 지루한 영화일 것이다. 끔찍한 대화가 맥락도 없이 길게 이어진다. 수많은 어린이를 지나 폐허가 된 히로시마에 와 있는 묘한 기분이다. 나는 책을 이해한다기보다 그저 바라보고 있다. 시끌벅적한 파티의 뒷골목에 스산한 바람이 분다.

랩걸

호프 자런 – 김희정 옮김 – 알마 – 2017년 2월

태어난 지 나흘 된 조카를 보고 왔다. 예상대로 눈물이 났는데 예상외로 그 눈물의 지분을 차지한 건 기쁨 99퍼센트였다. 좀 슬플 거라 생각했었다. 인류에 대해 내가 기본적으로 품고 있는 감정은 불신과 혐오에 가깝고 입버릇처럼 인류가 멸망해야 한다고 말해왔으므로, 이 마당에 태어난 아기를 바라보면 당연히 씁쓸할 거란 예감이 있었다. 그러나 무구하고 쪼글쪼글한 그 작은 존재 앞에 서니, 인류를 미워하는 것 이상의 무언가가 내 태도에 필요하겠단 생각이 강렬하게 찾아들었다.

그 마음으로 집어든 책이 『랩걸』이다. 출간된 직후 구매해 지금까지 야금야금 읽고 있는 책이다. 일단 한번 읽기 시작한 책은 웬만해선 중간에 덮지 않는 타입인데 이렇게 천천히 읽고 있단 건 그만큼 페이지가 줄어드는 게 아깝고 이 책에 대한 애정이 깊다는 뜻. 아기를 보고 나서 마음을 정화하기 위해 오랜만에 조금 더 읽었다.

스스로 번식할 수 없고 일부가 떨어져나가 다른 곳에 정착하는 방법으로 종족 유지를 하는, '페리시'라는 식물에 대한 대목까지 읽고 또 덮는다.

"페리시 쇠뜨기들은 살아 숨쉬는 생물답게 땅을 건너 다른 곳에 뿌리를 내린 다음 최선을 다했을 것이다." 오늘, 기쁨 99퍼센트짜리 눈물을 흘린 나는 앞으로 페리시 쇠뜨기가 되는 것을 목표로 삼고 살아야 할 것이다. 살아 숨쉬는 생물답게.

타이탄의 도구들

팀 페리스 – 박선령/정지현 옮김 – 토네이도 – 2017년 4월

홍대에 교보문고가 생기니 확실히 서점에 들르는 횟수가 늘었다. 잠깐 짬이 날 때나 누군가를 기다리기에 역시 서점만한 곳이 없다. 서점에 오면 평소엔 눈여겨보지 않던 분야도 둘러보게 된다. 옆길로 샐 때의 작은 설렘을 느끼며 이리저리 헤매본다.

인터넷에서는 나를 위한 맞춤형 제안이 메일함에 가득 쌓여 있다. 자주 들르는 사이트들은 내가 방문하면 이전의 조회 이력과 구매 이력을 순식간에 불러내어 그것과 유사한 제품들을 즉시 추천해준다. 나는 그런 추천 방식이 마음에 들지 않는다. '장으뜸님이 좋아할 만한 동영상'이라니……! 그런 제안을 받으면 왠지 내가 고유한 존재가 아니라 하나의 패턴처럼 느껴진다. 나도 나를 잘 모르겠는데, 자주 나 자신이 지독하게 혐오스러운데, 어제의 나에게서 벗어나려고 매일 발버둥치는데, 기업들은 나를 기호화된 범주 안에 잡아두려고 발버둥친다.

오랜만에 산 자기계발서는 의외로 재밌다. 뭐랄까. '부를 쌓는 법' 하나에 집중해 삶의 습관들을 고쳐나가라는 조언은 어떤 면에서는 코믹해 보인다. 삶을 이렇게 단순하게 볼 수 있다면 얼마나 편하고 지루할 것인가.

보노보노처럼 살다니 다행이야

김신회 – 놀 – 2017년 4월

새로 오픈한 교보문고 합정점을 가보았다. 듣던 대로 큰 평수에 비해 책이 별로 없다는 느낌이었다. 큰 몰mall에 책이 조금 있는 인상이랄까.

남편은 '문학 신간' 코너에서 반 톤 높인 목소리로 내게 말했다. "이 책 진짜 재밌대. 『애호가들』." 이미 우리집 서가에 세 권 꽂혀 있는 그 책. 영수씨 작품에 대한 팬심과 전직 마케터로서의 소소하지만 소소하지 않은 '기술'이 만나면 이런 풍경이 펼쳐진다. 『애호가들』의 건승을 빈다……

남편이 이런 공작을 펼치는 동안 나는 『보노보노처럼 살아서 다행이야』를 조금 읽었다. 추억의 콘텐츠를 토대로 풀어낸 에세이는 한 권의 책으로 두 권의 책을 읽는 느낌을 준다. '보노보노'를 끼고 살던 당시의 나도 새삼 떠올랐다. 그때 난 이미 클 만큼 컸다고 생각했지만, 지금의 내가 보기엔 애틋하게 느껴지는 어리기만 한 나다. 그 시절의 나와 잠시 마주하는 것만으로도 지금의 내가 무엇에 만족감을 느끼고 무엇에 힘들어하는지 좀더 분명하게 보인다는 것, 이런 기획서를 사람들이 많이 찾는 이유를 조금은 알 것 같았다. 다음 차례는 뭘까. 심슨? 베르사유의 장미? 디즈니의 무엇?

대성당

레이먼드 카버 – 김연수 옮김 – 문학동네 – 2014년 5월

카페에서 쓸 작가 유리잔을 새로 만들고 있다. 내가 좋아하는 책으로 만들고 싶어, 레이먼드 카버의 단편 「대성당」을 다시 읽었다.

어떤 문장, 소위 '주옥같은' 문장을 발견해내고 싶었다. 처음엔 인스타그램과 트위터를 찾아보았다. 그러나 사람들이 발췌한 문장들은 너무나 일상적인 대화체여서, 그 문장만 가지고서는 딱히 좋다는 느낌을 받을 수가 없었다.

예를 들어, "이거 진짜 대단하군요"라던가, "내가 만든 롤빵을 좀 드시지요. 뭘 좀 드시고 기운을 차리는 게 좋겠소" 같은 말들이 유리잔에 새겨져 있다면 얼마나 밋밋할 것인가.

그의 소설은 너무나 쉽고 일상적인 말들만을 사용한다. 나 역시 한 문장도 고르지 못하고 책을 덮었다. 하지만 그것이 오히려 좋았다. 이 책에는 빛나는 구절들이 많다. 다만 그것이 맥락 속에서만 빛날 뿐이다. 우리 인생 대부분의 행복들이 그렇듯.

디어 랄프 로렌 – 운명과 분노

손보미 – 문학동네 – 2017년 4월
로런 그로프 – 정연희 옮김 – 문학동네 – 2017년 4월

비슷한 시기에 읽은 책들이 사실 내용상 아무 관련이 없어도 자연스레 맞물려 떠오르는 경우가 종종 있다. 이 두 작품이 그러하다. 일단, 소설에 소설 외적인 것으로 보이는 내용이 삽입된다는 점. 앞의 책에는 '랄프 로렌'에 관한 기사나 책 내용이 작가의 손에 의해 만들어져 곳곳에 들어가 있다. 누군가의 삶을 추적해나가는 내용이다보니 이런 요소들이 리얼하게 느껴지고 몰입감도 높여준다. 후자에는 주인공 중 한 사람이자 극작가인 '로토'가 쓴 희곡이 그대로 실리거나, 그렇지 않더라도 그의 인생의 마디마디들을 그가 쓴 희곡의 내용으로 설명한다. 극적인 느낌을 배가하는 메타포. 신화적인 분위기가 지배적인 이 소설과 잘 어울리는 장치란 생각이 든다.

『디어 랄프 로렌』이 (이미 세상을 떠난) '랄프 로렌'의 일생을 추적하며 (살아 있는) '종수'의 인생을 돌아보는 화자의 이야기를 다루는 덕에, 『운명과 분노』가 (이미 세상을 떠난) '로토'의 연대기적 일생을 다룬 '운명' 편과 (살아 있는) '마틸드'의 현재와 과거를 오가는 생의 장면들을 보여주는 덕에 두 사람의 인생+주위 인물들의 인생을 고루 담았다는 점도 어딘가 닮았다.

인생은 알 수 없는 점투성이며 우리가 운명 앞에 내릴 수 있는 선택지란 무수히 많은 동시에 결국 내가 고른 단 하나뿐이라는 점 또한. 동시대를 살아가는 두 또래 여성 작가의 장편을 읽은 연휴도 오늘로 끝이다. 각기 다른 여운에 휘감긴 채 다음 책을 고르는 데 신중을 기하려 한다……

마음도 번역이 되나요

엘라 프랜시스 샌더스 – 루시드 폴 옮김 – 시공사 – 2016년 3월

말이 필요 없는 순간이 있다.

그러나 그런 순간은 아주 잠깐이다. 대개의 경우 나는 무언가를 설명하거나 나를 이해시키려고 많은 말을 꺼낸다. 말을 많이 한 날일수록 마음은 더 허하다. 아마 듣는 사람에게 제대로 전달되지 못한 마음과 말 사이의 거리 때문일 것이다. 그 간극을 줄이기 위해 말은 더 많아지고, 그럴수록 간극은 더더욱 벌어진다.

당신을 온전히 이해하고 싶다는 불가능을 앞에 두고, 우리는 무수한 말로 오해를 쌓아나간다. 그러나 다행인 것은, 오해도 이해의 과정이라는 점이다. 그것을 잘 알기에 우리는 오늘도 누군가에게 말을 건넬 것이다.

말과 침묵 사이에도 마음들이 있다.

여기 이 책에는 그 마음 중 몇 개가 번역되어 있다.

어른이 되어 더 큰 혼란이 시작되었다

이다혜 – 현암사 – 2017년 4월

오늘의 책은 〈소설리스트〉 동료 필진인 이다혜 기자님 신작이다. 차분한 마음으로 '시작하는 말'을 읽기 시작했으나 나는 서서히 클클대다가 마침내 하하하 소리내어 웃고야 말았으니……

어린 시절 국제 펜팔에 열광하던 기자님, 머릿속 서가에 '한국 중년 남성을 들이지 않고 백인 중년 남성을 들인' 사유, 그것이 어떻게 '인생의 반환점을 지나 회고할 일만 남은 중년 남성으로서의 나 자신을 연민하는 정서'에의 중독으로 이어졌는지가 찰진 문장에 반성적 태도로 이어지는데, 속이 슥 베이면서도 뻥 뚫리는 모순된 느낌을 불러온다.

신뢰하는 필자가 자신의 독서 취향을 이 책의 부제처럼 '페미니즘적 시선'으로 돌아보며 언제 어디선가 글을 쓰고 있었단 사실이, 그녀와 비슷하게 이렇게 책을 읽고 그에 대한 기록을 남기는 내 일상에 대해 나 자신이 느끼던 밋밋함을 일정 부분 거두어갔달까. 우리에겐 꾸준히 책이 있어주었고 그에 대해 어떻게 바라보고 어떤 입장에서 어떤 톤으로 글을 쓰느냐에 따라 지금까지와는 다른 또 다른 역동성이 피어오를 수 있다는 가능성을 보았달까.

책과 나의 관계가 어떻게 시작되었는지, 어떤 방식으로 이어져 왔는지, 누가 무슨 영향을 끼쳤는지 이 책을 읽으며 나도 한번 차분히 생각해보고 싶다. 생각지도 못한 씁쓸한 이면들이 마구 드러날 것 같아…… 그러나 기대된다. 책에 대해 이런 식으로 생각해보는 건 처음이거든.

국가란 무엇인가

유시민 – 돌베개 – 2017년 1월

파주출판도시의 돌베개출판사 사옥 1층에 있는 '행간과여백' 카페에 자주 온다. 처음 출판도시에 온 게 14년 전, 회사에 입사한 날이다. 그때엔 단지 전체를 통틀어 두 개의 카페가 있었다. 지금은 어림잡아도 50곳은 넘는 것 같다. 많은 카페 중에서도 나는 항상 이곳 '행간과여백'만을 고집하는데, 첫번째 이유는 친절한 직원분들 때문이고, 두번째 이유는 유시민 작가를 볼 수 있진 않을까 하는 기대감 때문이다. 그 기대가 현실이 된 적은 없다. 앞으로도 계속 온다면 언젠가 한 번은 뵐 수 있지 않을까?

오늘은 이곳에서 유시민 작가가 최근에 개정 신판으로 펴낸 『국가란 무엇인가』를 샀다. 서문을 보니 이전에 책을 펴냈을 때와는 자신의 정치적 신분이 바뀌었고, 우리나라의 정치 상황이 바뀌었기 때문에 개정판을 낸 것이라 밝히고 있다. 또한 초판본을 읽은 독자라면 개정 신판을 굳이 읽을 필요가 없다는 점도 강조하고 있다. 그 말을 읽으니 오히려 더 사고 싶어졌다.

이 카페는 돌베개출판사 자신과 무척 닮았다. 깔끔하면서도 차분한 목재 가구들과, 꾸밈이 없이 지루한 인테리어, LP 중에서도 클래식만을 고집하는 음악, 자연 경관을 최대한 배려한 넓은 창, 이곳에서 주로 책을 펴내셨던 故신영복 선생에게 집필실이 있었다면 아마 이런 느낌이었을 것이다. 신영복, 유시민, 그리고 아내가 존경하는 프리모 레비가 돌베개출판사의 주요 작가다. 좋아하지 않을 수가 없는 것이다.

낯선 시선

정희진 – 교양인 – 2017년 3월

지금까지의 내 삼십대를 돌이켜보면 내게 가장 큰 영향을 끼친 논픽션 작가가 정희진 선생님이란 결론은 쉽게 난다.

신작 『낯선 시선』을 읽어나가는 마음, 이미 충만해질 준비가 되어 있다……! '메타젠더로 본 세상'이라는 부제가 붙은 책이다. "젠더를 해결하려면 젠더를 가시화하는 동시에 젠더를 넘어서야 한다. 젠더를 조금이라도 해체하고 무력화해야 한다"는 기치 아래, 정치 사회 문화 전반에 걸쳐 쓰신 글들을 정리한 책이다. 다른 무엇보다 사회적 약자가 가질 수 있는 유일하며 귀중한 자원은 '윤리와 언어'라는 대목, 그런 기반에서 써나간 글이라는 점이 또 한번 마음을 울린다. 트위터에서 종종 느끼는 묘한 연대감도 떠오른다. 한창 페미니즘 열풍이 불었을 때 다종다양한 의견을 들을 수 있었던 곳, 내 나름의 윤리의식을 정립하는 데 도움을 주었던 곳. 우리에겐 언어가 있고 그것을 공유할 장소가 있다는 데서 느꼈던 위로. 휘둘리지 않을 힘, 다른 생각을 천명하는 용기, 귀기울이는 자세, '낯선 시선'을 장착할 준비를 기쁜 마음으로 해본다.

나를 보는 당신을 바라보았다

김혜리 – 어크로스 – 2017년 3월

나는 e-book에 거부감이 있었다.

누가 물어보면 '책냄새가 좋다'거나, '책장에 꽂힌 책등을 보는 것만으로도 기분이 좋아진다'는 식의 이유를 댔다. 논리적인 이유들은 아니었다. 어쩌면 그냥 종이책을 좋아하는 지금의 나를 부정하려는 것만 같아서 무턱대고 꺼렸던 것인지도 모른다. 오늘은 처음으로 e-book을 읽었다. 아내가 사놓은 책이었는데, 나 역시 궁금했던 책이기도 했다. 김혜리 기자의 신작 에세이다. 화면을 터치해 페이지를 넘기는 감촉이 나쁘지 않았다. 글자들은 종이에 인쇄된 것만큼 부드러운 질감을 가진 것처럼 보였다. 아이패드 미니의 무게는 보통 책의 1/2 수준이었는데, 체감상으로는 무게가 거의 느껴지지 않을 정도였다. 작가의 말을 읽기 시작하고 20여 분 정도 독서를 이어나갔다. 나는 어느샌가 새로운 방식의 독서를 체험한다는 생각은 완전히 잊고 독서에 몰입하고 있었다.

첫 경험에 거부감은 전혀 없었다. 오히려 발견의 기쁨이 컸다. 물론 좋은 책을 읽었기 때문일 것이다. 독서는 단순하다. 이 문장이 나를 어디론가 데려가기 시작하면 다른 어떤 것도 중요하지 않게 된다.

동물원 동물은 행복할까?

로브 레이들로 – 박성실 옮김 – 책공장더불어 – 2012년 5월

문재인 대통령이 취임했다. 대통령에게 권하고 싶은 책, 을 아무도 내게 묻지 않았지만 나 혼자 생각해보았어…… 나라면 책공장더불어 출판사의 '동물 권리 선언 시리즈'를 고를 것 같다. 반려동물에 대한 사랑이 남다른 대통령이라니 더 신경써주었으면 하는 마음. 동물권, 나아가 생명권과 환경에 대해 고심하는 대통령을 기대한다. 오만하고 이기적인 지도자들에 대한 환멸은 차고 넘치나니, 인간은 단독으로 온전하고 완전한 존재가 아님을 제대로 인식한 대통령을 기대한다. 너무나 부족한 희망, 포화 상태인 절망 앞에서, 그래도, 간절한 마음으로 기대해본다.

피에로들의 집

윤대녕 – 문학동네 – 2016년 2월

이 책에서 '도시난민'이라는 조어를 처음 접했다.

듣자마자 바로 공감이 되는 단어였다. 도시로 흘러들어온 난민이 아니라, 애초에 도시인이지만 거처를 잃어버린 자들. 거처가 꼭 집만을 뜻하는 것은 아닐 것이다. 몸과 마음을 뉘일 수 있는 것들, 돈과 관계들. 우리의 쉴 곳은 조금씩 좁아지고 있다. 우리의 자존감이 그것을 개인주의라는 이념으로 포장하고 있을지도 모른다.

한국에서 여성으로 살아간다는 것을 마치 다큐멘터리와 같은 방식으로 보여주는 『82년생 김지영』과 이 책 『피에로들의 집』이 다루고자 하는 사회문제의 방향은, 보이지 않는 계급이 개인에게 고통을 주고 있다는 점에서 아주 멀지 않다. 이 문제 해결의 시작이 이해와 공감이라는 점에서도 둘은 무척 닮았다. 다른 것이 있다면 '김지영'에는 쉽게 이입이 가능하지만, '피에로'에 자신을 이입하려는 이는 없다는 것뿐이다. 그럼에도 불구하고 이 책을 사는 사람은 아마 윤대녕 작가의 오래된 팬일 것이다. 아, 제목이 이렇게나 중요하다.

책이 입은 옷

줌파 라히리 – 이승수 옮김 – 마음산책 – 2017년 4월

줌파 라히리가 이탈리아어로 쓴 두번째 책이자 거의 모든 작가가 격하게 공감하지 않을까 싶은 책. 마감중인 편집자가 읽기에 좋기도 하고 그렇지 않기도 한 책. 항변하고 싶다가도 한편으로 이해가 가기도 하는 책이다.

"표지에 다른 사람들의 의견을 싣는 건 적절치 않다고 개인적으로 생각한다. 독자가 내 책에서 만나는 첫 단어는 내가 쓴 말이길 원한다"는 문장을 마주하고는 흠칫했다. 지금 만드는 책의 뒤표지에 들어갈 내용을 구상하며 누군가의 말들을 정리해보던 중이었기 때문이다. 실제 책의 내용으로 진입하기까지 다양한 포장 도구가 쓰이는 건 사실이다. 추천사, 광고 문안, 수상 내역 등 편집자 입장에서는 쓸 수 있는 모든 도구를 활용해 한 사람이라도 더 이 책을 알아봐주길 바라니까. 작품이란 입장이 우선하는 사람과 상품이란 입장을 완전히 무시할 순 없는 사람. 실제로 책을 만들다보면 이 부분에서 조율이 어려운 경우, 참 많다.

한편 줌파의 입장을 실제로 견지하는 작가도 있으니, 황정은 작가님이 그러하다. 책을 낼 때마다 표지에 들어가던 요소가 조금씩 줄어들고 있다. 최근작 『아무도 아닌』에는 뒤표지에 본문 발췌한 대목이 들어갔을 뿐 저자 소개 한 줄 없다. 아마도 다음 책에선 저자 사진이 빠지지 않을까. 줌파에게 황작가님의 방법을 권해보고 싶네. 책 하나에 요소 하나씩 빼나가는 것……

아름다운 그런데

한인준 – 창비 – 2017년 4월

나는을 어쩔 수 없이 그러면과 청바지를 동시마다 입는다고 아예를 이해할 수 없는 것은 아닌데 두 눈과 함께를 오늘도만큼 출근시키며 바다와 두개 사이에서 나는과 더이상을 하지 않고 이런 건 누가 고민 같다고 말할 때까지 강물에 서서 발목과 넘쳐흐르기만 하는 그러니 까로 나는의 절반만 축축한 일이니까 그렇다고 아예를 이해할 수 없는 것은 아닌데……

이 젊은 시인은 말들을 어디로 데려가고 싶은 걸까.

우리가 말에게 짐 지워놓은 것들로부터
말들이 우리에게 주려고 했던 것들까지
모두 데리고 밖으로 나간다.
춤추러 간다.
절망하러 간다.
발밑에는 아무것도 없는 아슬아슬한 꿈속으로
말도 안 되는 그리고, 아름다운 그런데와 함께.

새하얀 마음

하비에르 마리아스 – 김상유 옮김 – 문학과지성사 – 2015년 2월

2년 전 이맘때의 대화.

유정: 너의 베스트 3 소설을 알려줘.

나: 음, 그때그때 다르지만 지금 생각해보면 모니카 마론의 『슬픈 짐승』, 밀란 쿤데라의 『불멸』, 제발트의 『아우스터리츠』. 어려워 이건 정말……

유정: 오오, 뭔가 주기적으로 물어봐야겠단 생각이 든다. 너의 변화는 내가 캐치해주지.

주기적으로 물어보겠다던 유정이는 이후로 한 번도 더 안 물어봤지만, 오늘 한번 꼽아본다. 2017년 5월을 사는 나의 베스트 3 소설. 모니카 마론의 『슬픈 짐승』, 밀란 쿤데라의 『불멸』까진 같은데 마지막으로 꼽고 싶은 건, 하비에르 마리아스의 『새하얀 마음』. 적어도 현재의 내 기준에선 이 작품이 『아우스터리츠』를 이겨버렸어…… 돌이킬 수 없음을 말하는 책들이 많은데 이 책은 거꾸로 시간과 함께 사라지는 것은 없고 모든 것은 다시 돌아올 수 있기를 바라며, 그 자리에 그대로 존재한다는 것, 그걸 가능하게 하는 게 '말'이라는 걸 말하는, 매우 독특하고 특별한 작품이었다. 자발적으로 했던 말, 침묵하지 않았던 말, 의지가 개입되거나 개입되지 않은 말들에 대한 경각심을 톡톡히 일깨우는 작품. 말을 가진 인간이란 얼마나 위험하고 불온한 존재인지도. 그나저나 나의 이 변화의 핵심은 무엇인가…… 누가 좀 캐치해주길……

바쁜 것이 게으른 것이다

이문재 – 호미 – 2009년 1월

연애와 사랑을 혼동하는 것은 100미터 달리기와 마라톤의 차이를 인정하지 않는 것과 마찬가지다. 강폭이 넓어질수록 유속이 느려지는 섬진강 하류에서 나는 그대에게 뒤늦게 사랑을 말하려 한다. 이십여 년 전, 나의 그 무모한 돌진, 그 무지막지한 에너지의 폭발을 감당해 준 그대에게 나는 이제 사랑을 말하려 한다. 헌신과 희생이 아닌 사랑 말이다. K, 길 위에서 먹은 밥이 그대로 힘이 되고 있다. 섬진강 제방 길이 그대로 내 몸 속으로 들어온다. 나는 어제도 아니고 내일도 아니다. 나는, 내 몸은 오늘, 오늘이다.

녹차 마시기에는 기다림이 있다. 물이 끓는 동안 기다려야 하고, 또 물이 식기를 기다려야 한다. 다관에 물을 넣고 차가 우러나는 동안 또 기다려야 한다. 이렇게 기다리는 동안 마음은 고요해진다. 향이 그윽하고 맛이 깊은 녹차를 마시는 것은 몸이 아니라, 흔들리지 않는 마음이다. (……) 차와 다기는 수단이나 매개일 뿐이다. (……) 걷기가 그런 것처럼, 휴대 전화 전원을 꺼놓는 것이 그런 것처럼, 녹차 마시기는 자발적 망명이다.

이 책은 2006년에 『이문재 산문집』이라는 제목을 달고 나왔다가 3년 뒤 개정판으로 제목이 바뀌어 재출간되었다. 나는 첫 제목을 참 좋아했었다. 이런 제목이 어울리는 작가는 많지 않다. 다시 봐도 자꾸 옮겨 적고 싶은 글들로 가득하다.

보다

김영하 – 문학동네 – 2014년 9월

3년 전 땡볕의 늦여름에 처참히 발견되었던, 그렇게 우리 셋째가 되었던 고양이 파도. 많은 사람이 파도의 쾌유를 기원해주었다. 김영하 선생님도 그중 한 분. 생후 한 달가량 되었던 파도는 한 달 남짓 우리 곁에 머물며 생애 첫 늦여름과 초가을만을 느껴본 뒤 떠났고, 그때의 흔적들은 이렇게 남았다.

이 책의 푸른색 면지에는 '파도에게'라는 네 음절과 2014년 어느 늦여름의 날짜, 그리고 커다랗고 못생긴 고양이 그림이 있다.

김영하 선생님 소설집을 마무리하며 무심코 넘겨본 책장 앞에서 잠시 시간을 보내본다. 마침 이 소설집은 무언가를 잃은 사람들이 그 이후의 삶을 어떻게 받아들이느냐와도 깊은 연관이 있고, 나의 경우엔 언제나 잊지 않으려 하는 동시에 가능한 한 떠올리지 않으려 하며 살고 있다는 생각. 최선을 다했으니, 라는 마음이 뒤따라오는 걸 막고 싶기 때문이다.

돌의 내력

오쿠이즈미 히카루 – 박태규 옮김 – 문학동네 – 2007년 1월

개인적으로 재미있게 읽었던 책이라 오랫동안 서재에 진열해두었는데 드디어 이 책이 팔렸다. 무려 1795일 만이다. 사실 고집스럽게 진열을 빼지 않았다기보다, 진열한 사실을 완전히 잊어버리고 있었다. 그 정도로 오랫동안 한자리에 정물처럼 놓여 있던 책이다.

책이 처음 출간된 10년 전에 나는 이 책의 담당 마케터였다. 당시에는 아쿠타가와상 수상작이라면 판매에 대한 최소한의 기대치가 있었다. 그런데 이 책은 정말 심하다 싶을 정도로 안 팔렸다. 내용은 좋았다. 2차대전의 참전 경험을 가진 채 살아가는 남자의 일생을 그린 소설로, 돌을 수집하고 조탁하며 자신의 상처를 극복하고자 노력하는 주인공의 생애를 통해, 승자와 패자로는 나누어지지 않는, 한 인간 속에 아로새겨지는 전후의 상처를 어떻게 안고 살아갈 것인지를 고민하는, 깊고도 본질적인 주제를 다루고 있다. 아, 이렇게 쓰면서 생각하니 이 책이 안 팔렸던 이유가 왠지 짐작이 간다. 내가 서점에 이 책을 이렇게 소개했었을까.

이 책을 좋아할 만한 독자들이 많았을 텐데, 10년이 지나서야 책에게 너무 미안해진다. 지금이라도 단골손님들에게 이 책을 소개해야겠다. 책의 주제가 아니라, 이 책을 읽을 때 내가 어떤 기분이었는지를 말하는 것부터 시작해봐야겠다.

자면서도 다 듣는 애인아

김개미 – 문학동네 – 2017년 2월

마감을 앞두고 서사가 있는 또다른 책을 집어들긴 어렵다. 그래서 대체로 시집을 기웃거리는 요즘, 피로가 쌓여 서너 편을 읽고 스르르 엎드리는 요즘이다.

이 '스르르' 엎드려 잠드는 사이에는 오만 가지 환상이 든다.

꿈에 지금 마감중인 책의 저자가 나와, 그 제목 아무래도 안 되겠다고 하는 메일을 보냈는데, 그분을 설득하느라 웅얼웅얼(물론 속으로)거린다거나, 오래전 교토 기온 거리에서 본 게이샤의 목주름이 떠오른다거나, 저녁에 먹고 싶은 메뉴가 휘릭 지나간다거나.

웅얼웅얼 웅얼웅얼 꼬로로로록. 두서없고 맥락도 없지만, 어떤 식으로 잠이 들건 요즘의 내 잠은 거의 대부분 위험으로 빠지고 만다.

"죽기도 살기도 좋은 날씨"(「한여름 동물원」)라거나 "왜 나는 병들지 않았는데 아플까. 왜 죄짓지 않았는데 도망칠까"(「덤불 속의 목소리」)라거나 "죽어서도 깨어 있어야 해"(「검은 집의 아이」)라거나…… 시공간을 초월해 상처가 되었던 기억들과 지금 마주한 어려움이 교차되어 등장하는 데 아무래도 이 시집이 한몫하고 있는 것 같다. 뜨거운 목소리들이 내가 미처 방어하지 못하는 곳을 통해 나에게 침투한다. 얼른 마감하고 이 목소리들에 귀를 좀 기울이고 싶다. "우선 좀 혼탁해져야겠다"(「파란 명찰을 가슴에 단 날들」).

악평

앙드레 버나드/빌 헨더슨 – 최재봉 옮김 – 열린책들 – 2011년 12월

『악평』을 읽으면서 이상하게 나는 계속 호평에 대해 생각했다.
악평이 없는 세상에서의 호평에 대해.

그것은 취기가 사라진 술과 같을까.

나는 이미 그 맛을 알고 있다.
심지어 나는 그 (맛이랄 수 없는) 맛을 음미하고 있다.
어쩌면 나는 취한 흉내를 내며 살고 있는지도 모른다.

겁쟁이들의 호평 속에서
악평은 엄청난 용기를 필요로 할 것이다.

또한 유머는 악평의 꽃이다.
우리나라에서는 좀처럼 보기 힘든 꽃이기도 하다.

눈물이라는 뼈

김소연 – 문학과지성사 – 2009년 11월

시인 김소연의 특별하고 남다른 시력에 늘 감탄한다.

이따금 꺼내어 아무데나 펼쳐 읽는데, '무심코'로 이루어진 독서는 마음에 와닿는 한마디 한마디로 이어지고 그것이 종일 간다.

그녀는 "우리라는 자명한 실패를 당신은 사랑이라 호명했고 나는 고개를 끄덕였고 돌아서서 모독이라 다시 불렀다"(「투명해지는 육체」)고 썼다.

그녀는 씁쓸해하지 않는다. 아쉬워하지 않는다. 물론 슬퍼하지 않는다.

그렇기 때문에 사랑이란 "겨울이면/ 뺨이 트는 한 사람과/ 겨울이면/ 손이 트는/ 한 사람의/ 접착 불가능한 해후"(「뒤척이지 말아줘」)라 말해도 나는 오히려 이 말에 위로받는다. 부인하지 않고, 정면으로 받아들이는 것이기 때문이다.

어쩌면 누군가는 그것이 참 스산하다 말할지 모르겠으나, 나는 거기서부터 모든 게 시작된다고 믿고 있다.

여성이 글을 쓴다는 것은

김혜순 – 문학동네 – 2002년 1월

작년 이맘때쯤, 괜찮은 구간이 없나 도서 목록을 둘러보다가 우연히 이 책을 발견하고 주문해 진열해놓았다. 무려 15년 전에 출간된 책이지만 책의 저자인 김혜순 시인의 명성이 있으니 진열해놓아도 좋을 것 같았다. 만듦새도 촌스럽지 않았다. 들어온 책의 실물을 보니 생각보다 좋았다. 아주 가끔이지만 시간이 흐를수록 시의성을 띠며 역주행하는 책이 있는데, 책의 제목과 최근 페미니즘 이슈를 감안했을 때 이 책이 왠지 그렇게 될 것 같은 느낌이 들었다.

오늘도 이 책이 한 권 팔렸다. 오래된 책이라 2층 구석에 진열되어 있는데도 판매가 꾸준하다. 오늘은 내용이 궁금해져서 서재 구석에 앉아 책을 넘겨보았다. 김혜순 선생의 에세이는 처음이었는데, 기대보다도 훨씬 아름다운 문장에 나는 선 자리에서 오랫동안 책을 음미했다.

> 나는 내 육체의 연장선 위에서 노는 저것들, 저 지저분한 현실에게 존재의 문을 열어주어야 한다. 산문은 역사를 얘기하나, 시는 즉각적 현실에 관여한다. 시는 실제적 진실을 향하여 돌진한다. 시인이 돌진해 들어간 공간은 일상 속이지만, 일상 그 자체가 아니다. 일상들 사이의 조그만 틈의 영역이다.

통조림공장 골목

존 스타인벡 – 정영목 옮김 – 문학동네 – 2008년 4월

『분노의 포도』와 『에덴의 동쪽』은 엄두를 못 냈지만 표지가 예쁘고 두께도 부담 없어 언젠가 읽었던 이 책. 시간이 흘러 재작년에 번역가 정영목 선생님과의 행사를 준비하며 다시 읽었던 기억도 있다. '캐너리 로', 즉 '통조림공장 골목'에 사는 사람들의 이야기를 짤막하게 담은 책. 인물들에 대한 작가의 애정이 뚝뚝 묻어나 훈훈한 마음으로 읽을 수 있다. 매우 재미있는데 문장까지 엄청 멋지고 우아함! 특히 도입부 첫번째 장을 나는 정말 아낀다.

일본 하이쿠 선집

마쓰오 바쇼 외 – 오석윤 옮김 – 책세상 – 2006년 4월

아주 가끔 집에 있는 하이쿠 선집을 들춰보곤 한다.

펴보기 전에는 내심 기발함이나 통찰력을 기대하는데, 막상 펴서 읽고 있으면 편안함이 더 많이 느껴진다. 계절어를 넣어야 하는 하이쿠만의 특징 때문일 것이다.

내가 하이쿠를 읽는 방식은, 해설은 보지 않고 그냥 본문만 쭉 읽어내려다가 마음에 닿는 시가 있으면 거기에서 더 읽지 않고 덮는 것이다. 누가 썼는지, 어떤 의미인지도 생각하지 않는다. 책을 덮고 그냥 저녁의 잠깐을 그 시와 함께 보낸다.

무슨 나무의
꽃인 줄 모르지만
향기롭구나

고양이 그림일기

이새벽 – 책공장더불어 – 2017년 5월

멍때리는 시간에 고양이를 쓰다듬고 있으면, 가끔 눈물이 나려고 해서 참기도 하고 그냥 울기도 한다.

집에 고양이책 존이 있을 정도인데 이 책은 지금껏 읽은 책 중 가장 좋다. 차분하고 사려 깊고 애틋하도다…… 요란스럽지 않고 다정한데 무엇 하나 과하지 않아서, 조금씩조금씩 가까워지는 마음이 드는 책이었다. 시간을 들여 바라보는 것을 잘하는 사람 같다. 중간쯤 읽다가 선물하고 싶은 사람이 생각나 한 부 더 주문, 이후에 펑펑 울면서 그 사람도 울게 될까 미리 걱정을 하기도 했다. 하지만 울기 좋은 책도 있는 법.

집고양이+마당고양이+길고양이, 그리고 식물의 조합이라니. 다음 권 기대하며 기다릴 거야! 독자가 책을 구입할 때마다 300그램의 사료가 보호소에 기부되는 출판 '책공장더불어'의 이벤트도 응원합니다.

고양이 그림일기

이새벽 – 책공장더불어 – 2017년 5월

아내가 또 고양이 책을 사왔다.

어젯밤에 눈물범벅으로 책을 덮더니 나한테도 강제로 책을 읽혔다. 아…… 분명히 고양이가 무지개다리를 건너겠구나…… 나는 읽기도 전에 이미 옥죄이는 가슴으로 책을 펼쳤다.

직업으로 그림을 그리며, 장군이와 흰둥이, 두 고양이와 함께 사는 한 젊은 고양이 집사의 얘기다.

고양이와 그림은 이제는 무척 흔한 콜라보다. 그러나 고양이 집사들에게는 언제나 흥분되는 콜라보임도 부정하긴 힘들다. 우리가 항상 우리의 반려묘를 의인화하는 이상, 고양이가 두 발로 걷고, 말을 하고, 화내고, 골탕 먹이고, 가끔 친절하고, 매일 울고 웃는 그 모습은 그림으로밖에는 표현될 길이 없는 것이다.

오늘도 역시 완전히 푹 빠져서 읽었다. 내내 낄낄대다가, 역시 마지막에는 울컥…… 문득 고개를 드니 내가 사랑하는 두 아이, 강과 비가 거실 소파에서 한심하다는 듯 쳐다보고 있다.

친구 사이

아모스 오즈 – 민은영 옮김 – 문학동네 – 2013년 10월

"왜 세상의 모든 슬픔을 어깨에 지고 계시는 거예요?"

"삶의 잔혹함을 못 본 척한다는 것은 어리석고도 죄스러운 일이라고 생각해요. 우리가 할 수 있는 건 별로 없어요. 그러니까 최소한 알고라도 있어야죠."

—「노르웨이 국왕」에서

1950년대 이스라엘 독립전쟁 직후의 한 키부츠를 배경으로 삼아 그곳에 사는 인물들 몇을 들여다본 작품이 편편을 이루는데, 유대인들의 이상향, 모두의 행복을 꿈꾼 유토피아가 실상 껴안아주지 못하는 개개인의 외로움과 고독, 바깥세상의 흐름과 균형을 맞추지 못하고 점점 더 고립되어가는 갈등상황들이 간결하고 절제된 문장들로 담겨 있다.

마음 어딘가 싱숭생숭한 날 가끔 꺼내보는 책,

"언젠가 내가 그의 외로움을 어루만져주고 싶었던 것처럼, 당신의 외로움도 함께 나누고 싶어요."

남편의 내연녀에게 이런 쪽지를 받으면 기분이 어떨까. 고요한 새벽 한 남자는 자고 두 여자는 깨어 있다. 특히 좋았던 작품. 아, 왠지 알 것 같아 이 내연녀의 마음도 아내의 마음도, 했던. 「두 여자」 중에서.

벚꽃이 피었다

치하야 아카네 – 김미형 옮김 – 엘리 – 2017년 3월

오늘은 인터뷰가 있었다. 오프라인 매장의 체험 마케팅에 대한 인터뷰였다. 나는 '오프라인'이라는 용어에 대해 생각했다. '연결되지 않은 상태'라는 건, 구분의 기준이 온라인이라는 전제가 깔린 말이기도 하다.

인터뷰어는 오프라인 매장을 위협하는 온라인 상거래에 대한 대안으로 '체험'을 고려한 듯했다. 이론적으로는 맞는 말이다. 책도 직접 만져보는 것과 페이지를 클릭하는 것에는 큰 차이가 있다. 그러나 그 차이가 반드시 오프라인 매장에게 유리한 것인지는 모르겠다. 체험이라는 것은 확실히 손에 잡히는 경험이면서 동시에 불편을 감수하는 경험이기도 하다. 더군다나 인터넷도 가상현실의 상용화가 눈앞에 있다. 머지않은 미래에는 우리가 원한다면 언제든 화면 속에서 실물 책을 꺼내어볼 수 있을지도 모른다.

추상적인 질문을 앞에 두고 우왕좌왕하다가 인터뷰는 끝났다. 혼자 남은 나는 서재로 갔다. 언제나 그렇듯 서재에는 많은 책이 꽂혀 있었다. 그중에 한 권을 꺼내들었다. 확실한 감촉이 느껴졌다. (혹시 아는지? 책은 언제나 따뜻하고 부드럽다.) 나는 그 책을 들고 근처의 테이블에 앉아 책을 펼쳤다.

> "이 대롱 안에는 여우가 들어 있어요."
> 청량한 목소리가 머리 위로 쏟아져내렸다.

나는 계속 책을 읽어내려갔다. 온라인도 오프라인도 아닌 또다른 세계로 도망가듯 페이지를 넘겼다.

게으른 자를 위한 변명

로버트 루이스 스티븐슨 – 이미애 옮김 – 민음사 – 2017년 4월

팀 식구 봉곤씨가 출근해 "팀장님, 이거 가지세요" 하고 무심히 책 한 권을 꺼낸다. 마침 내가 살까 말까 고민하던 책. 기쁘게 받아 조심스레 가방에 넣는다.

책을 선물하는 데 의미 부여를 많이 하던 시절이 있다. 제목이건 표지건 메시지를 담고 싶어하던 때. 내가 읽어보지 않은 책은 절대 선물하지 않던 때. 그치만 책을 읽고 만드는 것이 업이 되면서 외려 그런 강박에서 자유로워진 듯하다. 책도 저마다의 운명을 타고난다는 생각이 든달까. 내가 덤덤히 건넨 책 한 권이 누군가에게 오래 남는 책이 될 수도 있고, 그 반대일 수도 있다는 지극히 자연스러운 생각이 든달까. 요즘은 일과 관련된 사람들뿐만 아니라 가까운 친구들에게 무언가를 선물할 일이 있으면 거기에 손에 잡히는 책 한 권을 얹는다.

책이 전만큼 깊은 의미를 담는 도구가 아니라는 건 한편으로는 내게 그만큼 책이 흔하고 일상적인 매체가 되었다는 뜻이기도 하다. 또한 내가 선물한 책을 상대방이 받자마자 읽으리라 믿진 않는단 뜻이기도 하다. 그게 나쁘냐 하면 또 그렇지 않은 게, 생활 반경 어딘가 정물처럼 놓여 있다가 어느 날 문득 눈이 닿아 읽어내려갈 누군가를 떠올리는 게 그리 서운한 일은 아니라서. 끝까지 읽히지 않더라도 뭐, 책은 또 인테리어 소품으로도 썩 좋으니까……

『게으른 자를 위한 변명』도 참 예쁘네. 언제 읽게 될지 모르겠지만.

#선물_받은_책

술 마시고 우리가 하는 말

한유석 – 달 – 2015년 4월

우리 서가는 무채색에 가깝다.

서가에 책등을 보이게 진열할 때 가장 많이 보이는 색은 흰색이고, 그다음으론 검정색이 많다. 그다음으론 노란색과 빨간색이 망망대해의 섬들처럼 점점이 박혀 있다.

이 책은 보라색인 듯 자주색인 듯 오묘하게 컬러풀한 책등의 색감이 좋아서 늘 서가의 가장 좋은 자리에 꽂아둔다. 특별한 색깔로 서가의 악센트가 되어주는 고마운 책인 셈이다.

그런데 신기하게 이 책이 또 꾸준히 잘 팔린다.

인터넷의 판매지수를 보면 인터넷서점에서보다 우리 북카페에서 더 인기가 많은 듯한데, 좋은 자리에 진열되어선지 이곳을 찾는 손님들이 센티한 편인 건지 모르겠다.

그러나 확실한 건 오늘 이 책을 산 사람은 굉장히 센티했을 거라는 거다. 아마 술이 한잔 당겼을 텐데, 그보다는 아마 누군가에게 못다 한 말이 있었을 텐데, 왠지 너무 진지한 얘기라면 술을 깬 뒤에 하는 것이 나을 것 같은데, 하지만 그러다보면 영영 그 얘기를 못할 수도 있을 것 같은데……

철학자와 늑대

마크 롤랜즈 – 강수희 옮김 – 추수밭 – 2012년 11월

마감 직후에는 약간 발이 붕 뜬 것 같은 기분이 든다. 어떤 식으로든 고생한 나 자신에게 보상을 해주고 싶은 마음에서이지 싶은데, 물욕도 좀 강해지는 것 같다.

이런 시기에 눈에 들어온 어떤 가방. 1900유로. 매달 10만 원씩 2년이면, 살 만한 거 아닐까? 내가 버는 돈인데 이렇게도 좀 써보자 싶은 마음이 벼락같이 꽂힌다.

그러다 간신히 심호흡을 하고 잠시 생각을 다른 곳으로 돌리고자 책을 펼친다. 책은 참 도처에 있으므로 많은 경우 요긴한 피신처가 되어준다.

마침 내 손이 닿은 것은 내 인생의 책 중 하나로 꼽는 『철학자와 늑대』. 철학자인 저자와 늑대의 11년간의 실제 동거 일기.

> 영장류는 자신이 소유한 것을 기준으로 자신을 평가한다. 하지만 늑대에게 중요한 것은 소유의 사실이나 소유의 정도가 아니다. 늑대에게 중요한 것은 어떤 종류의 늑대가 되느냐는 것이다.

아무 페이지나 펼쳤는데 이런 문장을 만났다는 건 우연이라고 하기엔 너무나 운명에 가까워 보이고…… 다른 책도 아닌 '인생템'인 책에서 이런 죽비 소리 같은 문장 만날 일인지…… 그래, 재고해 볼 일이다. 며칠 지나면 사라질 물욕일 테니. 잊자, 잊어, 가방 많은 걸 뭐…… 스스로를 다독이는 마음 한구석에 묘한 부끄러움이 자리한다. 책의 쓸모는 참 다양하기도 하지……

제인 에어 민음사×더부스 특별판

샬럿 브론테 – 유종호 옮김 – 민음사 – 2017년 4월

집 앞의 카페에 와서 글을 쓴다. 전철역에서 살짝 들어간 주택가에 있는 6평 남짓한 작은 카페다. 테이블은 거의 비어 있지만, 동네 사람들이 테이크아웃을 많이 이용하는 곳이다. 구석의 50W 스피커에서는 '여름방학'의 노래가 흘러나온다.

카페의 한쪽 벽에 작은 책장이 있고 스무 권 남짓한 책이 꽂혀 있다. 오늘 보니 거기에 『제인 에어』 특별판이 있다. 출간된 지 이제 한 달 남짓, 그것도 알라딘에서만 판매되는 한정판을 만난 게 괜히 반가웠다. 이 특별판은 맥주 회사인 더부스가 세계문학의 고전인 『제인 에어』를 북커버만 새로이 디자인한 책이다. 원작을 출간한 민음사는 이 작업을 '커버업 컬래버레이션 에디션'이라고 이름 붙였다. 멋지고 과한 작명이다.

실례를 무릅쓰고 사장님께 "『제인 에어』네요?"라고 말을 붙여 봤다.

"아, 네. 꺼내 읽어보셔도 돼요."

"아, 네. 근데 표지가 재밌네요." 나는 되물었다.

"아, 네. 표지가 예뻐서 샀어요." 사장님이 답했다. 그리고 뒤이어 "책 사면 선물로 주는 유리잔이 있는데 그것도 예쁘더라고요"라고 덧붙였다. 나는 사장님께 책은 재밌었는지 물으려다 그냥 참았다.

이 시대의 사랑

최승자 – 문학과지성사 – 1981년 9월

열여덟에 만나 지금까지 왔다. "이렇게 살 수도 없고 이렇게 죽을 수도 없을 때/ 서른 살은 온다"라는 시구에 밑줄을 긋는 것으로도 모자라 책 귀퉁이를 접어두었던 것도 이미 몇 해 전 일. 누군가 진지하고 결사적으로 살 때 또 누군가는 흥겨웁고 가벼운 마음으로 살았다. 누군가 아플 때 누군가 사랑에 빠졌고, 누군가 A를 추구할 때 누군가는 B를 추구했다. 우리는 서로 너무나 다르고, 앞으로도 공유할 수 없는 가치관으로 선택할 일들이 많을 것이다. 그럼에도 불구하고 우리가 함께해온 시간, 서로를 향해 가지고 있는 무조건적인 애정과 긍정, 얼마든 나눌 수 있는 이야기, 서로가 가진 것과 그렇지 못한 것에 대한 이해로 나날이 부드럽게 견고해질 것이다. 각자의 삶을 충분히 살며 가끔 서로의 세계에 들어가볼 것이다.

아무도 아닌

황정은 – 문학동네 – 2016년 11월

단편 「누구도 가본 적 없는」은 전혀 예상하지 못했던 당혹스러움으로 끝맺는다.

그러나 돌이켜보면 오래전부터 모든 것이 그쪽을 바라보고 있었음에도,

우리는 그 일이 일어날 때까지 애써 외면한다.

받아들일 수 없는 많은 일이
그러나 확실한 예감 속에서 우리를 기다리고 있다.

굿 라이프

마크 롤랜즈 – 강수희 옮김 – 추수밭 – 2016년 11월

엊그제 『철학자와 늑대』를 다시 좀 훑어보며 새삼스레 감동을 받은 뒤, 『굿 라이프』를 읽기에 지금이야말로 가장 적절할 거란 생각이 들었다. 국내에 소개된 마크 롤랜즈의 세번째 책. 앞선 두 권 『철학자와 늑대』는 나에게 '대박템', 『철학자가 달린다』는 '중박템'이었으므로 출간되자마자 구매한 책이다. 신뢰하는 저자의 신간만큼 마음 두근거리게 하는 책이 또 있을까. 이 책이 도착한 뒤, '마지막까지 후회 없는 삶, 진정한 자유와 행복을 위한 인생철학'이라는 부제를 뒤늦게 읽었을 때 나는 어떤 표정을 지어야 할지 알 수가 없었다. 저자 이름을 보지 않았다면 절대로 사지 않았을 유의 책이었던 것이다. 이젠 외려 마크 롤랜즈에게 실망할 것이 두려워 책장을 펼칠 수가 없는 기묘한 상황에 놓여 한동안 방황하다가 결국 시작하지 못하고 덮었던 책.

결국 난 오늘 이 책을 간신히 3분의 1쯤 읽었고, 아마 다시 펼치는 일은 없겠지 생각하며 덮었다. 얻은 것은 이 한 문장, "현재의 나를 만든 것은 주장이 아닌 삶이다." 여기서 '주장'은 철학의, '삶'은 소설의 은유이다. 마크 롤랜즈라는 철학자는 철학이 아닌, 야성의 늑대를 이야기할 때나 달리기라는 육체적 도전적 경험을 이야기할 때 진가가 드러나는 사람이란 점, 본인이 쓴 문장처럼, 그의 독자들을 움직이는 것도 '주장이 아닌 삶'이라는 점을 안타까운 마음으로 기록해둔다.

그림 그리기 사전

미야타 치카 – 박혜연 옮김 – 이봄 – 2015년 3월

그림 그리는 방법을 가르쳐주는 책은 늘 꾸준히 팔린다.

그중에서도 『그림 그리기 사전』은 우리 북카페의 베스트셀러다. 책은 정교한 그림 그리기 방법과는 거리가 먼, 대충 그려도 괜찮아 식의 방법론을 알려준다. 책을 몇 장만 넘기다보면 '아니, 선 몇 개만으로 고릴라를!' 하는 생각이 들다가, 다시 몇 장을 더 넘기다보면 '흠, 이 정도라면 나도……' 하는 자신감이 샘솟는다.

잘생긴 알래스칸 맬러뮤트의 주인이 '괜찮아, 물지 않아' 하는 느낌이랄까. 그래, 요즘은 누구나 그림을 그린다. 배경까지 꽉 채우지 않아도 된다. 흰 바탕에 고릴라 한 마리면 충분하다. 나만의 이모티콘이다. 슥삭슥삭– 나도 따라 그려본다. 어차피 같이 살 것도 아니고 잠깐 만져보는 것이니까.

거대한 괴물

폴 오스터 – 황보석 옮김 – 열린책들 – 2000년 3월

첫 페이지만 읽어도 느낄 수 있는 이야기꾼의 포스.
무작정 폴 오스터의 소설을 읽고 싶어지는 때가 있다.
앞뒤 생각 없이 이야기 속으로 쑤욱 빨려들어가고 싶을 때.
마지막 장을 덮고 나면 다시 현실로 돌아오고,
현실에 아무런 영향도 주지 않으며,
내 가치관을 뒤흔들지도 않는 책이 필요할 때.

현실은 언제나 우리의 상상을 앞질러 간다. 우리가 허구로 꾸며내는 일들이 아무리 허무맹랑하더라도 현실세계가 끊임없이 토해내는 예측 불가능한 일과는 비교가 되지 않는다.

데미안

헤르만 헤세 – 안인희 옮김 – 문학동네 – 2013년 1월

읽지 않았다는 것만으로 부채감에 시달리는 고전 목록이 있다.

내게 그 목록의 가장 상위에 있는 책이 『데미안』이다. 어디 가서 안 읽었다고 말하기에 왠지 부끄러워서, 읽어야지 생각만 하고 있다가 마침내 오늘 꺼내 읽었다. 이런 책은 첫 장을 펼칠 때 특유의 쾌감이 있다. 한마디로 '드디어!'랄까. 그런데 책은 놀라울 정도로 계몽적이어서 읽는 내내 강한 거부감이 일었다. 단순히 재미가 없는 것이었다면 참고 넘겼을 수도 있었을 텐데, 훌륭한 문장들이 그릇된 사상에 종사하는 불쾌한 느낌이었다. 별다른 감흥 없이 마지막장까지 단숨에 읽어내려갔다.

어쨌든 숙제 하나를 끝마친 홀가분함, 아니 치과에 가서 앓는 이를 뽑은 홀가분함으로 이 책과는 작별이다.

시시하다

진은영 – 예담 – 2016년 8월

흠모하는 시인의 시 앤솔러지. 진은영 시인의 짤막한 글들에 물론 제일 먼저 눈이 가고, 다음으론 시인이 고른 시들을 찬찬히 읽는다. 마리아 츠베타예바와 쥘 쉬페르비엘이라는 낯선 시인의 이름을 얻고, 심보선의 「텅 빈 우정」을 새로이 읽는다. 단순한 형식이지만 참으로 풍요로운 것이 시 앤솔러지의 매력.

이전 회사에서 시 앤솔러지를 몇 권 만들었다. 시집을 좋아하고 꾸준히 읽었지만 언젠가 내가 시집을 만들게 될 거라곤 상상도 못 했다. 그러므로 저작권 허가를 구하기 위해 시인들에게 전화를 돌리던 날, 설레고 조금 긴장하기까지 했었지.

시집이 한 권도 안 나온, 이제 막 등단한 젊은 시인들은 자기가 좋아하는 작가의 책에 실린다는 것만으로도 진정 기뻐했다. 내일 새 시집이 나온다며 쑥쓰러워하던 시인도 있었다. 우는 아기를 달래며 전화를 받는 시인도 있었고, 가까운 출판사의 편집자이기도 한 시인도 있었다.

좋아하는 시인에게 전화를 걸 때면 내 목소리가 한 톤 높아졌다. 메일을 보내면서도 사심 가득한 얘기를 몇 마디 더 붙이기도 했다. 그후 시를 읽을 때면 그날 들은 목소리가 떠올랐다. 기본적으로 수줍어하고 솔직하고 숨기려들지 않고 본능적이고 그래서 유순해 보였던 그들의 목소리.

몇 해가 지나 나는 시인선을 편집하게 됐고, 이제 시인들은 내게 그때보다 훨씬 더 가깝고 친근한 존재가 되었다. 그들은 알까, 내가 그 기억을 이토록 오래, 소중히 손에 쥐고 있다는 것을.

오직 두 사람

김영하 – 문학동네 – 2017년 5월

벌써 볕은 여름이다.

테라스에는 얼마 전까지 없던 나무 그늘이 생겼다. 희고 단단하게 웅크려 있던 가게 앞의 느릅나무도 우듬지부터 서서히 물이 오르기 시작하더니 이제는 선명한 초록이다. 테라스에 앉아 공원을 본다. 물감을 든 아이가 놀다간 듯 거리는 색으로 물들어 있다.

테라스에 앉아 책을 펼치면 바람에 흔들리는 이파리 그늘이 책에 드리워진다. 나는 이 그늘이 좋다. 이 그늘이 아니라면 또 누가 이렇게 고요한 손길로 나를 흔들어줄 수 있을까.

오직 두 사람

김영하 – 문학동네 – 2017년 5월

김영하 작가님 일간지 인터뷰에 동행한 날. 세 군데 매체와의 인터뷰가 잡혀 있었다. 책 출간된 뒤 인터뷰에 동행하는 일이 가끔 있다. 활자화되기 전의 워딩을 그대로 듣는 것, 좋아한다. 이제 막 나온 책에 대해 작가 스스로 이야기하는 것은 특별할 수밖에 없나니.

소설가는 현장에서 쓰는 사람이 아닌 어떤 변화가 지나간 후에 돌아보는 사람이란 말씀이 특히 인상적이었다. 사후事後에 남은 문제들, 감정들을 면밀히 살피고 기록해두는 일. 고통을 겪는 소설 속 인물들의 삶을 대리 경험하며 우리는 그간 알지 못했던, 유심히 들여다보지 않았던 다양한 감정들과 마주하게 된다. 그들의 이야기는 어디까지나 허구라는 것을 알지만, 일단 읽고 나면 그 이전으로는 돌아갈 수 없다. 살면서 우리는 알게 모르게 소설 속 인물들을 떠올릴 것이다.

이 작품집 속 인물들은 대개 중요한 것, 소중한 사람을 잃고 '그 후'의 삶을 살고 있다. 안타깝게도 요즘의 우리에게 '잃으며 살아가는 삶'이 낯설지 않을 터, 이 소설집은 그런 의미에서 작가님 여느 작품들보다도 더 큰 울림으로 독자들에게 남지 않을까 짐작해본다.

이제 이 책은 나의 손을, 작가님의 손을 떠나 제 운명을 살 것이다. 모쪼록 어디서건 사랑받길, 바라는 것은 그뿐이다.

목신의 오후

스테판 말라르메 – 김화영 옮김 – 민음사 – 1995년 1월

사물의 이름을 말해버리는 것은 시가 주는 즐거움을 앗아가는 것이 된다고 했던 작가의 책을 읽는다.

그의 글은 정처 없이 흘러다니기만 할 뿐
하나의 생각으로 뭉쳐지지는 않는다.

그의 시는 클로드 드뷔시의 작곡으로 음악으로 만들어졌다.
이름이 없는 것들, 잡을 수 없는 것들을 즐기는 가장 좋은 방식일 것이다.
나는 책을 읽다 말고 휴대전화를 꺼내 그 음악을 재생해본다.
편안한 멜로디의 관현악이 흘러나온다.

드뷔시는 말라르메의 시를 배경 삼아 오후의 열기 속을 헤매는 목신의 꿈을 그리고자 했다고 한다. 음악을 들으며 눈을 감았다.

붉은 눈, 동백

송찬호 – 문학과지성사 – 2000년 2월

시 읽는 남자와 시 읽는 여자를 각각 처음 만난 거였지. 그래서 우리가 사랑에 빠진 것은 아니겠지만 그것은 우리의 세계를 만드는 데 큰 부분을 차지하는 공통점이 되었어. 시의 취향이 일치하지는 않았음에도 시를 읽고 누군가의 시집을 기다린다는 사실 자체가 중요했지.

5년 전 오늘의 결혼식을 준비하며 우리는 신형철 선생님께 축시를 부탁하기로 했고 나는 선생님께 이렇게 말했어. "우리 두 사람에게는 시라는 장르가 정말 중요해요. 우리 사이를 단단하게 만들었어요. 선생님이 골라 읽어준 그 시는 저희에게 큰 의미가 될 거예요. 살아가면서 자주 떠올릴 거예요" 하고.

그날을 떠올리며 오랜만에 꺼내든 시집. 맑고 환했던 그날, 신형철 선생님은 이 시집의 열번째에 수록된, 이렇게 끝나는 시를 우릴 위해 읽어주었다.

> 삶이 비록 부스러지기 쉬운 꿈일지라도/ 우리 그 환한 백일몽 너머 달려가봐요 잠시 눈 붙였다/ 깨어나면 어느덧 먼 남쪽 바다 초승달 항구에 닿을 거예요

어느 별의 지옥

김혜순 – 문학과지성사 – 2017년 4월 14일

시집을 열면 가장 먼저 독자를 맞는 시인의 말이 강렬하다. 시인이 이 시집을 처음 묶을 때는 1978년이었다. 검열과 금서가 횡행한, 엄혹한 시대였다. 어느 날은 노동운동의 선구자였던 한 여성의 일대기를 번역서로 출간했는데, 그 책의 역자인 그녀의 거처나 전화번호를 대라면서 경찰서에 끌려가 뺨을 일곱 대 맞았다. 시인은 뺨을 맞으면서 숫자를 세었고, 하숙집에 엎드려 뺨 한 대에 시 한 편씩 썼다. 일곱 편의 제목은 모두 '그곳'이다.

> 나는 작고, 재갈 물려, 웅크린 강아지 같은 목소리만 내었다.
> 어느 곳이든 내 영토나 내 영역이 아니었다.
> 나는 일상이 증발된 채 공중에 떠 있거나 처박혀 있었다.

시인의 말 뒤로 '그곳'이 길게 이어진다.

눈감아도 환한 곳, 세상에서 가장 창조적인 교도소, 또는 어느 별의 지옥.

작은 것들의 신

아룬다티 로이 – 박찬원 옮김 – 문학동네 – 2016년 1월

'내일'이라는 단어는 얼마나 흔한가. 동시에 얼마나 불가능하고 비가역적인가. '내일'이라는 단어로 끝나는 작품이 있을 수 있을 줄이야.

마지막 장을 덮고 한참의 시간을 보냈지만 이 책에 대해 쓸 수 있는 말이 없음만을 깨닫고 있다. 내가 무어라 쓰든 사족일 뿐이라는 생각.

다만 작품 속 인물들이 겪는 갖가지 슬픔과 고통들이 지금까지 본 여느 문학작품들과는 색감도 농도도 다르다는 것은 말할 수 있다. 그것은 아마 명사의 독특한 쓰임 덕분일 터이며, '형식적으로' 유사한 아름다움을 나는 아고타 크리스토프의 『존재의 세 가지 거짓말』과 혜령의 목소리로 반복해 들었던 차학경의 『딕테』, 조금 더 내밀하게는 헤르타 뮐러의 작품들에서 발견한 기억이 있다. 이 작품들의 공통점으로 각기 빛나며 홀로 완전하다는 점 역시 꼽을 수 있을 것이다.

서랍에 저녁을 넣어두었다

한강 – 문학과지성사 – 2013년 11월

시집을 꺼내 읽는 일이 잦아졌다. 일상이 바쁜 와중에 책 일기를 밀리지 않기 위해서 손쉬운 방법을 택하는 것은 아닌지 혼자 뜨끔해지곤 한다. 그러나 꼭 그런 이유가 아니더라도 확실히 요즈음엔 시가 읽기에 편하다. 한 페이지 안에 맞춤하게 안긴 글이 휴대전화 속의 화면과 형식적으로 비슷한 느낌을 주기 때문인지도 모른다. 휴대전화. 내 모든 일상과 과거와 미래와 관계가 들어 있는 기계. 한 사람이 짊어지기에 너무나 무거운 것을 우리는 매 순간 들고 다닌다. 이렇게 무거운 것이 이렇게 가볍다. 그러나 가벼운 동시에 무거운 것은 휴대전화만은 아니다.

어느
늦은 저녁 나는
흰 공기에 담긴 밥에서
김이 피어 올라오는 것을 보고 있었다
그때 알았다
무엇인가 영원히 지나가버렸다고
지금도 영원히
지나가버리고 있다고

밥을 먹어야지

나는 밥을 먹었다

초콜릿 코스모스

온다 리쿠 – 권영주 옮김 – 북폴리오 – 2008년 5월

열아홉 살 때부터 매해 7월 17일에 서로에게 책을 선물하는 친구 넷의 모임이 있었다. 과거형인 것은, 모임은 그대로이나 삶이 바빠 이제 더는 책 교환을 하지 않기 때문이다. 13년간 지속되었던 책 교환, 내가 마지막에 받은 책이 바로 『초콜릿 코스모스』이다. 1년에 한 번 있는 그날을 챙기는 것도 버거워진 판에 선물받은 책을 바로바로 읽을 여유가 없었던 건 당연한 것 아니냐, 고 말할 수 있을까. 이제야 이 책을 집어든다. 10여 년 전, 일본에서 잠시 살 때 원서로 가장 많이 읽은 것이 온다 리쿠의 소설들이었다. 내 일본어는 아마 온다 리쿠에게 가장 많은 빚을 지고 있을 텐데 귀국한 뒤로는 외려 더 안 읽게 되었던 그녀의 작품들.

같은 교복을 입고 매일 서로에게 쪽지와 편지를 쓰던 시절, 함께 여행했던 스물 몇 살의 한 달, 각자 하고 싶은 일에 대해 생각하던 때, 입시 얘기, 연애 얘기, 이별 얘기, 취업 얘기, 결혼 얘기…… 가장 예민하고 내밀한 시절에 만나 이렇게 다 큰 어른이 되느라 고생한 서로가 그저 대견스럽다. 13년간 주고받은 책을 다 기억할 수 있을까? 언제 하루 날 잡아서 추려보고 싶은데, 4년 전에 선물받은 책을 이제야 펼쳐들면서 과연 가능할지……

블루보틀 크래프트 오브 커피

제임스 프리먼 – 유연숙 옮김 – 한스미디어 – 2016년 5월

손으로 그린 듯한 정감 어린 청색 물병의 단순한 로고는 애플의 사과를 닮았다. 어디에 놓여 있어도 시선을 끄는 이 직관적인 엠블럼을 사용하는 블루 보틀은 바로 지금 전 세계에서 가장 주목받고 있는 커피 로스터리다. "스타벅스가 커피계의 마이크로소프트라면, 블루보틀은 커피계의 애플이다." 토니 콘래드 트루벤처스 파트너가 블루보틀에 투자하면서 했던 말은 블루보틀의 현 위치와 지향점을 가장 적절하게 설명해준다.

블루보틀의 창업자 제임스 프리먼은 (스티브 잡스가 그랬던 것처럼) 샌프란시스코의 건물 창고를 임대해 간이 커피 매장을 만들며 사업을 시작했다. 다양한 원두를 블렌딩하지 않고 오직 한 가지의 원두만을 내리며, 주문을 받은 뒤에야 원두를 분쇄해 손으로 천천히 커피를 내리는 그만의 방식은 너무나 느리고 고집스럽다. 그러나 어느 날 커피를 내리다 말고 고개를 드니 사람들이 자신의 가게 앞에 길게 줄을 서 있던 이유가 바로 그것이기도 할 것이다. 스스로를 베테랑이라고 믿고 있는 나와 같은 바보들은 그의 말을 새겨들어야 한다.

내게 일반 비즈니스나 커피 사업에 대한 배경지식이 있었다면, 나는 결코 블루보틀을 설립하지 못했을 것이다. '너무 힘들어.' '이런 식으로 해서는 안 돼.' '이렇게 느리게 작업하면 이윤을 낼 수가 없잖아.' 생각했을 것이다. 나는 오히려 커피 사업에 대한 선입견이 없었기 때문에 더 자유롭게 달려들었고, 나 자신이 중요하다고 판단되는 방향으로 끌고 갈 수 있었다.

나는 기다립니다...

다비드 칼리 글/세르주 블로크 그림 – 안수연 옮김 – 문학동네어린이 – 2007년 7월

5분이면 다 읽는 그림책.

일생을 설명하는 데 사실 많은 말이 필요 없지.

한 페이지에는 한 문장이 넘지 않는 텍스트, 다른 쪽 페이지에는 간단한 그림과 그 안의 표정.

56페이지로 충분했다. 5분으로 충분했다. 한 인생을 느끼고, 결국 울컥해 울기까지는.

책을 읽을 때 우리가 보는 것들

피터 멘델선드 – 김진원 옮김 – 글항아리 – 2016년 9월

책을 읽을 때 우리의 마음속에서는 무슨 일이 일어나고 있을까?
여기에 대한 대답은 각자가 가지고 있을 것이다.

그러나 책을 읽을 때 우리의 마음은 무엇을 '보고' 있을까?
질문을 바꾸면 선뜻 대답하기가 어려워진다.
사실 이것은 질문이 아니다.
오히려 시도에 가깝다.

책을 읽는 경험을 그리는 것은 훌륭한 북디자이너가 문학을 이해하는 방식 중 하나다.
이것은 예술을 대하는 방식으로서의 예술이기도 하다.

디자인에서 예술로.
많은 훌륭한 디자이너들의 구호는 피터 멘델선드의 질문으로부터 시작된다.

또한 이 책은 위대한 고전인 톨스토이의 『안나 카레니나』와, 버지니아 울프의 『등대로』에 바치는 매혹적인 헌사이기도 하다.

ふしぎな図書館(이상한 도서관)

무라카미 하루키/사사키 마키 – 講談社 – 2008년 1월

몇 권 남겨두지 않은 일본어 원서들이 꽂힌 책장을 무심히 바라보다가 오랜만에 꺼내본 책. 4, 5년 전쯤 친구가 선물한 책이다. 도쿄에 출장을 다녀오는 길에 혼자 읽기 아까워 똑같은 책을 두 권 사 왔다며. 그보다 더 오래전, 우리는 다자이 오사무의 『만년』도 서로에게 선물했었지…… 똑같은 책 두 권을 앞에 두고 우리는 둘 다 눈시울이 붉어졌었다. 도쿄의 이야기를 하느라. 녹록지 않은 생활을 하며 그곳에서 서로에게 의지가 되어주었던, 이제는 역사가 된 이야기들을 되새기느라. 술잔을 기울이며. 한 잔은 지나가버린 것을 위하여, 한 잔은 계속되는 것을 위하여, 한 잔은 돌이키지 않을 것을 위하여!

하루키와 다자이 오사무는 그런 추억 속 이름으로 어찌나 그럴듯한지.

커버

피터 멘델선드 – 박찬원 옮김 – 아트북스 – 2015년 7월

피터 멘델선드는 한번 더 강조할 가치가 있다.

이 책은 피터 멘델선드가 디자인한 책표지를 소개하는 책이다.

그는 책표지를 디자인할 때
Alt키와 플라톤,
Ctrl키와 파블로 네루다를 함께 사용한다.

왜냐하면 우리는 우리를 모르고

이제니 – 문학과지성사 – 2014년 11월

며칠 전 만난 친구가 마음에 들지 않는 어떤 사람에 대해 이야기 했다. 그녀의 이러저러한, 탐탁하지 않은 면들에 대해서. 그러고는 이렇게 덧붙였다.

"공감하기 때문이야. 그래서 마음에 안 드는 거야. 알기 때문에."

누군가의 웃음과 눈물이 견디기 어려운 순간은 그 웃음과 눈물을 내가 알 것 같은 순간이다. 잠깐이지만 한 10년은 늙어버린 기분에 휩싸였다. 어떤 집요한 상념에 빠지지 않도록 나는 꾸역꾸역 눈앞의 음식을 떠먹었다. 시간이 흐르고 나이를 먹고, 이러저러한 관계를 맺다보니 낯선 설렘보다는 익숙한 권태로움이 삶에 더 큰 비중을 차지한다. 어딘가 마음이 주렁주렁 달려 있는 나무가 있다면 가슴이 터질 만큼 두근거리는 마음을 하나 따서 친구와 반씩 나눠 먹고 싶다. 그 나무는 속히 찾아보도록 하고 우선은 이 책을 선물하는 것으로. 이 책으로 낯선 감각의 숲을 잠시 거닐고 있으라 하고 나서.

June

June

가만히 혼자 웃고 싶은 오후

장석주 – 달 – 2017년 4월

오랜만에 미세먼지가 보통인 날이다.

오후에 내가 좋아하는 선배를 만났다. 우리는 나무 그늘이 드리워진 카페테라스에서 얘기를 나눴다. 특별할 것 없는 얘기들이었다.

헤어지기 전에 선배에게 와인 한 병과 책 한 권을 선물받았다.

책이 오늘의 날씨와 너무 잘 어울렸기 때문인지, 선물을 받은 기쁨을 더 오래 느끼고 싶었는지, 어쨌든 나는 선배가 가고 난 뒤에도 자리에 머물러 책을 펼쳐 읽었다.

책은 일상의 조촐한 일들, 작은 보람과 기쁨들을 담담하게 써내려가고 있었다. 문장과 생각 어디에도 힘이 들어가 있지 않은 글은 주말 오후의 테라스 그늘과 잘 어울렸다. 나는 책의 제목처럼 가만히 혼자 웃어볼까, 생각하다가 이게 무슨 낯부끄러운 짓인가, 생각하고 웃지는 않았다.

국경시장

김성중 – 문학동네 – 2015년 2월

김성중 작가에게 첫 소설의 기억을 묻자, 그는 어린 시절 집에서 문구점을 운영했다며 이야기를 시작했다. 아름다운 일러스트가 그려진 스프링 노트를 손에 넣은 어느 날, 거기엔 절대 아무거나 쓰면 안 되겠다고 생각했다고. 한참을 궁리한 끝에 샤프와 볼펜이 한 몸체에 들어 있는 범상치 않은 필기구, '투투펜'이라 불리던 그것을 의인화한 소설을 써내려갔으며 그것이 자신의 첫 소설이었다고.

독자들과 『국경시장』에 대해 이야기 나누던 어느 겨울밤의 일이었다. "독자란 가상의 존재가 아닐까?"라고 말하면서도 상기된 표정을 감추지 못했던 그는, 사인을 받던 독자들 한 사람 한 사람과 꽤 긴 시간 이야기를 나누었고 그들의 이름도 노트 한편에 적어 가져갔다. 작가의 이름이 적힌 책을 소유한 독자들과, 독자들의 이름을 소유한 작가. 어딘가 아름다운 광경이란 생각이 들었다.

김성중 작가에게는 '현실과 환상을 넘나드는 작가'라는 수식이 종종 붙는다. 그의 다채로운 상상력이 '아무거나 쓰지 않겠다'는 처음의 마음과, 뜻하지 않은 계기로 묘하게 가까워진 이름들을 가만히 적어두는 태도에서 부풀어오른 것임을 목격한 날, 그날의 기억을 기록해두고 싶다.

갈라파고스

커트 보니것 – 박웅희 옮김 – 아이필드 – 2003년 7월

유머, 라고 하면 가장 먼저 떠오르는 작가는 커트 보니것이다. 그러나 보니것의 그것은 웃음을 유발하는 유머가 아니라, 인간에 대한 혐오로 가득한 지독한 블랙 유머다.

김혜순 시인은 자신의 저서에서 유머에 대해 이렇게 말한다.

> 유머란 무엇인가. 그것은 웃음을 통해서 고통을 표현하는 방법이다. 소용돌이치는 현실을 움켜쥐는 방법이다. 유머는 나뉘어진 시간과 사물 들을 강제로 결합시킨다. 비극과 희극은 이분법적으로 나뉘어질 수 없다. 유머는 상존하는 것을 낯설게 한다. 무거운 것을 가볍게 한다. 그것은 아니오라고 말하는 대전제이다. (……) 참다운 유희 속에는 얼마나 무서운 비극이 숨어 있는가.

커트 보니것의 유머가 그렇다. 그래서 읽기가 쉽지 않다. 한국문학에서는 찾기 어려운 희귀종임에는 분명하다. 드레스덴 포로수용소에서의 경험이 작가를 완전히 다른 종으로 바꿔버렸다고 한다. 그러나 한국만큼 전쟁에 익숙한 나라가 또 있나? 전쟁 경험에 대한 설명만으로는 납득되지 않는 무언가가 더 있을 것이다.

무엇이 그를 인간에게 완전히 등을 돌린 유일한 인간으로 만들었을까?

보노보노 1

이가라시 미키오 – 서미경 옮김 – 서울문화사 – 2009년 3월

종종 나에게 책이 있어 참 다행이라는 생각이 든다. 혼자여도 책이 있으면 덜 외롭고, 낯선 나라에서도 모국어로 된 책 한 권이 있으면 어딘가 든든하다. 적당한 공간만 주어진다면 수선스럽지 않게 즐거움을 느낄 수 있으므로, 폐 끼치기 싫어하는 성격에도 맞고.

일상에서 즐거움을 찾는 일의 중요성은 사회생활을 하면 할수록 절절히 느껴진다. 열두 살 때였나, 소위 '열린교육'을 시행하던 초등학교에 다니고 있었다. 그 '교육'의 일환으로 교장선생님과의 '열린' 대화 시간이 있었는데, 그때 교장선생님이 내게 한 질문은 무려 '행복이란 무엇인가'였다. 그때 내가 한 대답은 또 무려 '스스로 만들어가는 기쁨'이었다. 어디서 그런 대답이 튀어나온 건지 잘 모르겠지만 20여 년이 지난 지금의 내가 그때의 내 대답에 공감한다. 좋아하는 사람을 만나고, 좋아하는 일을 찾고, 좋아하는 공간을 떠올리고…… 스스로가 좋아하는 상태와 요건에 대해 적극적으로 고민하지 않으면, 인생이 판에 박힌 순환 구조가 되기 십상.

> 나무가 거기 있는 것은 거기에 뿌리를 내렸기 때문이다. 내가 여기 있는 것은 여기에 왔기 때문이다.

곰팡이가 피지 않도록 수시로 닦아주어야 한다, 여기로 온, 나의 삶도.

D에게 보낸 편지

앙드레 고르스 – 임희근 옮김 – 학고재 – 2007년 11월

당신은 곧 여든두 살이 됩니다. 키는 예전보다 6센티미터 줄었고, 몸무게는 겨우 45킬로그램입니다. 그래도 당신은 여전히 탐스럽고 우아하고 아름답습니다. 함께 살아온 지 쉰여덟 해가 되었지만, 그 어느 때보다도 더, 나는 당신을 사랑합니다.

이 책을 읽고 나면 나도 편지를 쓰고 싶어진다.
죽음이나 시간 같은 그런 거창한 것이 아닌
그저 우리가 함께 거닐었던 저녁들을 생각하며,
낮의 화려한 피곤을 버티고 버텨
서늘한 그늘 속으로 들어가듯 첫 글자를 적고 싶어진다.

우리가 즐겨 썼던 말들의 정원 속에서
순하고 가시가 없는 말들만 골라 조심스레 꺾어 화병에 꽂듯
이 모든 것이 당신 덕분이었다고
먼 훗날 고백하고 싶다.

우리는 둘 다, 한 사람이 죽고 나서 혼자 남아 살아가는 일이 없기를 바랍니다. 우리는 서로에게 이런 말을 했지요. 혹시라도 다음 생이 있다면, 그때도 둘이 함께하자고.

아름다운 애너벨 리 싸늘하게 죽다

오에 겐자부로 – 박유하 옮김 – 문학동네 – 2009년 12월

"아직 백 살까지는 시간이 있지. 소설도 주제보다는 새로운 형식을 발견하면 쓸 생각이야."

"끝까지 못 찾을 수도, 있습니까?"

"그럴 수도 있겠지."

"그래도 소설가로 살겠다는……"

"그렇게 생의 마지막을 맞이할 거다."

이 작품은 내가 읽은 첫 오에 겐자부로였다.

아직 살아 있는 노작가의 소설을 읽는다는 건 기묘했다. 그가 지금 이 순간 어디선가 몸을 움직여 글을 쓰고 있다는 것이 말이다.

첫 책으로 택한 이 책에서 그는 이미 노쇠한 소설가였지만, 그럼에도 불구하고 묵직하게 쌓아올린 그만의 시간으로 만들어낸 세계에서 나는 오래오래 머물렀다.

가면의 고백

미시마 유키오 – 양윤옥 옮김 – 문학동네 – 2010년 3월

우리는 서로 손을 내밀어 무언가를 지탱하고 있지만, 그 무언가는 있다고 믿으면 있고 없다고 믿으면 잃어버릴 듯한, 일종의 기체와도 같은 물질이었다.

가면을 쓴다는 것은 가면의 표상을 획득하려는 욕망이다.
그러나 그것은 또한 그 표상의 본질을 가질 수 없다는 사실의 증명이기도 하다.
그 욕망과 증명 사이에서 우리는 무언가가 '된다'.
그러나 그것이 대체 무슨 소용일까. 우리는 누군가의 연인이 '됨'으로써 결코 운명적이거나 근원적인 관계라는 것은 불가능하다는 사실을 증명할 뿐인데.

누구나 혼자인 시대의 죽음

우에노 지즈코 – 송경원 옮김 – 어른의시간 – 2016년 11월

어제 노작가의 책을 다시 들춰본 건 최근에 노후 혹은 노년에 대한 생각이 많아져서이다. 이 책도 그 연장선상에서 읽기 시작한 것. 미래는 기대되지만 나이듦은 두렵다. 언제까지 이렇게 일을 해야 하나 싶으면서도, 언젠가 내가 이 일에 필요한 사람이 아니게 될 것을 생각하면 그것이 훨씬 더 슬프다. 필립 로스가 『에브리맨』에서 썼듯 "노년은 전투가 아니다. 대학살이다".

기대 수명이 늘어나는 것이 기쁘지만은 않다. 그만큼 앓아누운 채 의학기술에 의지해 근근이 생명을 이어갈 날 역시 길어진다는 말이니까. 아끼던 사람들이 떠나가는 모습을 오래오래 봐야 한다는 뜻이니까. 그 하루하루를 무탈히 보낼 경제력을 그때까지 어떻게든 유지해야 한다는 말도 되니까.

초고령 사회에 일찌감치 접어든 일본의 사례는 우리의 근미래다. "인생의 마지막을 보낼 수 있는 장소가 없는 사람을 가리켜 '임종난민', '임종장소난민'이라는 말도 생겨났다." 우리가 근미래에 사용할 말들을 미리 보는 셈이다. 죽음에 대해 고민하고 관련된 책을 찾아보는 일은 분명 마음을 갑갑하게 한다. 그러나 부정할 수 없는 일이며 도망갈 수도 없는 운명이라면 마주하는 수밖에. 죽음을 마주하는 만큼 존엄한 인생에도 역시 가까워진다는 것, 죽음에 대한 사회 시스템의 케어가, 삶의 질을 훨씬 더 높이리라는 것, 인간이 겪는 가장 큰 아이러니가 아닐까.

물의 정거장

장석남 – 난다 – 2015년 12월

우리 북카페에도 도서 예약 제도가 있다.

그러나 아무리 서둘러도 하루 이상을 기다려야 하고 택배도 불가능하다. 책의 수령은 매장에서만 가능하다. 교보문고의 바로드림 서비스와 인터넷서점의 당일배송을 생각하면 우리 북카페의 예약 시스템은 무척 불편하다.

한 권의 책을 예약받아 판매하는 하는 일은 생각보다 번거롭다.

고객 정보와 예약 도서를 수기로 받아 적은 직원이 내게 문자로 알려주면, 나는 그것을 휴대전화에 저장해둔다(혹시 잊어버릴까 봐 운전중에 차를 갓길에 댄 날도 많다). 책은 별도 표기가 없이 무더기로 도착하는데, 신간 도서, 재주문 도서 등과 섞여 오기 때문에 책을 수령하는 직원이 예약 도서를 직접 찾아야 한다. 손님에게 문자를 보내고, 문자를 보냈다는 확인 표시를 해둔다(그러지 않으면 성실한 다음 근무자들이 같은 손님에게 계속 문자를 발송하기도 한다). 10퍼센트 할인을 하고 나면 이렇게 해서 우리가 버는 돈은 약 3,000원 정도다.

그러나 예약 시스템은 아마 오래 지속될 것이다.

나름의 우여곡절 끝에 도착한 책을 손님이 받아들 때, 우리는 함께 모종의 미소를 짓는다. 같이 불편을 공모하면서도 묘하게 즐거운 이 마음은 어디서 오는 걸까.

릴리트

프리모 레비 – 한리나 옮김 – 돌베개 – 2017년 4월

아마 이 나날의 기록에 가장 많이 등장한 작가는 프리모 레비가 아닐까. 그러길 바란다. 가장 아끼는 이름이니까.

『릴리트』는 레비의 소설집이다. 짤막한 분량의 작품 서른여섯 편이 '가까운 과거' '가까운 미래' '현재'라는 시점으로 분류되어 묶여 있다. '가까운 과거'는 아우슈비츠 수용소 시절에 영감을 받았거나 직접 겪은 일들이 소설화되어 자리잡았고, '가까운 미래'에는 근미래 SF라 볼 수 있을 과학적 상상력이 녹아든 작품들이, '현재' 편엔 앞의 두 구성이 적절히 섞인 작품들이 배치되어 있다.

중요한 것은 '가까운'이라는 수식어일 터이다. 실제로 레비는 인간이 어떤 얼굴을 할 수 있는지 극단에 가까운 경험을 하고 돌아왔으며, 과학적 사고가 기반이 되는 화학을 공부했고, 무엇보다 글로 써내는 사람이다. 그의 몸은 하나의 파이프가 되어 공시적, 통시적 시대의 흐름을 통과하고 담아내고 기억했으리라. 수용소에서의 경험과, 인간이 '이종교배'로 태어나게 되리라는 상상력을, 그 온도차를 한 사람이 품고 있다는 것. 그것이 '가까운'을 가능하게 한다. 레비의 여느 작품들과는 다른 이야기가 많이 담겨 있지만 결국 이것은 그의 작품임을 보여주는 인장印章으로서의 '가까운'이다.

핑거스미스

세라 워터스 – 최용준 옮김 – 열린책들 – 2016년 3월

나는 퀴어에게 이상하다고 말하지 않을 것이다.
혐오스럽다고도 말하지 않을 것이다.
그 모든 시선으로부터 벗어나기 위해 얼굴을 가리는
그 옆모습에 대고
심지어 아름답다고도 말하지 않을 것이다.

신중한 사람

이승우 – 문학과지성사 – 2014년 7월

이제 편집 들어가는 책은 이승우 작가님 열번째 소설집이다. 아직 가제도 붙이지 않은 따끈따끈한 원고가 내 손에 있고, 어떤 옷을 입고 어떤 카피에 둘려 책이 나올지는 아직 누구도 모른다. 무한한 가능성 가운데 내가 내리는 결정들로 조금씩 꼴을 갖추어갈 책.

몇 달간 김영하 작가님 작품들에 완전히 스며 있던 몸을 바꿀 때이다. 가장 좋은 방법은 이승우 작가님의 작품들을 읽는 것. 아홉번째 소설집과 두번째 소설집을 골라 눈에 잘 띄는 데 빼둔다. 틈날 때마다 조금씩이라도, 가능한 한 자주 읽기로.

> 못 견뎌 하면서도 견뎌낸 것은 견뎌내지 않을 때 닥쳐올 또다른, 어쩌면 더 클 수도 있는 억지와 불합리와 막무가내에 대한 예감 때문이었다. 부자연스러운 것을 꺼려하는 사람이, 꺼려하면서도 부자연스러운 것을 내치지 못하고 받아들이게 되는 공식이 그래서 성립한다. 부자연스러운 것을 꺼리는 사람은 그렇지 않은 사람보다 부자연스러운 상황을 더 잘 받아들이는데, 그것은 부자연스러운 상황을 거부하는 자신의 태도가 혹시 만들어낼지도 모를 더 부자연스러운 상황을 끔찍해하기 때문이다.

「신중한 사람」을 읽으니 웃음이 났다. 자주 다녔던 여행지에 오랜만에 발을 들인 기분. 아, 나는 이곳을 안다.

순간의 꽃

고은 – 문학동네 – 2001년 4월

테이크아웃 할인을 시작한 뒤로 커피를 테이크아웃해가는 손님이 부쩍 많아졌다. 인근의 직장인들이거나, 출퇴근길에 이곳을 지나가는 주민들이 주로 이용하는 것 같다. 주문한 커피가 나오기까지의 짧은 기다림 동안 대부분의 사람들이 휴대전화를 본다. 하지만 또 꽤 많은 이가 바로 옆의 서가로 걸어가 책들을 훑어보기도 한다. 그래서 카운터와 가장 가까운 서가에는 짧은 시간에도 읽기에 좋은 시집들이 꽂혀 있다.

『순간의 꽃』은 이 코너의 베스트셀러다.
커피를 기다리는 짧은 시간. 2분? 1분?
어쩌면 10초면 충분할지도 모른다. 가령 다음과 같은 글이라면.

노를 젓다가
노를 놓쳐버렸다.

비로소 넓은 물을 돌아다보았다.

일식에 대하여

이승우 – 문학과지성사 – 2012년 6월

"이승우를 읽고 싶다, 고 생각해서 이승우를 꺼내들었을 때, 이승우는 한 번도 나를 실망시킨 적이 없다"고 누군가가 말하던데, 오늘의 내가 그렇다.

작가마다 쓰고자 하는 것이 다 다르고, 덕분에 독자는 참 다양한 소설의 맛을 볼 수 있는데, 이승우 작가님의 작품을 읽을 때면 항상 '아, 인간이란 게 이렇게 생긴 종이구나. 인간의 정신, 거기서 시작된 인간의 행동, 반응, 대처란 이런 구조로 짜인 것이로구나' 생각하게 된다. 그런 나 역시 인간이므로 때로 부끄럽고 때로 아득해지기도 하는, 인간의 겉과 속.

그 생김생김들이 가족 관계에서, 특히 '(부재하는) 아버지와 아들'의 관계에서, '신(종교)과 인간'의 관계에서 또렷이 드러나고, 그렇기 때문에 가장 가까운 관계에서 느낄 수 있는 애증과, 가장 먼 관계에서 느낄 수 있는 숭고를 번갈아 체험하게 된다. 1980년대에 쓰인 소설, 이 책을 처음 읽었던 나의 이십대는 이미 21세기였다. 그로부터 10년 가까이 지나 다시 읽는 지금, 언제 읽어도 낡은 느낌은 받을 수 없다. 인간의 생김생김은 그때나 지금이나 크게 달라진 바 없으니. '이승우를 꺼내들었을 때, 이승우는 한 번도 나를 실망시킨 적이 없다'는 말은 10년, 20년 뒤에도 유효하리라는 것을 나는 이미 안다.

건축무한육면각체

장용민 – 엘릭시르 – 2016년 12월

단골손님이 1930년대의 작가 이상이 쓴 책을 찾았다. 이상이 쓴 책은 없다고 했더니, 이상과 관련된 책은 무엇이라도 좋으니 소개해달라고 했다. 나는 빈약한 서재를 한탄하며 소설 『꾿빠이, 이상』과 평론집 『몰락의 에티카』 두 권을 추천해주었는데, 그날 그 손님은 그 두 권의 책에 더해 『건축무한육면각체』까지 세 권의 책을 사갔다.

소설가 장용민은 힘이 세다. 어느 정도냐 하면 카페에서 그의 책을 집어들고 50페이지 이상 읽은 사람이라면 반드시라고 해도 좋을 정도로 그 책을 사간다. 거기에 더해 '이 작가의 다른 책이 있는지' 묻는 경우도 많다.

장용민의 첫 소설이자 네번째 복간본인 『건축무한육면각체』가 옷을 갈아입고 재출간되었다. 이상의 난해시 「건축무한육면각체」에 숨겨져 있는 비밀을 소재로 다룬다고 하는데, 말 그대로 '책을 부르는 책'이 한 권 더 생긴 셈이다. 서점 주인은 그저 고마울 뿐이다.

그의 책은 아직 책이 낯선 많은 이에게 계단이 되어준다. 이야기 위에 군림하려고 하지 않고 충실하게 기능하는 문장들이 벽돌처럼 차곡차곡 쌓여가면, 서재를 배회하며 책등을 기웃거리는 많은 이들이 완만한 산책로를 거닐 듯 소설을 읽어내려간다. 독자가 된다.

하나코는 없다

최윤 – 문학사상사 – 1994년 7월

요즘 우리 팀에서 준비하는 책 중 하나는 가을에 출간할 최윤 대표중단편선이다. 평론가가 엄선한 작가의 중단편을 엮는 작업. 내가 책임편집을 맡은 책은 아니지만 짬날 때마다 최윤 작가님 작품을 읽어두기로 한다. 첫번째는 역시, 「하나코는 없다」여야 할 것이다. 1994년 이상문학상 수상작인 그 단편으로 최윤 작가님을 처음 알았다(그 당시 읽은 건 아니지만).

하나코라 불리던 여인에 대한 기억, 베네치아의 이국적인 풍경, 떠나온 사람이 풍기는 몽환적인 뉘앙스 무색무취이지만 분명히 존재하는 안개처럼 작품 전반에 은은히 떠 있다.

'나'와 '나'의 친구들 몇의 모임이 있었다. 모두 남성. 그 모임에 이따금 참석하던 하나코. 하나코는 그녀의 코가 예쁘다는 이유로 붙여진 별명이다. 성격이나 행동에서 연유한 것이 아닌 별명에서부터 알 수 있듯 이 모임의 그 누구도 하나코에 대해 잘 알거나 진심으로 알고 싶어하지 않는다. 그저 편안한 대화 상대로, 연정의 대상으로만 존재하던 하나코. 누구에게나 비슷한 기억이 있지 않을까. 내 편의대로 생각해버린 사람, 그런 관계. 특히 이 작품에서는 그런 남성들 사이에서 존재하던 여성이라는 성별의 문제도 한몫하지만.

실제로 하나코란 인물은 존재하지 않는다는 것, 그들이 생각하던 하나코는 실제의 하나코와는 다르다는 것을 내포한 제목, '하나코는 없다'. 그러므로 그들은 누구도 하나코와 진짜 재회를 할 수 없었던 것이다.

아버지의 여행가방

오르한 파묵 외 10인 – 이영구 외 옮김 – 문학동네 – 2009년 4월

숨겨진 가족사를 떠올리게 하는 제목과는 달리, 이 책은 노벨문학상 수상연설집이다. 개인적으로 책이 출간될 때 제목 때문에 너무 아쉬웠던 기억이 있다. 나는 이 책의 제목이 부제 그대로 '노벨문학상 수상연설집'으로 나오길 바랐다.

노벨문학상을 수상할 정도로 명망 있는 작가들이 노년에 쓴 글이므로 깊은 사유와 명문장으로 가득한 책이다. 그러나 그중에서도 내가 특히 좋아하는 연설문이 있다. 비슬라바 쉼보르스카의 연설문이다. 그녀는 폴란드 태생의 작가로서는 드물게 우리나라에서도 일군의 팬을 거느리고 있는데, 아마 그 팬심의 대부분은 『끝과 시작』이란 시집에서 비롯되었을 것이다. 그녀의 연설문은 그녀의 시만큼이나 겸손하다. 겸손함 속에서는 아무리 거대한 사상을 담고 있는 말이라도 쉽고 간결하게 느껴진다. 아니, 어쩌면 쉽고 간결한 말이라서 '작은 모래 알갱이'가 '모래 알갱이 이상의 것'으로 바뀌는지도 모르겠다.

그녀의 글은 나무와 같다.

단순하고 자연스러운 글자 그대로의 의미가, 시간이 지날수록 마음의 풍경 어딘가에서 무성하게 자란다.

릿터 6호

릿터 편집부 – 민음사 – 2017년 6월

이번 호 『릿터』는 '기르는 삶'이다. 친정에는 열네 살 된 반려견이 있고, 독립 & 결혼하고는 반려묘들과 6년째 살고 있는 나로서는 그냥 지나칠 수 없는 테마. 문학이 내가 살아보지 못한 삶을 대리 체험하게 해준다면, 반려 동식물은 내가 그동안 알지 못했던 종류의 기쁨과 슬픔, 행복과 절망을 경험하게 해준다. 익히 알고 있다 생각한 그 감정들의 디테일과 폭이 이전의 삶과는 비교할 수 없을 만큼 풍부해지지.

'Memoir' 코너에 실린 여러 필자의 글을 다 읽은 뒤 마지막 문장만을 따로 떼어내 다시 한번 읽어보았다.

"그 점만 빼면 아보카도와 나는 그럭저럭 잘 지내고 있다."

"굿모닝, 하나인데 여럿인 수북씨, 오늘 기분은 어때? 아직도 붉어?"

"앞으로도 계속 잘하고 싶다."

"물론, 지금도 나는 충분히 행복하지만."

"그렇게 간직될 수 있도록, 그럴 수 있도록……"

이 문장들에 다 담겨 있네. '기르는 삶'이 무엇인지, 그 과정을 통해 내 삶에서 길러지는 것은 무엇인지. 내가 너의 기분을 신경쓴다는 것, 너와 함께 지내며 나의 상태를 돌아보고 점검한다는 것, 어떻게 살지 너와의 관계에 영향을 받는다는 것, 그러니까, 상호적이라는 것, 주고받는다는 것, 너와 나만이 감응하는 시간들이 쌓인다는 것.

어두운 상점들의 거리

파트릭 모디아노 – 김화영 옮김 – 문학동네 – 2010년 5월

『어두운 상점들의 거리』는 팔기 쉬운 책이다.

거리에서 책을 팔던 3년 전에는 이 책만 하루에 10권 넘게 판 적도 있다.

'기억을 잃어버린 탐정이 자신의 과거를 추적해나가는 소설'이라고 설명하고, 거기에 이 작가가 몇 년 전 노벨문학상을 수상했다고 덧붙이면 대개의 독자들은 의심 없이 사간다. 아니, 한껏 기대에 부풀어서 사가는 것 같다.

틀린 말은 아니다. 하지만 읽어본 사람은 알 것이다. 이 책은 그렇게 만만한 책이 아니다. 많은 프랑스 소설이 그렇듯 흐릿하고 모호하고 동시에 지적이며 난해하다. 이야기가 없는 것은 아니지만 이야기가 있다고 하기에도 애매하다. 심지어 얼마 전에 읽은 나조차도 내용이 거의 기억나지 않는다.

그래도 죄책감은 없다. 나는 재미없었지만 아내는 좋아하는 책이고, 아내뿐만 아니라 많은 문학 독자가 사랑하는 작가의 책이니까.

적

엠마뉘엘 카레르 – 윤정임 옮김 – 열린책들 – 2005년 5월

김영하 작가님이 모 인터뷰에서 '대통령에게 추천하고 싶은 책'으로 꼽은 책. 냉큼 주문하길 잘한 게, 나 같은 사람이 많았는지 며칠 뒤 일시 품절 되어버렸다.

이 작품은 1993년에 일어난 실화를 바탕으로 한 팩션으로, WHO의 존경받는 연구의醫 장클로드 로망이 자신의 아내와 두 아이, 그리고 친부모를 살해한 뒤 자살을 기도하나 미수에 그치고 체포된 사건. 여기까지만 해도 충분히 끔찍한데, WHO에 장클로드 로망이란 사람이 근무한 적이 없으며 그는 사실 의대를 졸업한 적도 없다는 사실이 독자를 기다리고 있다. 20년 가까이 지인은 물론 가족까지 감쪽같이 속이며 살아온 사람이란 점은 소설가의 촉수를 자극하기에 충분했으리라.

(의도된 것으로 보이는) 자살 미수 뒤, 죽지 않고 사는 것으로 죗값을 치르겠으며, 옥중 신앙생활로 '진실한 삶'을 만났다는 장클로드는, 영화 〈밀양〉을 떠올리게도 했다. 끝없는 거짓과 합리화와 자기최면과 자기 연민으로 "좋은 쪽으로 삶을 택하는 천부적 재능"을 가졌던 사람, 가면이 벗겨지더라도 이해해주고 보듬어줄 가장 가까운 사람들을 모조리 죽인 뒤 자신만은 살아남은 사람, '신실한 신앙인'이라는 새로운 역할을 기쁘게 받아들이고 충실히 역할을 수행하는 사람, 그가 실존 인물이라는 점이 김영하 작가님이 대통령에게 이 책을 권한 가장 큰 이유이리라.

그 남자의 고양이

샘 칼다 – 이원열 옮김 – 북폴리오 – 2017년 6월

서점에 놀러가는 날에는 대개 우연히 발견한 책을 사게 된다. 읽고 싶은 책들은 인터넷서점으로 주문하는 게 습관이 되어서일 것이다. 덕분에 요즘 서점에서 가장 많이 사는 책은 그림책이다. 선 자리에서 바로 빠져들 수 있는 것은 역시 글보다는 그림이다. 게다가 갓 나온 따끈따끈한 고양이 책이라면……

오늘은 남성 예술가들과 그들의 고양이를 함께 그린 일러스트북을 샀다. 시대를 풍미한 작가, 화가, 철학자, 일러스트레이터들과 그들의 고양이.

마크 트웨인의 고양이는 마크 트웨인을 닮았고, 무라카미 하루키의 고양이는 무라카미 하루키를 너무 닮았다. 마치 캣맨들의 뮤즈인 것같이, 혹은 그들 자신의 가장 부드러운 감정인 것같이.

챈들러는 소설을 쓰기 시작할 무렵부터 타키를 길렀다. 챈들러가 친구에게 쓴 편지에서 이야기하듯, 챈들러의 책상 위에는 늘 타키가 있었다.

> 보통 내가 쓰려 하는 종이 위에 앉아 있어. (……) 가끔은 타자기에 기대 있기도 하고, 책상 귀퉁이에 앉아 조용히 창밖을 내다볼 때도 있지. 마치 '친구, 당신이 하는 짓은 시간 낭비야'라고 말하는 것 같아.

그 남자의 고양이

샘 칼다 – 이원열 옮김 – 북폴리오 – 2017년 6월

6월이 좋은 건 내 생일이 있어서가 아니라 2011년 6월 11일, 그러니까 6년 전 내 생일의 이브에 만난 너희들 때문. 햇살이 뜨거웠던 그날, 너희를 만나러 해방촌으로 향하며 느낀 그 설렘은 최초의 것이었지. 이전까진 전혀 몰랐어, 그런 마음.

6월 한 달 내내 나는 시도 때도 없이 2011년 6월부터 지금까지의 너희들 사진을 찾아보고 또 보고 한다. 내가 느낄 수 있는 세상의 범위를 이렇게나 넓혀주어 고마워. 만나서 반가워.

+

반려묘 강이와 비를 만난 날이란 걸 남편은 아마 기억하지 못할 텐데, 오늘 서점에서 그가 고른 책이 공교롭게도 『그 남자의 고양이』였다. 그날도 오늘처럼 화창하고 강렬하고 풍요로웠지.

말들이 돌아오는 시간

나희덕 – 문학과지성사 – 2014년 1월

생일을 맞은 아내에게 편지를 쓴다.

식물들은 참 신기하지.
일정한 시기가 되면 둘로 나눌 수 있고
둘로 나누어도 아무것도 잃어버리지 않는
그런 무성함이 있다니.
그렇게 오래 같이 지내자—

나희덕 선생님의 시구에서 빌려와
아내에게 준다.
이것 또한 같은 종류의 무성함.

그때 그곳에서

제임스 설터 – 이용재 옮김 – 마음산책 – 2017년 6월

제임스 설터의 책을 읽는 서른다섯번째 생일. 생일의 책으로 고를 만큼 아끼는 이름이다, 제임스 설터. 신간 『그때 그곳에서』는 처음 읽는 설터의 에세이. 그만큼 기대도 크고 특별할 수밖에 없는.

> 진짜 호사는 가로지를 순 있지만 가질 순 없는 땅 위에, 바람 소리만 남은 고요함 속에, 저무는 태양을 제외한 영구함 속에 있다.

익숙한 설터표 문장. 그러나 대개의 여행 에세이가 그러하듯 '지금 이곳에서' 살아가는 나에게 '그때 그곳에서' 설터가 보고 느낀 많은 것이 속속들이 100퍼센트짜리 감정으로 전달되지는 않는다. 다만 그의 감각기관이라는 필터를 통해 '그때'가 언제든, '그곳'이 어디든 시공간을 초월해 어딘가를 그와 함께 응시하고 싶은 마음.

어제

아고타 크리스토프 – 용경식 옮김 – 문학동네 – 2007년 8월

나는 한 도시에서 아주 오랜 세월을 보냈어. 나는 그곳 사람들을 하나도 알지 못해. 그러니까 내가 어디에 있느냐는 중요하지 않아. 아무도 사랑하지 않았더라면 나는 자유롭고 행복할 수 있었을 거야.

상도르는 자신이 (어쩌면 마음속에서만) 기르는 작은 새에게 고백한다. 그는 모욕당한 친구들이 더이상 돌아오지 않는 도시에서, 저녁이면 문을 이중으로 걸어 잠그고 인생이 흘러가기를 초조하게 기다리는 사람들에 섞여 산다. 그는 공장 노동자지만 또 고독한 항해사이며, 그의 유일한 낙은 가끔 적는 항해 일지다. 우리는 언젠가 그 일지를 세상에서 가장 특별한 사랑 이야기라고 부를지도 모른다.

그가 사랑에 심장을 만들자 그것은 본능적으로 뛰기 시작했다.
누구도 막을 수 없는 속도로.
뛰는 것을 멈추면 심장은 멎을 것이다.
그는 사랑의 어찌할 수 없음을 아는 작가다.

어제는 내내 무척 아름다웠다.

모든 사랑은 어제가 되어, 죽음과 동시에 아름다움이 된다.
내가 너를 증오하고 너도, 아무도, 아무것도, 인생도 증오할지라도, 인생은 결국 시간의 단호함만큼 우리를 사랑하고 있다.

자명한 산책

황인숙 – 문학과지성사 – 2003년 12월

그 유명한 시 「강」이 수록된 시집.

시집을 꽂아둔 서가를 눈으로 훑다가 그 시를 읽으려 꺼냈다가 묵묵히 다음 시, 그다음 시를 읽어나갔다.

뭔가 목구멍까지 차오른다.

그 정체를 알게 된다면 나는 그녀의 시를 멈출 수 있을까.

시간이 갈수록 진해지겠지. 흔치 않지만 그런 사람이 여기 있다.

천천히, 스미는

리처드 라이트 외 – 강경이/박지홍 옮김 – 봄날의책 – 2016년 9월

좋은 에세이는 쓰는 대상을 감싸안는다.

누군가를 위해 눈물을 흘릴 때 그 사람은 왠지 강해 보인다.
그 눈물은 녹으면서 사라지는 게 아니라
어디론가 스며드는 것 같다.

날씨의 맛

알랭 코르뱅 외 – 길혜연 옮김 – 책세상 – 2016년 3월

김영하 작가님의 『오직 두 사람』 출간 기념 낭독회가 있었다. 나 혼자 알 수 없는 긴장감에 휩싸여 내내 상기된 얼굴로 행사를 지켜보았고, 팀 식구들에게 "오늘 너무 덥지 않아?" "나만 이렇게 덥나?" 하고 덥다는 이야기를 몇 번이고 반복하며 투덜거렸다.

정말 이상한 날이군. 날씨가 뭐라고, 하며 집어든 책이다. "날씨만큼 이데올로기적인 것은 없다"고 롤랑 바르트가 말했다는데, 앞의 두 챕터를 읽으며 놀란 것은, '기상 감수성'이라는 것이 분명히 존재하며 그것이 사회적, 역사적 맥락에 따라 전혀 다른 양상을 보인다는 것이었다.

"비에 대한 어떤 감상 태도는 때때로 사회적인 관습과 얽히게 된다." 19세기에는 비가 '하느님의 분노나 악마의 개입을 알려주는 신호'로 여겨졌다. 루이 필리프 1세는 비를 정치적으로 이용해 망토를 벗어던지고 백성들과 함께 비를 맞았다. 18세기엔 사람들이 햇빛이 몸에 해롭다며 두려워했으나 불과 2세기 뒤에는 태양 아래 선탠을 즐기는 사람들로 해안가가 북적이게 되었다.

감정의 역사, 감수성의 역사를 분석하는 수많은 방법 가운데 '날씨'와 관련된 감각과 감정의 변천사가 포함되리라고는 생각도 못했다. 나는 왜 이렇게 날씨에 예민하지, 스스로가 짜증스러웠던 마음도 어느덧 가라앉았다. 기왕 예민한 거, 이 책 읽으며 날씨에 따라 요란하게 바뀌는 내 맘도 좀 제대로 들여다봐야겠다.

그날들

윌리 로니스 – 류재화 옮김 – 이봄 – 2015년 1월

흑백 인물사진을 주로 찍은 윌리 로니스의 사진들은 일상을 경건함으로 감싼다.

사진에는 빛보다는 어둠이, 계획보다는 우연이 더 많이 담겨 있다.

그에 앞서 무슨 일이 일어났던 것일까.
이 뒤에 무슨 일이 일어날 것인가.
그러나 사진은 알려주지 못한다.
사진은 사건을 지나쳐서
침묵에 다가가고 있다.

침묵에 너무 가까이 다가가고 있다.

우리의 야생 소녀

윤진화 – 문학동네 – 2011년 12월

문학동네시인선을 거의 다 읽었지만 전부 다 읽은 건 아니다. 입사 전에 만들어진 초기 시집들은 시인선 50번 기념 자선 시집 『영원한 귓속말』로 약간의 힌트를 얻은 뒤 읽기 시작하곤 한다. 이 시집도 그랬다. 자선시로 「독수리 사냥 십계명」을 고른 시인. 십계명의 마지막은 이러하다. “10. 사냥한 곳을 다시 기웃거리지 말라./ 후회가 기다렸다는 듯 웃는다. 그러면 죽는 수가 있다.” 이 강렬함에 나는 한순간 꽂혔고, 『우리의 야생 소녀』를 급히 꺼내든다.

그리스 로마 신화에 등장하는, 여전사로만 이루어진 전설적인 부족 아마조네스는 남자아이가 태어나면 죽이고 여자아이만 길렀다고 한다. 여전사들은 활을 쏘는 데 거추장스러운 유방 하나를 도려내기도 했다. “허리춤에 사냥한 매를 단단히 꿰는 소녀, 매의 피가 소녀의 가랑이를 타고 흐른” 것을 시인은 「초경」이라 썼다. “한 번 물면 놓지 않는다./ (……)/ 피를 할짝할짝 핥으며 살점을 씹는다. 몸속 가득히 들어온다”고, 아버지에게 총구를 겨눈 사냥꾼의 살점을 씹어넘기는 것을 「초야初夜」라 썼다. 이쯤 되면 알 만하다. 원초적이며 싱싱한 리듬으로 그득한 세계, ‘우리의 야생 소녀’가 사는 세계가 어떤 곳인지. 이곳에서 심장은 두근두근 뛰지 않는다. 둥둥둥 둥둥둥, 말을 달리게 할 소리로 뛰는 것, 그 세계로 나도 겁없이 들어가보리라.

캣 센스

존 브래드쇼 – 한유선 옮김 – 글항아리 – 2015년 6월

우리 가게에서 가장 많이 팔리는 고양이 책은 '고양이는 세상을 어떻게 바라보는가'라는 부제가 붙어 있는 『캣 센스』다.

아내가 『새의 감각』이라는 책을 사온 적이 있었다. 그 책의 부제는 '새가 된다는 것은 어떤 느낌일까?'였는데 왠지 두 책이 자매처럼 느껴진다. 이런 부제는 동물애호가들이 사랑할 수밖에 없는 다정한 표현이며, 동시에 놀라울 정도로 효과적인 유혹이다.

『캣 센스』를 읽는다. 그런데 좋은 고양이 안내서로 평가받는 책들은 왜 하나같이 고양이의 조상부터 다룰까? 나는 한 시간 동안 야생 고양이 아종들의 역사적 분포를 따라 수천 년 전의 키프로스, 리비아, 짐바브웨 등을 거쳐 이집트에 당도한다. 그리고 또 한 시간…… 2000년 전의 이집트 고양이는 이제 제발 그만. 서론에서 이 책은 고양이의 현재 위치를 진단하고, 향후 수십 년 동안 그 위치가 어떻게 변화할 것인지를 살펴본다고 했는데, 나는 속으로 고양이의 미래 따위! 하며 책을 덮었다.

올빼미의 없음

배수아 – 창비 – 2010년 6월

2010년 6월, 이 책이 갓 나왔을 당시의 내 일기에는 이 책 출간 기념으로 열렸던 독자와의 만남 행사에 다녀온 날 기록이 있다. 게스트로 가수 이상은씨가 초대되었었다.

> 배수아는 내가 모든 작품을 다 읽은 유일한 국내 작가다.
> 이상은은 내게 가장 오랜 기간 영향을 미친 가수다.
> 더 말할 것도 없다. 그저 모든 것의 '가장'인 두 사람이다.
> 배수아는 스무 살의 내게 '유일한'이 무엇을 의미하는지 알려준 사람이다.
> 이상은은 열아홉의 내게 마음을 가라앉히는 길을 알려준 사람이다.
> 배수아가 낭독한 「올빼미」와 이상은이 낭독한 「올빼미의 없음」의 페이지를 세로로 길게 반 접었다.
> 귀퉁이가 작은 세모로 접힌 부분이 세로로 반 접혔다.
> 이미 수십 군데 작은 세모가 생긴 이 책은 덕분에 제법 두꺼워졌다.

떨리는 마음으로 사인을 받고자 줄을 섰고, 작가님은 자신의 이름을 한자로 또박또박 적어주었더랬다. 그녀는 기억하지 못하겠지만, 나에게는 잊을 수 없는 순간이다.

배수아 작가님의 소설집을 만들게 되었다. 내가. 배수아라니. 배수아 소설집이라니…… 이 일을 시작한 지 10년이지만, 나는 아직도 이따금 내가 하는 일이 비현실적으로 느껴진다.

나의 인생

마르셀 라이히라니츠키 – 이기숙 옮김 – 문학동네 – 2014년 3월

금요일 저녁은 〈알쓸신잡〉을 보는 날이다. 김영하, 정재승, 유시민, 황교익. 예능이 가능한 지성인들이 모여서 만든, 예능을 위장한 교양 프로다.

어제는 문학비평이 화두에 올랐다. 좋은 비평 문화란 무엇인가로 시작된 토론은, 1900년대 후반의 독일문학에 대한 이야기로 이어졌다. 그때는 책이 나오기 전 가제본을 만들어 언론사에 배포했다고 한다. 그러면 언론사가 비평가에게 가제본을 넘기고, 책이 출간되는 날 각 언론에서는 출간되는 책에 대한 비평을 일제히 게재한다. 이 비평의 결과에 따라 책의 운명이 좌우되는 경우도 많다. 어쨌거나 책이 대중적인 성공에 기대기 전에, 말하자면 어떠한 선입견도 생기기 전에 다양한 전문가들의 목소리를 들을 수 있는 것이다. 그런데 반대의 경우도 가능하지 않을까. 말하자면 신문에 실린 비평가들의 목소리가 책에 더할 수 없는 권위를 심어주어 독자들이 나름의 방법으로 받아들이기 전에 판결을 내려버리는 행태라고 볼 수도 있지 않을까?

어쨌거나 TV는 예전의 신문 이상으로 힘이 세다. 어제 언급된 독일의 문학평론가, '문학의 교황'이라고도 불리는 그의 자서전이, 오랫동안 정물처럼 놓여 있던 그 책이 오늘 두 권이나 팔린 것을 보면 말이다.

작가의 얼굴

마르셀 라이히라니츠키 – 김지선 옮김 – 문학동네 – 2013년 8월

어제 〈알쓸신잡〉에 마르셀 라이히라니츠키 이야기가 나오길래 이 책을 꺼냈다. 이 책이 한국에서 출간되고 한 달쯤 지나 그는 93세 나이로 타계하였다. 어떤 사람은 그 소식을 듣고 책을 펼쳤을지 모르겠으나, 나는 외려 그런 소식이 있으면 한동안 그의 책을 들춰보지도 못하는 쪽이라 읽을 타이밍을 놓쳐버렸다. 이듬해 『나의 인생』이란 그의 자서전도 출간되었지만 그땐 그 책표지에 그려진 얼굴 초상이 너무나 비호감이었으므로…… 읽지 않은 책에 대해 읽지 않은 이유를 말하는 일은 너무나 구차하구나…… 여튼 『작가의 얼굴』은 독일에서 '문학의 교황'이라 불린 그의 문학에 대한 단상을 작가의 초상화와 함께 엿볼 수 있는 책이다. 10여 년간 〈문학 4중주〉라는 서평 프로그램을 진행하며 문학의 대중화에 앞장섰던 그, 워낙 공격적이라 귄터 그라스나 페터 한트케 등은 그에게 등을 돌렸다고.

토마스 만에 대해 이야기하면서 '전혀 호감 가지 않는, 오히려 정나미 떨어지는 인간이라 할 수도 있겠다. 하지만 괴테나 하이네는 호감 가는 사람이었던가? 내 생각에 그들은 하나같이 그야말로 봐주기 힘든 사람들이었다'는—물론 뒤이어 '그럼에도 불구하고'가 덧붙는 호평이 뒤따르지만—그 거침없음이 놀랍다.

오늘도 불볕더위가 예상되고, 마르셀 옹의 사이다 발언은 이런 날 더욱 짜릿하고 청량하게 느껴질 듯하다. 좀더 읽어보기로 한다.

위로의 디자인

유인경/박선주 – 지콜론북 – 2013년 1월

오늘도 아내와 서점 데이트를 나섰다. 홍대의 '땡스북스', 거리도 가깝고 분위기도 좋고, 내키면 커피도 마실 수 있는 곳. 써놓고 보니 이런 조건이라면 내가 일하는 곳도 마찬가지다. 하지만 일하는 곳에서 놀 수는 없다.

새로 만들 북카페의 디자인에 한참 몰두해 있는 날들이다. 인테리어와 디자인 코너의 책들을 둘러보다 어떤 책의 첫 장에서 아주 매력적인 사진을 보았다.

'나부끼는 빛'이라는 소제목이 붙은 장에 있는 사진은, 하얗게 발광하는 수많은 종이가 이동하는 새떼처럼 프랑스 리옹의 어두운 광장을 가로지르는 장면이었다. 25미터 높이에 매달린 200개의 발광 종이들이 별처럼 빛나는 장면은 경이로웠다. 책을 좋아하는 사람이라면 누구라도 숨을 멈추고 바라볼 만한 광경이었다.

이 작품을 눈으로 직접 볼 수 있는 곳이 어디인지 검색해보았다. 폴 콕세지라는 디자이너의 작품으로, 놀랍게도 서울에 같은 작가의 비슷한 작품이 전시된 곳이 있었다. 사무가구 회사인 퍼시스 본사 로비였다. 그런데 이곳에 설치된 작품은 빛이 나지 않는다고 한다. 어떻게 그렇게…… 조명에서 빛을 빼버리다니. 책을 샀는데 내용이 백지인 그런 황당함과 같은 수준 아닌가. 정말 이해할 수가 없다.

시대의 소음

줄리언 반스 – 송은주 옮김 – 다산책방 – 2017년 5월

쉽지 않았던 오늘 점심식사 자리에서 가장 마음에 남은 건, 항암치료를 시작한 셋째 큰아빠 민망하실까봐 첫째 큰아빠와 막내인 우리 아빠가 나란히 모자를 쓰고 오신 거였다. 순서란 게 어디 있겠냐만서도, 너무 이르단 생각만 든다.

서울로 돌아와 익숙한 카페에 자리를 잡고 줄리언 반스의 신작을 읽기 시작했다. 천재 작곡가로 추앙받다가 하루아침에 모든 것을 잃어버린, 그 격차가 다분히 문학적이므로 이렇게 독특한 소설의 주인공이 된 남자, 피아니스트 쇼스타코비치가 주인공이라는 건 이미 알고 시작했다.

"이것이 우리가 사랑해야 하는 방식이다—두려움 없이, 장벽 없이, 내일 따위는 생각지도 않고. 그리고 나중에도 후회 없이."

50여 쪽을 간신히 읽다가 결국 이 문장을 만났고, 더는 읽지 못하겠어서 책을 덮었다. 목소리도 체온도 표정도 모르는 역사적 인물의 삶은 내게 위화감만 주었으며, 죽음을 앞둔 어른—그러나 늙지는 않은—의 인생, 속속들이 알지는 못하지만 내가 30여 년간 살아오며 직간접적으로 겪은 그의 인생이 참 소박하고 초라하게만 느껴졌고, 이 여위고 중학생처럼 짧은 머리로 내 앞에 나타난 인물이 내게 훨씬 더 생생했기 때문. 다시 이 책을 펴들 수 있을까? 적어도 한동안은 어려울 것 같다. 적어도 그에게 남은 시간 동안만큼은.

위건 부두로 가는 길

조지 오웰 – 이한중 옮김 – 한겨레출판 – 2010년 1월

어느 부르주아 사회주의자를 봐도 그렇다. 그는 이론상으로는 바리케이드에서 죽을 각오가 되어 있지만, 아직도 양복 조끼 맨 아래 단추는 채우지 않는다. 치즈를 칼끝으로 찍어 입에 넣는다거나 모자를 쓰고 실내에 앉아 있다거나 접시에 고인 차를 마신다거나 하는 일은 그로서는 거의 불가능할 것이다. 아마도 식탁에서의 예절은 그의 진정성을 검증하는 기준으로 별 손색이 없을 것이다. 나는 그런 사람들이 한 시간이 넘도록 자기 계급을 비판하는 장광설을 들어본 적은 여러 번 있어도, 프롤레타리아의 식탁 예절을 익힌 경우는 단 한 번도 본 적이 없다. 도대체 왜 그럴까? 모든 미덕은 프롤레타리아에게 있다고 생각하는 사람이 왜 아직도 수프를 소리 내지 않고 마시려고 용을 쓰는 것일까? 이유는 속으로는 프롤레타리아의 몸가짐을 역겨워한다는 것밖에 없다. 노동 계급을 혐오하고 두려워하고 무시하도록 배운 어린 시절의 교육에 아직도 반응하고 있는 것이다.

얼마 전에 본 영화 〈나, 다니엘 블레이크〉가 떠올랐다. 영화는 사회 시스템과 관료주의가 (특히 하층민들에게) 얼마나 비인간적인지를, 목수로 평생을 보낸 독거노인과 이민자이자 미혼모인 한 여인을 통해 그리고 있다. 영화는 호평 일색이었지만 내게는 너무나 불편했다. 영화를 본 모두가 체제의 부조리를 비판하기에 바빴지만, 그들은 진짜로 모르나? 체제는 실은 우리다. 우리는 우리 안의 독소를 떼어내 그것을 잠시 남인 양 구는 재주를 가졌다. 게다가 진짜 하층민들은 독립영화를 보지 않는다.

인간 실격

다자이 오사무 – 정수윤 옮김 – 비 – 2014년 12월

그가 태어난 날이자 자살한 그의 몸이 발견된 날이므로.
읽는다, 그가 마지막으로 쓴 소설.

산다는 것은 그 자체가 대사건이다. 여기저기 쇠사슬로 묶여 있어 꼼짝달싹을 못하게 된다.
—「앵두」 중에서

시를 쓴다는 것

다니카와 슌타로 – 조영렬 옮김 – 교유서가 – 2015년 9월

아내와 내가 함께 좋아하는 시가 있다.

여기

어딘가 가자고 내가 말한다
어디 갈까 하고 당신이 말한다
여기도 좋을까 하고 내가 말한다
여기라도 좋네 하고 당신이 말한다
얘기하는 동안 해가 지고
여기가 어딘가가 되어간다

이렇게 아름다운 시를 쓴 시인 다니카와 슌타로의 에세이를 읽었다. 일흔셋의 말년에 진행한 방송국과의 인터뷰를 책으로 묶어낸 것이다. 애초에 방송용으로 만든 것이어서인지, 시인이 워낙에 그런 사람인 것인지 인터뷰는 간결하고 쉬웠다.

읽으면서 여러 번 놀랐는데, 시인은 단순히 생계를 위해 시쓰기를 시작했다는 점, 주로 대부분의 시들을 주문 생산으로 썼다는 점, 늘 독자를 염두에 두고 썼다는 점이 그랬다. 작가라면 모름지기 세상과 타협하지 않는다는 그런 저항의 정신이 있어야 하는 것이 아닌가. 하지만 어쩌면 그것은 작가를 우상처럼 떠받들고 싶어하는 독자들만의 편견인지도 모른다.

마쓰모토 세이초 걸작 단편 컬렉션(上)

마쓰모토 세이초 – 이규원 옮김 – 북스피어 – 2009년 3월

어제는 적당히 가깝고 고루 먼 이들과 조촐한 저녁식사 자리가 있었다. 모두가 책을 좋아하고 심지어 관련된 일을 업으로 사람들. 다섯 시간 가까이 우리는 여러 작가와 책을 거론하며 밥과 술을 했는데, 그중 한 분이, 이제는 중산층 백인이 화자인 소설을 도저히 읽을 수 없다는 이야기를 꺼냈다. 가령 필립 로스 같은. 내 추측일 뿐이지만 그런 인물들에게 이입이 안 될뿐더러 이입하고 싶은 마음이 요만큼도 들지 않는다는 뉘앙스였고, 그런 뉘앙스는 이해가 가지만 단번에 납득이 되지는 않았다. 그저 나는 여전히 필립 로스를 즐거이 읽는 독자로서, 왠지 내가 아둔해서 아직도 필립 로스를 좋아한단 소리를 아무렇지도 않게 하는 것일까 하고 스스로에게 의구심이 생겼달까.

그분은 그런 작품을 빼니 남는 게 참 없더라며 요즘은 마쓰모토 세이초만을 반복해 읽는다고 하였다. 납득으로 가는 길이 좀더 멀어진 건 마쓰모토 세이초 때문이기도 한데, 내가 세이초의 작품을 하나도 읽지 않아서 로스와 다른 세이초의 매력이 도대체 뭔지 잘 알 수 없었던 것이다.

오늘 출근해 제일 먼저 한 일이 이 책을 주문한 일이다. 덕분에 이름만 익히 알던 작가의 세계에 드디어 발을 디디게 되었고, 내게 익숙한 작가의 작품들을 새롭게 바라볼 기회도 기대하게 되었다. 로스 vs 세이초, 세이초 vs 로스, 승자는……?(아, 이런 맥락이 아니었던 것 같은데……)

엄마는 해녀입니다

고희영 글/에바 알머슨 그림 – 안현모 옮김 – 난다 – 2017년 6월

해녀들의 바다에는 오래전부터 전해져 내려오는 아름다운 약속이 하나 있다고 한다.

넓은 바다를 밭처럼 가꾸는 것.
바다의 이야기에 귀를 기울이는 것.
어린것들은 잡지 않는 것.
자기 숨만큼만 머물면서
바다가 주는 만큼만 가져오는 것.
그것이 해녀들이 공기통을 쓰지 않는 이유다.

"오늘 하루도 욕심내지 말고 딱 너의 숨만큼만 있다 오거라."

할머니가 엄마에게, 엄마가 아직 어린 딸에게 대물림하는 것은 생업만이 아니다. 인류가 오래도록 보전해야 할 가치는 우리가 자연을 어떻게 통제할 것인지가 아니라, 우리가 자연 속에서 어떻게 살아갈 것인지를 묻는 것이다.

엄마는 해녀입니다

고희영 글/에바 알머슨 그림 – 안현모 옮김 – 난다 – 2017년 6월

어린이책으로 분류된 그림책을 자주 읽는 편은 아니지만, 가끔 이렇게 한번씩 읽으면 안 좋은 열기로 뜨거워졌던 마음이 가만히 가라앉는 게 느껴진다. 군더더기를 뺀 자연스러운 이야기, 그런 이야기가 줄 수 있는 담백한 메시지 덕분이겠지.

'바다밭'을 저마다 아름다운 꽃밭으로 가꾸어 "그 꽃밭에서 자기 숨만큼만 머물면서 바다가 주는 만큼만 가져오자는" 해녀들의 약속, "오늘 하루도 욕심내지 말고 딱 너의 숨만큼만 있다 오거라"라는 당부. 누군가의 인생이 바탕이 된 조언은 감동적인 데가 있고, 그것이 딸에게 하는 엄마의 말인데다 쨍한 색감으로 표현된 그림까지 더해지니 뭐, 이건 게임 셋이지.

덕분에 나의 들숨과 날숨에 가만히 집중해본다. 하루에도 몇 번씩 심호흡하지 않으면 해소되지 않는 기분들, "바닷속에서 욕심을 부렸다간 숨을 먹게 되어 있단다. 물속에서 숨을 먹으면 어떻게 되겠냐. 물숨은 우리를 죽음으로 데려간단다"라는 할머니 해녀의 조언을 손에 꼭 쥐고, 슬슬 출근 준비를 해야겠다.

수인

황석영 – 문학동네 – 2017년 6월

오늘 온 단골손님은 책을 살 때마다 '고맙다'고 말한다.
제값을 지불하고 사는 것임에도 늘 그렇게 말한다.
그 말이 얼마나 힘이 되는지 그는 알까.

우리 직원 중 한 명은 책이 없을 때마다 '죄송하다'고 말한다.
책이 없는 게 그의 잘못은 아닌데도 늘 그렇게 말한다.
그때 내가 얼마나 고마운 마음인지 그는 알까.

음료를 주문할 때보다 책을 살 때 모두가 조금 더 착해진다.
신기한 일은 아니다.
책은 상품이지만, 늘 그 이상이기도 한 것을 모두가 아는 것처럼.

굿바이, 스바루

덕 파인 – 김선형 옮김 – 사계절 – 2009년 9월

'뉴욕 촌놈의 좌충우돌 에코 농장 프로젝트'라는 부제가 붙은 책. 뉴욕 출신의 한 저널리스트가 촌구석 외딴 농장에 정착하며 겪는 좌충우돌 일상을 입담 좋게 푼 책이다.

석유를 쓰지 않기 위해 일제 승용차인 스바루를 버리고 포드 트럭을 구입, 식용유로 굴러갈 수 있게 개조하고, 아무리 에코 라이프가 좋다 해도 아이스크림만은 절대 포기할 수 없단 마음에 오로지 아이스크림을 만들어 먹기 위해 염소를 기르고, 태양열 발전으로 전력을 공급하겠다며 목숨 걸고 전지판을 설치하지 않나……

덕 파인의 비일상적인 일상이 흥미롭게 느껴지는 건 '즉흥성'도 한몫하는 듯하다. 즉흥적이랄 게 없는 삶. 일상에서는 고사하고 여행지에서조차 요즘은 너무나 발달한 기술 덕에 길을 헤매거나 맛없는 식당을 고를 일이 없다. 스마트폰이 손에 없으면 우연히 주어진 무수한 즉흥의 가능성을 즐길 일, 그러나 대부분은 불안에 떨겠지. 엊그제 집에 스마트폰을 두고 출근한 일이 있었다. 손이 허전했고, 실시간으로 쏟아지는 정보에서 조금 멀어졌으며, 시간이 느리게 흘렀다. 하늘을 올려다본 횟수와 이런저런 잡생각에 빠진 시간은 당연히 늘었다. 익숙한 공간이 낯설게 보이던 날. '굿바이'해볼지어다. 내게 찾아온 즉흥을 즐길지어다.

인테리어 원 북

윤소연 – 디자인하우스 – 2015년 4월

카페를 운영하는 것이 우아한 일이 아니라 고된 일이 되는 이유는 딱 하나다. 끊임없는 고장, 수리와의 싸움 때문이다. 갑자기 꺼지는 조명, 이상한 소리를 내며 멈추는 주방 기계, 여름만 되면 물이 새는 천장, 흔들거리는 테이블은 말할 것도 없고, 간판, 주차장, 에어컨, 스피커, 포스, 와이파이, 주말마다 역류하는 화장실 변기까지.

어제는 직원이 옆문을 잠그고 열쇠를 잃어버리는 바람에 열쇠를 다시 맞춰야 했다. 다행히 정문은 사용할 수 있었기 때문에 큰 문제는 아니었지만, 폴딩도어의 부속문인 옆문을 시공한 업체가 연락이 되지 않는다는 것에 또 울화통이 터졌다. 프랜차이즈나 대기업이 아닌 우리 같은 카페의 경우 시공 후 연락을 끊어버리는 시공업체가 꽤 많다. 돈 될 일은 더 없는데 AS만 하는 것은 귀찮기 때문이다. 여닫는 것도 문제지만 고장이 잦고 이용도 불편했기에, 이참에 문을 다른 형태로 바꿔 달까 하는 생각에 인테리어 업체를 찾아보게 되었다.

이 책은 북유럽 스타일로 집을 리모델링하는 인테리어 기록이다. 셀프 인테리어에 도전하고자 하는 일반인들을 위해 쓰인 것인데, 가게 운영에도 몇 차례나 큰 도움이 되었다. 저자가 직접 발품을 팔아 만난 좋은 시공업체들의 연락처까지 기재해뒀기 때문이다. 정보 과잉의 시대에 잘 편집된 정보는 언제나 유용한 법. 훌륭한 실용서는 여전히 인터넷보다 낫다.

미스테리아 11호

미스테리아 편집부 – 엘릭시르 – 2017년 3월

'문예지' 카테고리에 속한 잡지 가운데 내가 모르는 이야기가 이렇게 많이 나오는 잡지가 또 있을까 싶은 잡지, 『미스테리아』. 소위 장르문학이라 불리는 영역은 내게 무지이자 미지의 영역이며 그만큼 호기심도 많은데 어디서부터 어떻게 시작하면 좋을지 모르겠다. 그래서 집어든 것이 이 잡지. 조금이라도 아는 대목이 있는 부분부터 읽어보잔 마음으로 휘릭휘릭 넘기다가 '트루먼 커포티'라는 이름이 나오고서야 멈출 수 있었다. '미국의 아침식사, 『인 콜드 블러드』'라는 타이틀의 꼭지로, '음식이 중요한 소재로 등장하는 미스터리 소설의 달콤한 쓴맛을 세심하게 해설'하는 글이라고 한다.

작품 속 두 살인자의 대조적인 아침식사 습관을 분석하고, 커포티가 그것을 어떤 방식으로 그려내며 그 이유는 무엇인지를 커포티의 실제 식사 습관까지 들어 고찰한.

'네가 읽어온 책을 보면 네가 어떤 사람인지 알 수 있다' '네가 나고 자란 곳을 보면 네가 어떤 사람인지 알 수 있다' 유의 말은 얼마든지 있다. '네가 아침에 먹는 것들을 보면 네가 어떤 사람인지 알 수 있다' 역시 가능할 것이다. 너무나 일상적이라 누구도 중요하게 살펴보지 않을 법하지만, 이 글 덕에 그것이 결코 별것 아니지 않다는 것을 알게 되었다. 미뤄둔 책 중 하나인 『인 콜드 블러드』를 읽기에 가장 좋은 때이지 싶다. 좋은 문예지란 단행본으로 가는 안내자 역할을 한다는 것을 오랜만에 깨닫는다.

황금 물고기

르 클레지오 – 최수철 옮김 – 문학동네 – 2009년 12월

예닐곱 살 무렵에 나는 유괴당했다. 그때 일은 잘 기억나지 않는데, 너무 어렸던데다가 그후에 살아온 모든 나날이 그 기억을 지워버렸기 때문이다.

'라일라'라는 한 흑인 여성의 가혹한 일생의 시작은 이 작은 고백에서부터다. 우리 모두가 그러하듯 무지에 가까운 순수함과 막연한 공포 속에서 작은 씨앗 하나가 땅으로 떨어진다.

처음 라일라의 세상은 거짓말과 도둑질로 시작되었다. 그다음은 앎과 배움, 그다음은 춤과 노래, 그리고 평생에 걸친 폭력과 학대. 수많은 사람을 만나고 알아가며 라일라는 느낀다. 자신이 진정으로 원한 건 자기 자신이라는 것을. 그것을 사람들은 '자유'라고 부른다는 것을.

떠나기 전에 나는 바닷속의 돌처럼 매끄럽고 단단한 노파의 손을 만졌다. 단 한 번만, 살짝, 잊지 않기 위하여.

라일라는 어쩌면 그냥 대단찮은 물고기였는지도 모른다. 하지만 수많은 사람을 만나며 그녀가 느꼈던 세상이 황금빛으로 빛나는 바다가 아니었을까. 절망을 품고서도 아름답게 빛났던 그녀의 비늘에 나의 숨결도 섞여 있다고 믿는다. 그것이 때로는 거짓말과 위선일지라도, 그녀는 울고 소리지르고 껴안으며 언젠가 어느 날에 나를 스쳐갈 것이다. 한 마리의 황금 물고기처럼.

걷기 예찬

다비드 르 브르통 – 김화영 옮김 – 현대문학 – 2002년 1월

이 책을 알게 된 것은 몇 해 전 김화영 선생님의 번역 후기 모음집을 준비하면서였다. 그러니까, 번역된 책보다 역자의 후기를 먼저 읽은 셈인데, 그 글 속 "세계가 우리의 손아귀에서 빠져나가 파악하기 어려워질 때 그 지주로서 남는 것은 몸이다"라는 한 문장이 내 머릿속 한구석에 이 책을 기억해둘 만한 책으로 저장해둔 것이다.

걷는 것을 좋아하느냐는 질문에 '좋지도 않고 싫지도 않다'라고 대답하는 사람도 있을까? 누구나 일상적으로 걷지만, 다른 방법이 있다면 굳이 걷지 않는 사람과, 다른 방법이 있어도 굳이 걷는 사람으로 '굳이' 나눌 수도 있는 것이 걷기이다.

"시간과 장소의 향유인 보행은 현대성으로부터의 도피요 비웃음"으로 여겨질지 모르지만, "우리들의 발에는 뿌리가 없다. 발은 움직이라고 생긴 것"이라는 게 이 책의 요지이다. 하루의 거의 대부분의 시간을 책상 앞에 앉아 있고, 이동하는 대부분의 시간에는 교통수단에 앉아 있는 현대인들에게 발은, 점점 더 '현재 이곳에 존재하고 있다는 느낌'을 주기 위한 추錘로 기능 아닌 기능을 하는 게 아닐까.

오랜만에 단비가 내린다. 오늘 내가 할 일은 우산을 들고 편안한 신발을 신고 나가는 것이다. 내 몸에 집중하고 비를 맞는 내 일상의 풍경들을 관찰하며 "장소들의 거울"이 되는 것이다.

문학동네 67호(2011년 여름)

문학동네 편집부 – 문학동네 – 2011년 8월

나희덕 선생님의 책을 찾는 손님이 있었는데, 매번 같은 자리에 진열해둔 선생님의 시집이 오늘따라 이상하게 보이질 않았다. 여기저기 찾아보고, 창고에 가서 재고도 뒤져봤지만 책은 없었다. 아마 누군가 꺼내어 읽고 있을 터였다.

책이 없다는 것을 알면서도 미안한 마음에 2층까지 뒤지다가 문학동네 계간지들이 진열되어 있는 코너로 눈이 갔다. 어딘가에 나희덕 선생님이 발표한 시가 실려 있을 텐데, 그거라도 드려야겠다는 생각이 들었다. 다행히 6년 전에 나온 책에 선생님의 이름이 있었다.

"시집은 지금 없는데, 혹시 괜찮으시다면 이 책도 좋을 것 같아서 가지고 와봤어요. 제가 정말 좋아하는 선생님 시도 실려 있어요."

그렇게 책을 드리고 건너편 테이블에서 하던 일을 계속했다. 두 시간쯤 지났을까, 아까의 그 손님이 오더니 납작하게 접힌 일회용 컵홀더 위에 사탕을 올려서 주고 눈인사를 하고 갔다. 컵홀더의 빈 곳에는 손글씨로 이렇게 적혀 있었다. "정말 감사합니다. 저는 「흑과 백」이라는 시가 너무 좋네요."

실수하는 인간

정소현 – 문학과지성사 – 2012년 9월

책장을 훑다가 눈이 멈춘 책. 단행본이 이 책 한 권뿐인, '좋아하는'이라고 말하기엔 다음 책이 너무 늦는 거 아닌가 싶은, '좋아했던'이라 말하기 전에 얼른 두번째 책이 나오길 바라는, 정소현 작가의 첫 소설집. 책이 묶인 게 5년 전이니 수록작들이 쓰인 건 그보다도 오래전이다. 계간지에서 이 이름이 보이면 무조건 그 단편부터 읽었던 시기가 있었다.

"한 편 한 편 읽어나갈수록 손끝이 차가워진다. 보일러를 빵빵하게 틀어놓았는데 왜 이리 춥지. 어쩜 이리 잘 쓰지."

이 책이 출간되고 두 달쯤이 지나 읽고는 트위터에 이렇게 적어두었던 기억이 있다.

집안의 온도가 27도인 오늘, 오랜만에 꺼내 앞의 세 편을 다시 읽었다. 기본적으로 다정하지 않고, 몽환적이고, 해피는 없고 엔드만 있는 소설들. 아, 이 서늘함을 나는 좋아했지, 지금 읽어도 정말 좋네. 빈곤하고 외롭고 불안하고 비도덕적인 인간은 여전히 많고, 그런 인간을 만들어내는 사회의 비윤리성 역시 더하면 더했지 부족함 없다. "무엇이 실수였고 무엇이 고의였는지 알 수가 없었다. 정확한 것은 태어난 것이 실수라는 것이다" 같은 신랄한 문장을 얼른 다시 만나고 싶다.

작은 우주들

클라우디오 마그리스 – 김운찬 옮김 – 문학동네 – 2017년 3월

계절마다 일회용 컵홀더를 바꾼다.

컵홀더에는 늘 그 계절에 출간된 신간 도서에서 뽑은 문장을 넣는다.

오늘 한 손님이 컵홀더의 문장을 읽다가 그 자리에서 책을 사 갔다.

클라우디오 마그리스의 에세이에서 빌린 문장이다.

작별은, 사과 한 알 같은 이 세상을
아프게 쪼개어 나누는 하나의 칼과 같다.

운다고 달라지는 일은 아무것도 없겠지만

박준 – 난다 – 2017년 7월

오늘 회사에 입고된 책. 서점에는 모레 배본되니 빠른 독자들은 모레, 대개는 글피 이후 이 책을 만나게 될 것이다. 그러므로 어쩌면 나는 이 책을 만들고 파는 사람들을 제외하고 첫번째 독자일지 몰라. 그랬으면 좋겠다.

친구 준이의 첫 산문집. 시집 원고를 처음 받았을 때의 느낌이 떠오른다. 행갈이가 거의 없었던, 소위 산문시로 그득했던 원고. 수정하고 정리하는 과정을 거치며 우리 눈에 익숙한 시의 모양새로 많이 바뀌었지만, 이 산문집에는 시인으로서의 박준의 원류랄까, 코어랄까, 근원적인 뭉근함이 적잖이 담겼다.

「그해 인천」「그해 경주」「그해 여수」「그해 협재」「그해 묵호」「그해 연화리」 등의 글 제목들이 내 눈에는 특별히 들어온다. 장소에 대한 기억, 내가 준이의 글을 읽을 때면 늘 부럽다 생각하는 것. 사람이 과거를 자기 안에 담아두는 방식은 참 여럿 있겠지만, 이렇게 장소에 기반을 둔 방식이 마음을 울리는 건 '우리는 이제 그곳에 없다'는 것을 절절히 상기시키기 때문이 아닐까. '그때 그곳에서의 우리'를 '나는 혼자 여기서 이렇게' 기억하고 있어, 라는 말이 그의 모든 문장과 문장 사이를 채우게 되어버렸기 때문이 아닐까.

아, 이런 말들이 다 무슨 소용이람. 이미 첫 꼭지에서 눈물이 핑 돌았는걸. 그것으로 그냥 족한 게 아닐까. 나처럼 울겠지, 이 책을 곧 만나게 될 그 많은 사람도. 울기 좋은 여름밤, 마음놓고 함께 웁시다.

독설의 팡세

에밀 시오랑 – 김정숙 옮김 – 문학동네 – 2004년 10월

물류 창고에 왔다.

가끔은 신간 서적이 아닌, 오래된 책들 속에서 보물을 찾고 싶어질 때가 있다. 인터넷으로도 검색이 가능하지만 나는 실제로 만져보고 책을 고르는 것을 훨씬 선호한다. 실물로 마주하는 책은 화면 속의 책과는 상당히 다르다. 여름 한낮의 더위가 무색하게 창고는 서늘하다. 한 시간 정도 둘러봤을까. 한 손에 맞춤하게 들어오는 작은 판형의 양장본이 눈에 띄었다. 여름에 어울리는 선명한 녹색이다. 펼쳐 읽어보니 잠언집이다. 20세기의 루마니아인이 쓴 잠언집.

> '진리'. 우리는 더이상 그 무게를 감당하고 싶지도, 그것에 속거나 공범이 되고 싶지도 않다. 나는 쉼표 하나를 위하여 죽게 되는 세상을 동경한다.

처음 만나는 문장이 예사롭지 않다. 게다가 쉼표. 그것은 바로 우리 가게의 로고가 아닌가. 나는 이 운명적인 만남을 기뻐하며 너댓 권을 챙겨 차에 싣는다. 20세기에 쓰였고, 13년 전에 번역되었으며, 오랫동안 창고의 서늘한 냉기 속에 보관되었던 이 아주 오래된 책을.

베누스 푸디카

박연준 – 창비 – 2017년 6월

이따금 사인본을 받는다. 그런 지 몇 해째. 그러나 앞으로 몇 해가 지나도 익숙하고 담담해질 수 없을 일.

누군가가 새책을 내고, 나를 떠올리며 자신의 이름을 적고 있는 풍경을 생각하면, 양손을 바지춤에 슥슥 삭삭 문지르고 공손히 두 손 모아 내밀어 받게 된다.

엊그제 주문한 시집 두 권이 어제 도착했다. 그중 한 권의 시집과 같은 시집이 오늘 한 권 더 생겼다. 내 이름과 시인의 이름이 위아래로 적힌 버전으로.

어제 받아 그 자리에서 절반쯤 읽은 시집. 그러므로 완전히 낯설지는 않은. 그러나 낯선 글자와 메시지가 더해지며 세상에서 유일한 책이 된, 『베누스 푸디카』. 고맙습니다. 아껴 읽을게요.

작가를 위하여

김원우 – 글항아리 – 2015년 9월

북카페만의 특별한 정서가 있을까?

우리 북카페의 단골 중 많은 이는 글을 쓰는 직업을 가진 사람들이다. 시인, 소설가, 에세이스트, 시나리오 작가, 그리고 습작생. 처음엔 그 사실을 몰랐다. 그런데 매일 정해진 시간에 출근하듯 왔던 손님 중 꽤 여러 사람이 이곳에서 쓰고 완성한 책이라며 자신의 책을 선물로 주곤 했다. 언젠간 여기서 쓴 희곡이 연극으로 만들어졌다며, 직원 모두 보러 왔으면 한다고 연극 티켓 한 묶음을 선물로 준 손님도 있었다. 그때만큼 보람을 느끼는 순간도 드물다. 그저 수많은 카페 중 하나에 불과한 공간일 수도 있었을 텐데, 이런 추억들 덕에 이곳이 단 하나뿐인 바로 그 장소가 되어가는 것 같다. 어떤 손님들에게도, 그리고 나에게도.

언제부턴가 자연스레 '작가 에세이'라는 코너가 생겼다. 그곳에는 『작가를 위하여』 『소설가의 일』 『작가의 얼굴』 『글쓰는 여자의 공간』 등이 진열되어 있다. 전업 작가와 예비 작가를 위한 코너다. 그리고 이 코너는 우리 가게에서 가장 인기가 많은 곳이기도 하다.

굿바이, 콜럼버스

필립 로스 – 정영목 옮김 – 문학동네 – 2014년 8월

"나는 너를 사랑했어, 브렌다. 그래서 걱정을 했던 거야."

"나도 너를 사랑했어. 그래서 애초에 그 빌어먹을 걸 얻으러 갔던 거야."

그 순간 우리는 우리가 말한 시제를 들었고, 우리 자신에게로, 침묵으로 물러났다.

좋아하는 작가의 글에서 몇 해 전 한여름에 읽은 책을 만났다. 사랑에 대한, 특히 여름에 빠지는 사랑을 떠올리게 하는 글 덕분에 오랜만에 나의 사랑들을 떠올린다. 공교롭게도 첫사랑과 지금의 사랑을 제외하고는 내 모든 사랑들이 한여름에 시작되었음을 깨달았다. 그 기억들을 들여다볼 때면, 눈부신 햇살 아래 손차양을 하고 저 멀리 사라져가는 이의 뒷모습을 보는 것과 유사한 기분이 들었던 이유가 여기에 있을지 모른다는 생각도 해본다. 그 여름들. 그 이름들. 끝나지 않을 것 같았던 그 여름들은 당연히 끝이 났고, 잊히지 않을 것 같았던 디테일들도 제법 빠르게 사라져갔다. 아, 우리는 끝이 났네, 하고 완전히 깨닫는 것을 나는 줄곧 미루는 타입이었기에, 내 기억 속 계절은 내내 여름에서 벗어나지 못했고, 다만 잘 지내냐고, 잘 지내길 바란다고 또 한번 안부를 묻는다.

북유럽 인테리어 여행

이시은 – 동아일보사 – 2014년 7월

교보문고 백석점에 들렀다. 오늘도 필요한 책이 있어 곧장 해당 코너로 향했다. 공간디자인과 관련된 책을 찾고 있는데, 해당 분야가 따로 진열되어 있지 않아서 책을 찾는 데 애를 먹었다. 인터넷에 너무 많은 정보가 돌아다니는 탓에 아마 실용서는 갈수록 서점에서 보기 힘들어질 것이다. 좋은 실용서는 꾸준히 출간되고 있지만 진열할 장소가 부족하다. 그나마 겨우 있는 몇 권의 책 중에서도 안그라픽스 출판사의 책들은 모두 비닐 포장되어 있어 볼 수가 없었다.

겨우 찾은 책은 이 한 권. 그래도 17년 차 인테리어 디자이너가 암스테르담, 코펜하겐, 스톡홀름, 헬싱키를 다니며 카페, 갤러리, 호텔, 레스토랑, 편집숍 등 분야를 가리지 않고 단련된 눈썰미로 찍어준 사진들 덕에 참고할 만한 아이디어가 많았다. 특히 유럽이나 아시아와는 달리 현실적으로 언제 가볼 수 있을지 알 수 없는 북유럽의 대도시들이라는 점이 마음에 들었다. 어, 그런데 이 사람. 나와 취향이 비슷하다. 인터넷서점에서 저자 정보를 찾아보니 저자는 인테리어 디자이너이면서 동시에 카페를 직접 운영하고 있기도 했다. 어쩐지 반가운 기분. 그가 운영하는 카페 이름을 기억해둔다.

사평역에서

곽재구 – 창비 – 1983년 5월

나와 태어난 해가 같은 이 책을 쓴 시인을 내일 만난다. 그가 20년 가까이 머무르고 있는 곳이자 내가 1년에 두 번 내려가는 곳, 그러니까 명절에, 시부모님을 뵈러 가는 곳, 내가 조금씩 알아가고 있는 곳, 순천으로.

사람은 변하기 쉬운 만큼 본질이랄까, 바탕은 그만큼 변하기 어렵다는 모순적인 마음을 품고 대표작이자 첫 시집인 『사평역에서』를 읽는다. 곽재구 시인을 추측하고 그려보기 위해서.

1981년에 등단해 1983년에 첫 시집을, 그것도 창비에서 출간했다는 것은 그가 당시 얼마나 주목받는 시인이었는지 짐작게 한다. 그런 첫 시집의 1부를 미발표시들로 채운 서른 살 젊은 시인의 고집스러움은 얼마나 꼿꼿한 것이었을지.

아니, 그것은 확고한 방향성으로 보인다. "나는 아직 젊고, 적어도 내가 쓰는 시에 있어서만은 속되거나 스스로의 자유를 구속할 한가함이 없으므로 나는 내가 꿈꾼 서정시에의 가능성을 향해 한 걸음씩 도전해나갈 것이다"라는 '시인의 말'이 내 가슴을 뛰게 한다. 부드럽고 튼튼한 분일 거란 생각, '바닥에서도 아름답게'라는 그의 시 제목과 가까운 분일 거란 생각.

'역 앞 시장통에 심다라는 이름의 책방이 있고 녹두팥죽 파는 죽집이 있습니다. 함께 팥죽 먹어요(서점에서 시켜 먹을 수 있음)'이라고 메일에 적혀 있었다. 따뜻한 음식을 마주하고 어떤 이야기를 나누게 될지. 이 맛에 나는 편집자로 사는구나, 새삼스럽게 설렌다.

그래, 책이야!

레인 스미스 – 김경연 옮김 – 문학동네어린이 – 2011년 2월

컴퓨터를 하고 있던 동키가 책을 읽고 있는 몽키에게 묻는다.

그건 뭐야?
스크롤은 어떻게 해?
마우스는 어디 있어?
게임할 수 있어? 메일 보낼 수 있어?
트위터는? 와이파이는?
이건 책이야. 자, 봐봐.
비밀번호 있어야 해? 닉네임 있어야 해? 걱정 마, 다 보면 충전해놓을게.
충전할 필요 없어. 이건 책이니까.

이 그림책은 아직 책이 무엇인지 모르는 어린이들을 위한 책이다. 내용은 단순하다. 꼬치꼬치 캐묻는 동키에게 그냥 책을 쥐여주며, 이건 책이라고 설명하는 것이 전부다. 그러나 책을 읽은 모든 어른들은 묘한 그리움과 향수에 젖을 것이다. 어릴 적 내 안의 침묵 속으로 빠져들어 어디로도 갈 수 있었던 바로 그 순간에 손에 쥐고 있던 그것, 내가 지나온 시간들 사이에 촘촘하게 박혀 있는 보석 같은 순간들.
그래, 그건 바로 책이라고.

바깥은 여름

김애란 – 문학동네 – 2017년 6월

순천으로 향하는 기차 안에서 읽었다. 내내 울면서.

'바깥은 여름'이고 문을 열고 나가면 선명한 여름 햇살이 내리쬐겠지만, 이 안은 아직 시린 겨울. 소중한 사람, 좋았던 시절을 잃은 인물들이 문 앞에 웅크리고 앉아 있다.

이들 모두 어디에서 온 걸까.

그리고 이제 어디로 가고 싶을까.

작가도 궁금해한다. 알 수 없으므로.

"'과거'가 지나가고 사라지는 게 아니라 차오르고 새어나오는 거란 생각" "살면서 나를 지나간 사람, 내가 경험한 시간, 감내한 감정 들이 지금 내 눈빛에 관여하고, 인상에 참여한다는 느낌" "그것은 결코 사라지지 않고 표정의 양식으로, 분위기의 형태로 남아 내장 깊숙한 곳에서 공기처럼 배어"나온다는 「풍경의 쓸모」의 한 대목. 그러므로 우리는 모두 2017년 6월의 마지막을 살고 있지만, 동시에 우리는 전혀 다른 시대와 계절과 시간을 살고 있다는 것.

창밖은 온통 푸른 것투성이고, 구름은 하얗다. 모든 것이 빛나는 이 계절이 누군가에게는 당혹스럽고 납득되지 않을 것이다. 이제 그만 이 계절로 넘어오라고, 함부로 말할 수 없는 일들, 그런 일을 겪은 이들이, 웃음기 거두어진 김애란의 문장으로 내 가슴에 깊이 새겨졌다.

두 손으로 얼굴을 감싸 눈부신 여름빛을 막고 우는 사람들이 많겠구나, 이 책을 읽고, 나처럼. 필요한 눈물들일 것이다.

2017. 7. 1–12월의 오늘

Jul.Aug.Sep.Oct.Nov.Dec.

2017. 7. 1–12월의 오늘

Jul.Aug.Sep.Oct.Nov.Dec.

혼자를 기르는 법 – 김정연 – 창비 – 2017
릴리트 – 프리모 레비 – 돌베개 – 2017
정희진처럼 읽기 – 정희진 – 교양인 – 2014
코스모스 – 칼 세이건 – 사이언스북스 – 2006
이 작은 책은 언제나 나보다 크다 – 줌파 라히리 – 마음산책 – 2015
겹겹의 공간들 – 최윤필 – 을유문화사 – 2014
우리 삶이 춤이 된다면 – 조던 매터 – 시공아트 – 2013
1913년 세기의 여름 – 플로리안 일리스 – 문학동네 – 2013
어쿠스틱 라이프 – 난다 – 애니북스 – 2017
파리의 작은 집 인테리어 – 다키우라 데쓰 – 앨리스 – 2013
푸코, 바르트, 레비스트로스, 라캉 쉽게 읽기 – 우치다 타츠루 – 갈라파고스 – 2010
가까이 그리고 멀리서 – 디디에 에리봉 – 강 – 2003
나, 그리고 그 밖의 것들 – 수잔 손택 – 이후 – 2007
여덟 단어 – 박웅현 – 북하우스 – 2013
바깥은 여름 – 김애란 – 문학동네 – 2017
우리 – 독립책방 – 북노마드 편집부 – 북노마드 – 2015
아이사와 리쿠 – 호시 요리코 – 이봄 – 2015
판탈레온과 특별봉사대 – 마리오 바르가스 요사 – 문학동네 – 2009
나의 우주는 아직 멀다 – 마스다 미리 – 이봄 – 2014
슈만, 내면의 풍경 – 미셸 슈나이더 – 그책 – 2014
거창한 꿈 – 장 자크 상뻬 – 열린책들 – 2010
머리 위를 조심해 – 이수진 – 문학동네 – 2016
최선의 삶 – 임솔아 – 문학동네 – 2015
세계사 편력 – 자와할랄 네루 – 일빛 – 2004
죄와 벌 – 표도르 도스토예프스키 – 열린책들 – 2011
미래의 건축 100 – 마크 쿠시너 – 문학동네 – 2015
정오의 희망곡 – 이장욱 – 문학과지성사 – 2006
이게 다예요 – 마르그리트 뒤라스 – 문학동네 – 1996
아름답고 쓸모없기를 – 김민정 – 문학동네 – 2016
시노다 과장의 삼시세끼 – 시노다 나오키 – 앨리스 – 2017
쓰가루·석별·옛날이야기 – 다자이 오사무 – 문학동네 – 2011
개 고양이 사료의 진실 – 앤 N. 마틴 – 책공장더불어 – 2011
소비자는 무엇으로 사는가 – 니콜라 게겐 – 지형 – 2006
북호텔 – 외젠 다비 – 강 – 2009
잠수복과 나비 – 장 도미니크 보비 – 동문선 – 1997
작은 겁쟁이 겁쟁이 새로운 파티 – 정지돈 – 스위밍꿀 – 2017
다카페 일기 – 모리 유지 – 북스코프(아카넷) – 2008

운명 – 임레 케르테스 – 민음사 – 2016
북쪽 거실 – 배수아 – 문학과지성사 – 2009
오리무중에 이르다 – 정영문 – 문학동네 – 2017
비구름이 모일 때 – 베시 헤드 – 문학동네 – 2016
대실 해밋 – 대실 해밋 – 현대문학 – 2013
예상 밖의 전복의 서 – 에드몽 자베스 – 읻다 – 2017
밤의 도서관 – 알베르토 망겔 – 세종서적 – 2011
할머니는 죽지 않는다 – 공지영 – 해냄 – 2017
레이 브래드버리 – 레이 브래드버리 – 현대문학 – 2015
뱀파이어의 매혹 – 장 마리니 – 문학동네 – 2012
플래너리 오코너 – 플래너리 오코너 – 현대문학 – 2014
죄와 벌 – 표도르 도스토예프스키 – 열린책들 – 2009
슬픈 짐승 – 모니카 마론 – 문학동네 – 2010
밥이나 한번 먹자고 할 때 – 문성해 – 문학동네 – 2016
금테 안경 – 조르조 바사니 – 문학동네 – 2016
지하로부터의 수기 – 표도르 도스토예프스키 – 민음사 – 2010
보이는 어둠 – 윌리엄 스타이런 – 임옥희 – 문학동네 – 2002
죽음의 중지 – 주제 사라마구 – 해냄 – 2009
연인 – 마르그리트 뒤라스 – 민음사 – 2007
모데라토 칸타빌레 – 마르그리트 뒤라스 – 문학과지성사 – 2001
메이블 이야기 – 헬렌 맥도널드 – 판미동 – 2015
작은 겁쟁이 겁쟁이 새로운 파티 – 정지돈 – 스위밍꿀 – 2017
잭 런던 – 잭 런던 – 현대문학 – 2015
엄마의 도쿄 – 김민정 – 효형출판 – 2014
세계사 편력 – 자와할랄 네루 – 일빛 – 2004
눈부신 꽝 – 김연숙 – 문학동네 – 2015
별을 먹는 사람들 – 로맹 가리 – 마음산책 – 2015
우리의 죄는 야옹 – 길상호 – 문학동네 – 2016
숙녀의 기분 – 박상수 – 문학동네 – 2013
대프니 듀 모리에 – 대프니 듀 모리에 – 현대문학 – 2014
사물들 – 조르주 페렉 – 펭귄클래식코리아 – 2015
스포츠와 여가 – 제임스 설터 – 마음산책 – 2015
수박 수영장 – 안녕달 – 창비 – 2015
비자나무 숲 – 권여선 – 문학과지성사 – 2013
새의 감각 – 팀 버케드 – 에이도스 – 2015
그들은 자신들이 자유롭다고 생각했다 – 밀턴 마이어 – 갈라파고스 – 2014
이민자들 – W. G. 제발트 – 창비 – 2008

나는 어떻게 글을 쓰게 되었나 – 레이먼드 챈들러 – 북스피어 – 2014
그리고 싶은 산, 들, 바다 – 스즈키 아라타 – 아트인북 – 2017
킬리만자로의 눈 – 어니스트 헤밍웨이 – 문학동네 – 2012
기괴한 라디오 – 존 치버 – 문학동네 – 2008
작은 것들의 신 – 아룬다티 로이 – 문학동네 – 2016
짜릿하고 따뜻하게 – 이시은 – 달 – 2011
잔 – 박세연 – 북노마드 – 2012
과천, 우리가 하지 않은 일 – 김종옥 – 문학동네 – 2015
위대한 개츠비 – 프랜시스 스콧 피츠제럴드 – 문학동네 – 2009
당신의 첫 – 김혜순 – 문학과지성사 – 2008
자기를 속이지 말라 – 정찬주 – 열림원 – 2005
칼에 지다 – 아사다 지로 – 북하우스 – 2004
너무 한낮의 연애 – 김금희 – 문학동네 – 2016
어젯밤 – 제임스 설터 – 마음산책 – 2010
책도둑 – 마커스 주삭 – 문학동네 – 2008
기사단장 죽이기 – 무라카미 하루키 – 문학동네 – 2017
소걸음으로 천리를 가다 – 정수일 – 창비 – 2004
개를 데리고 다니는 여인 – 안톤 파블로비치 체호프 – 문학동네 – 2016
운명과 분노 – 로런 그로프 – 문학동네 – 2017
당신과 꼭 결혼하고 싶습니다 – 곽재식 – 온우주 – 2013
휴먼 에이지 – 다이앤 애커먼 – 문학동네 – 2017
희지의 세계 – 황인찬 – 민음사 – 2015
중쇄를 찍자! – 마츠다 나오코 – 애니북스 – 2017
나라 없는 사람 – 커트 보네거트 – 문학동네 – 2007
위빠사나 명상 – 헤네폴라 구나라타나 – 아름드리미디어 – 2007
다른 사람 – 강화길 – 한겨레출판 – 2017
모르는 사람들 – 이승우 – 문학동네 – 2017
카페 앤 커피하우스 – 빅셔너리 – 책읽는수요일 – 2017
풀이 눕는다 – 김사과 – 문학동네 – 2017
한국 스켑틱 Vol.10 – 스켑틱 협회 편집부 – 바다출판사 – 2017
기다림 – 하 진 – 시공사 – 2007
건지 감자껍질파이 북클럽 – 메리 앤 섀퍼, 애니 배로스, 이덴슬리벨 – 2010
교토에 다녀왔습니다 – 임경선 – 예담 – 2017
보스토크 매거진 4호 – 보스토크 프레스 편집부 – 보스토크프레스 – 2017
첫문장 못 쓰는 남자 – 베르나르 키리니 – 문학동네 – 2012
믜리도 괴리도 업시 – 성석제 – 문학동네 – 2016
정확한 사랑의 실험 – 신형철 – 마음산책 – 2014

삶의 격 – 페터 비에리 – 은행나무 – 2014
예술 수업 – 오종우 – 어크로스 – 2015
젊은 예술가의 초상 – 제임스 조이스 – 민음사 – 2001
윌리엄 트레버 – 윌리엄 트레버 – 현대문학 – 2015
부테스 – 파스칼 키냐르 – 문학과지성사 – 2017
세상의 모든 아침 – 파스칼 키냐르 – 문학과지성사 – 2013
로마의 테라스 – 파스칼 키냐르 – 문학과지성사 – 2002
방랑기 – 하야시 후미코 – 창비 – 2015
바람의 열두 방향 – 어슐러 K. 르 귄 – 시공사 – 2014
짜릿하고 따뜻하게 – 이시은 – 달 – 2011
퇴사준비생의 도쿄 – 이동진 – 더퀘스트 – 2017
이반 일리치의 죽음 – 레프 니콜라예비치 톨스토이 – 창비 – 2012
실패를 모르는 멋진 문장들 – 금정연 – 어크로스 – 2017
여기가 아니면 어디라도 – 이다혜 – 예담 – 2017
지구만큼 슬펐다고 한다 – 신철규 – 문학동네 – 2017
잃어버린 젊음의 카페에서 – 파트릭 모디아노 – 문학동네 – 2014
상냥한 폭력의 시대 – 정이현 – 문학과지성사 – 2016
해석에 반대한다 – 수전 손택 – 이후 – 2002
무의미의 축제 – 밀란 쿤데라 – 민음사 – 2014
율리시즈의 눈물 – 로제 그르니에 – 현대문학 – 2006
마술 라디오 – 정혜윤 – 한겨레출판 – 2014
설탕의 맛 – 김사과 – 쌤앤파커스 – 2014
아내들의 학교 – 박민정 – 문학동네 – 2017
시인을 체포하라 – 로버트 단턴 – 문학과지성사 – 2013
모르는 사람들 – 이승우 – 문학동네 – 2017
다른 사람 – 강화길 – 한겨레출판 – 2017
휴먼 에이지 – 다이앤 애커먼 – 문학동네 – 2017
반딧불의 잔존 – 조르주 디디 위베르만 – 길 – 2012
국수 – 김숨 – 창비 – 2014
녹턴 – 가즈오 이시구로 – 민음사 – 2010
문학소녀 – 김용언 – 반비 – 2017
시간의 틈 – 지넷 윈터슨 – 현대문학 – 2016
영속패전론 – 시라이 사토시 – 이숲 – 2017
나 아닌 다른 삶 – 엠마뉘엘 카레르 – 열린책들 – 2011
엄마는 페미니스트 – 치마만다 응고지 아디치에 – 민음사 – 2017
호모 데우스 – 유발 하라리 – 김영사 – 2017
사막에 숲이 있다 – 이미애 – 서해문집 – 2006

내 몸에 내려앉은 지명 – 김정환 – 문학동네 – 2016
예술이라는 은하에서 – 김나희 – 교유서가 – 2017
서점은 죽지 않는다 – 이시바시 다케후미 – 시대의창 – 2017
빛 혹은 그림자 – 질 D. 블록 외 – 문학동네 – 2017
불멸 – 밀란 쿤데라 – 민음사 – 2010
연애의 책 – 유진목 – 삼인 – 2016
이랑네컷만화 – 이랑 – 유어마인드 – 2013
은유가 된 독자 – 알베르토 망구엘 – 행성B – 2017
딸에 대하여 – 김혜진 – 민음사 – 2017
경계에서 춤추다 – 서경식 – 타와다 요오꼬 – 창비 – 2010
부테스 – 파스칼 키냐르 – 문학과지성사 – 2017
세상의 모든 아침 – 파스칼 키냐르 – 문학과지성사 – 2013
밀레니엄 – 스티그 라르손 – 다비드 라게르크란츠 – 문학동네 – 2017
척하는 삶 – 이창래 – 알에이치코리아(RHK) – 2014
클라우스 슈밥의 제4차 산업혁명 – 클라우스 슈밥 – 새로운현재 – 2016
바다는 잘 있습니다 – 이병률 – 문학과지성사 – 2017
꽁치가 먹고 싶습니다 – 오즈 야스지로 – 마음산책 – 2017
묵자를 읽다 – 양자오 – 유유 – 2017
만조의 바다 위에서 – 이창래 – 알에이치코리아(RHK) – 2014
꿈 – 프란츠 카프카 – 워크룸프레스 – 2014
리츠 호텔만한 다이아몬드 – 프랜시스 스콧 피츠제럴드 – 민음사 – 2016
걱정 말고 다녀와 – 김현 – 이부록 그림 – 알마 – 2017
사악한 책, 모비 딕 – 너새니얼 필브릭 – 저녁의책 – 2017
누군가가 누군가를 부르면 내가 돌아보았다 – 신용목 – 창비 – 2017
아무튼, 서재 – 김윤관 – 제철소 – 2017
주기율표 – 프리모 레비 – 돌베개 – 2007
부의 추월차선 – 엠제이 드마코 – 토트 – 2013
빅슬립 – 레이먼드 챈들러 – 북하우스 – 2004
누구 – 아사이 료 – 은행나무 – 2013
픽션들 – 호르헤 루이스 보르헤스 – 민음사 – 1994
카운슬러 – 코맥 매카시 – 민음사 – 2013
산티아고 가는 길 – 정민호 – 에세이퍼블리싱 – 2007
미움, 우정, 구애, 사랑, 결혼 – 앨리스 먼로 – 뿔 – 2007
성질 나쁜 고양이 – 야마다 무라사키 – 북스토리 – 2017
매그넘 컨택트시트 – 크리스텐 루벤 엮음 – 쌤앤파커스 – 2011
임화 시선 – 임화 – 아티초크 – 2015
생활이라는 생각 – 이현승 – 창비 – 2015

성질 나쁜 고양이 – 야마다 무라사키 – 북스토리 – 2013
아연 소년들 – 스베틀라나 알렉시예비치 – 문학동네 – 2017
나는 유령작가입니다 – 김연수 – 문학동네 – 2016
남아 있는 나날 – 가즈오 이시구로 – 민음사 – 2010
면역에 관하여 – 율라 비스 – 열린책들 – 2016
문학3 3호 – 문학3 기획위원회 – 창비 – 2017
이 몸은 고양이야 – 나쓰메 소세키 – 창비 – 2017
어둠 속의 희망 – 리베카 솔닛 – 창비 – 2017
여자들은 자꾸 같은 질문을 받는다 – 리베카 솔닛 – 창비 – 2017
나의 조선미술 순례 – 서경식 – 반비 – 2014
제7의 인간 – 존 버거/장 모르 사진 – 눈빛 – 2004
술 취한 식물학자 – 에이미 스튜어트 – 문학동네 – 2016
난폭한 독서 – 금정연 – 마음산책 – 2015
그을린 예술 – 심보선 – 민음사 – 2013
고백의 형식들 – 이성복 – 열화당 – 2014
쓰잘데없이 고귀한 것들의 목록 – 도정일 – 문학동네 – 2014
겹겹의 공간들 – 최윤필 – 을유문화사 – 2014
음악 없는 말 – 필립 글래스 – 프란츠 – 2017
진리와 방법 – 한스 게오르크 가다머 – 문학동네 – 2012
세계관의 전쟁 – 디팩 초프라, 레너드 믈로디노프 – 문학동네 – 2013
환상수첩 – 김승옥 – 문학동네 – 2004
진정성이라는 거짓말 – 앤드류 포터 – 마티 – 2016
그리스는 달랐다 – 백가흠 – 난다 – 2017
편집자를 위한 북디자인 – 정민영 – 아트북스 – 2015
더 테이블 – 김종관 – arte – 2017
알렉시·은총의 일격 – 마르그리트 유르스나르 – 문학동네 – 2017
프랑스식 전쟁술 – 알렉시 제니 – 문학과지성사 – 2017
어느 날 문득 어른이 되었습니다 – 마스다 미리 – 이봄 – 2014
고양이 오솔길 – 호리모토 유우키/네코마키 그림 – 고양이책방 – 2017
돌아온 희생자들 – 스티븐 F. 코언 – 글항아리 – 2014
우리 본성의 선한 천사 – 스티븐 핑커 – 사이언스북스 – 2014
숲의 인문학 – 김담 – 글항아리 – 2013
1913년 세기의 여름 – 플로리안 일리스 – 문학동네 – 2013
슈만, 내면의 풍경 – 미셸 슈나이더 – 그책 – 2014
다뉴브 – 클라우디오 마그리스 – 문학동네 – 2015
지극히 내성적인 – 최정화 – 창비 – 2016
당신의 신 – 김숨 – 문학동네 – 2017

그 개와 같은 말 – 임현 – 현대문학 – 2017
안녕 내 사랑 – 레이먼드 챈들러 – 북하우스 – 2004
골목의 전쟁 – 김영준 – 스마트북스 – 2017
악스트 14호 – 악스트 편집부 – 은행나무 – 2017
고양이 요람 – 커트 보니것 – 문학동네 – 2017
나를 보내지 마 – 가즈오 이시구로 – 민음사 – 2017
히끄네 집 – 이신아 – 야옹서가 – 2017
식빵의 기술 – 아사히야 편집부 엮음 – 그린쿡 – 2017
당신의 신 – 김숨 – 문학동네 – 2017
나는 염소가 처음이야 – 김숨 – 문학동네 – 2017
표절에 관하여 – 엘렌 모렐 - 앵다르 – 봄날의책 – 2017
철학자와 늑대 – 마크 롤랜즈 – 추수밭 – 2012
외로운 남자 – 외젠 이오네스코 – 문학동네 – 2010
자주 혼자인 당신에게 – 러자 – 문학동네 – 2017
완벽한 커피 한 잔 – 래니 킹스턴 – 벤치워머스 – 2017
해적판을 타고 – 윤고은 – 문학과지성사 – 2017
감각의 미술관 – 이지은 – 이봄 – 2012
안자이 미즈마루 – 안자이 미즈마루 – 씨네21북스 – 2015
나는 강아지로소이다 – 이노우에 히사시 – 현암사 – 2017
책상은 책상이다 – 페터 빅셀 – 예담 – 2001
B컷: 북디자이너의 세번째 서랍 – 송윤형 외 – 달 – 2015
어떻게 죽을 것인가 – 아툴 가완디 – 부키 – 2015
인간의 영혼은 고양이를 닮았다 – 가와이 하야오 – 사계절 – 2017
커스터머 – 이종산 – 문학동네 – 2017
일개미 자서전 – 구달 – 임진아 그림 – 토네이도 – 2017
행복한 그림자의 춤 – 앨리스 먼로 – 뿔 – 2010
지식의 표정 – 전병근 – 마음산책 – 2017
술 취한 식물학자 – 에이미 스튜어트 – 문학동네 – 2016
아마리 종활 사진관 – 아시자와 요 – 엘리 – 2017
아홉번째 파도 – 최은미 – 문학동네 – 2017
우리 본성의 선한 천사 – 스티븐 핑커 – 사이언스북스 – 2014
한 달의 길이 – 구달 – 디자인이음 – 2017
개인적인 체험 – 오에 겐자부로 – 을유문화사 – 2009
그레이스 – 마거릿 애트우드 – 민음사 – 2017
뱀과 물 – 배수아 – 문학동네 – 2017
흔들린다 – 함민복 – 한성옥 그림 – 작가정신 – 2017
미스터리 맨션 – 송지혜 – 앵글북스 – 2017

나는 염소가 처음이야 – 김숨 – 문학동네 – 2017
나의 눈부신 친구 – 엘레나 페란테 – 한길사 – 2016
침묵의 봄 – 레이첼 카슨 – 에코리브르 – 2011
보스토크 4호 – 보스토크 프레스 편집부 – 보스토크프레스 – 2017
걱정 말고 다녀와 – 김현 – 이부록 그림 – 알마 – 2017
사악한 책, 모비 딕 – 너새니얼 필브릭 – 저녁의책 – 2017
스토리텔링의 비밀 – 마이클 티어노 – 아우라 – 2008
책상은 책상이다 – 페터 빅셀 – 예담 – 2001
일단 오늘은 나한테 잘합시다 – 도대체 – 예담 – 2017
아픈 몸을 살다 – 아서 프랭크 – 봄날의책 – 2017
코스모스 – 칼 세이건 – 사이언스북스 – 2006
딸에 대하여 – 김혜진 – 민음사 – 2017
눈먼 암살자 – 마거릿 애트우드 – 민음사 – 2017
두 해 여름 – 에리크 오르세나 – 열린책들 – 2017
해적판을 타고 – 윤고은 – 문학과지성사 – 2017
나는 강아지로소이다 – 이노우에 히사시 – 현암사 – 2017
친밀한 이방인 – 정한아 – 문학동네 – 2017
그레이스 – 마거릿 애트우드 – 민음사 – 2017
탐험과 소년과 계절의 서 – 안웅선 – 민음사 – 2017
포르투갈의 높은 산 – 얀 마텔 – 작가정신 – 2017
히끄네 집 – 이신아 – 야옹서가 – 2017
뱀과 물 – 배수아 – 문학동네 – 2017
Warp – 이상우 – 워크룸프레스 – 2017
감각의 박물학 – 다이앤 애커먼 – 작가정신 – 2004
투쟁 영역의 확장 – 미셸 우엘벡 – 열린책들 – 2017
교토에 다녀왔습니다 – 임경선 – 예담 – 2017
츠바키 문구점 – 오가와 이토 – 예담 – 2017
버지스 형제 – 엘리자베스 스트라우트 – 문학동네 – 2017
내 마음의 낯섦 – 오르한 파묵 – 민음사 – 2017
히스테리아 – 김이듬 – 문학과지성사 – 2014
나는 벽에 붙어 잤다 – 최지인 – 민음사 – 2017
걸어도 걸어도 – 고레에다 히로카즈 – 민음사 – 2017
노르웨이의 나무 – 라르스 뮈팅 – 열린책들 – 2017
커스터머 – 이종산 – 문학동네 – 2017
이름 붙일 수 없는 자 – 사뮈엘 베케트 – 워크룸프레스 – 2016
아버지의 유산 – 필립 로스 – 문학동네 – 2017
배반 – 폴 비티 – 열린책들 – 2017

현기증 - 감정들 - W. G. 제발트 - 문학동네 - 2014
현남 오빠에게 - 조남주 외 - 다산책방 - 2017
우리는 언젠가 죽는다 - 데이비드 실즈 - 문학동네 - 2010
지식 e and - EBS 지식채널ⓔ - 북하우스 - 2017

목련정전 – 최은미 – 문학과지성사 – 2015
아홉번째 파도 – 최은미 – 문학동네 – 2017
내 이름은 루시 바턴 – 엘리자베스 스트라웃트 – 문학동네 – 2017
시모어 번스타인의 말 – 시모어 번스타인 – 앤드루 하비 – 마음산책 – 2017
다시 찾은 61번 고속도로 – 밥 딜런 – 문학동네 – 2017

에필로그

책은 참 신기하다.
책을 읽고 있으면
나는 어딘가로 나아간다.

그곳은 희미하지만
다른 누구의 것도 아닌 나만의 것이다.

한 페이지 안에는 표현될 리 없는 그 감정을
억지로 욱여넣었다.

고맙고 미안하다.

2017년 12월
장으뜸

에필로그

책을 좋아하는 가장 큰 이유는 여러 번 살고 여러 번 죽을 수 있기 때문이다. 작은 공간에서, 아무 소리도 없으나, 책을 읽는 내 안에 그런 일이 벌어지고 있다는 것이 즐겁다. 오로지 나만 아는 기쁨.

읽는 데서 나아가 만들기 시작한 것도 어느덧 십 년이 넘었다. 그 사이 내 안에 쌓여간 책의 목록과 그 책을 쓴 이들의 이름을, 하루하루 기록하며 종종 떠올렸다. 아름답고 근사하고 강렬한 목록 사이사이 누군가 입꼬리를 올리며 웃는 얼굴, 미간을 찌푸리는 모습, 의자에 앉는 자세, 목소리, 필체가 스며 있다. 그들의 역사와 내 역사가 한순간 함께 쓰이고 그것이 책이라는 물성 지닌 존재로 태어난다는 것이 여전히 꽤 신기하다.

2017년 12월

강윤정

우리는 나란히 앉아서 각자의 책을 읽는다

초판 1쇄 인쇄 – 2017년 12월 20일
초판 1쇄 발행 – 2017년 12월 30일

지은이 – 장으뜸 강윤정
펴낸이 – 김민정
편집 – 김필균 도한나
표지 디자인 – 이기준
본문 디자인 – 이기준 신선아
독자 모니터 – 이희연
마케팅 – 정민호 나해진 김은지
홍보 – 김희숙 김상만 이천희
제작 – 강신은 김동욱 임현식
제작처 – 영신사

펴낸곳 – 난다
출판등록 – 2016년 8월 25일 제406-2016-000108호
주소 – 10881 경기도 파주시 회동길 210
전자우편 – blackinana@gmail.com / 트위터 – @blackinana
문의전화 – 031-955-2656(편집) / 031-955-8890(마케팅) / 031-955-8855(팩스)

ISBN 979-11-961524-9-9 03810

○난다는 (주)문학동네의 계열사입니다.
○이 도서의 국립중앙도서관 출판예정도서목록(CIP)은
서지정보유통지원시스템 홈페이지(http://seoji.nl.go.kr)와
국가자료공동목록시스템(http://www.nl.go.kr/kolisnet)에서 이용하실 수 있습니다.
(CIP제어번호: CIP2017033981)